suhrkamp taschenbuch 4472

Dies ist die Geschichte von Marleen, die sich, noch ehe sie Lesen lernt, in die Welt der Buchstaben verliebt. Hineingeboren in eine erfolgreiche Werber- und Illustratorenfamilie, träumt sie früh von wahrhaft Großem: der perfekten Schrift. An der Kunsthochschule hat sie Rückenwind, kann Marleen sich selbst Kontur verleihen. Ihr Pioniergeist treibt sie voran, bald steckt sie mittendrin in der Jobwelt der Achtziger – und erliegt deren Verheißungen. Die Medien erfahren einen Schub, plötzlich geht alles rasend schnell, schon hat man den Halt verloren. Sie muss erste Rückschläge einstecken, berufliche wie private. Flexibilität ist gefragt, schon in den Anfangszeiten der Globalisierung, und Marleen gibt sich flexibel, koste es, was es wolle – in der Hoffnung, dass ihr Traum weniger flüchtig ist als die Welt, gegen die es gilt, ihn wahrzumachen.

Mit *Nichts Weißes* legt Ulf Erdmann Ziegler den Roman einer Generation vor, für die das Hereinbrechen des Computerzeitalters identisch ist mit dem eigenen Erwachsenwerden.

Ulf Erdmann Ziegler, geboren 1959 in Neumünster/Holstein. Sein Debütroman Hamburger Hochbahn war für den aspekte-Literaturpreis nominiert und stand auf Platz 1 der SWR-Bestenliste. Es folgten *Wilde Wiesen. Autogeographie* und der Essayband *Der Gegenspieler der Sonne*. 2008 wurde Ziegler mit dem Hebbel-Preis ausgezeichnet. Er lebt in Frankfurt am Main. *Nichts Weißes* ist sein erstes Buch im Suhrkamp Verlag.

Ulf Erdmann Ziegler

Nichts Weißes

Roman

Suhrkamp

Umschlagabbildung: thinkstock/iStockphoto

Erste Auflage 2013
suhrkamp taschenbuch 4472

Suhrkamp Taschenbuch Verlag

Gesetzt aus der Adobe Garamond Pro und der Boston Breton NF
Druck: Druckhaus Nomos, Sinzheim
Umschlag: any.way, Günther/Hanke
Printed in Germany
ISBN 978-3-518-46472-4

Nichts Weißes

Kleiner Schrei

Sie schläft, und sie träumt, dass sie schläft. Sie muss nichts tun, und sie kann nichts tun. Es ist nicht auszumachen, ob sie gefesselt ist oder ob sie schwebt. Und wer da singt, welcher Chor da singt, den immergleichen Akkord ohne Pausen. Die Zeit steht still, das Schicksal hebt die Schultern und lässt sie wieder sinken. Alle Welt flüstert.

Ihr Gesicht ist schmal, aber nicht klein, man ahnt die Knochen. Die Schläfen haben einen hellen Schimmer. Ihre Nase zeigt spitz in den Himmel der Kabine. Aus dem Gedächtnis gezeichnet, würde man ihr einen schmalen Mund andichten. In der Tat hat sie helle, rotblaue Lippen von feiner Gestalt, konturiert von einem scharfen Zug, links mehr als rechts, obwohl rechts verdeckt ist durch das Kissen. Man sieht ihr die Anstrengung an, wenn man weiß, dass sie erst fünfundzwanzig ist. Wenn wir könnten, würden wir sie berühren.

Berühren, durchaus. So wie der Junge im Sitz neben ihr, der seinen Arm nach ihr ausstreckt, die Hand schon ihre Wange nachformend, dann zögert. Er streichelt sie nicht. Er lässt sich zurückplumpsen in den Sitz und schaut sich um. In seinen braunen Augen spiegelt sich die Welt, zweimal. Er wacht über sie, die schläft.

Es ist November, der Tag in die Länge gezogen, die Fensterluken weiß überblendet, kaum merklich der Eintritt in den nordamerikanischen Kontinent.

Sie verlassen das Leben, das sie kennen, und beginnen ein anderes. Davon träumt die junge Frau nicht. Sie träumt, dass sie schläft. In der einen Hälfte ihres Kopfes ist alles aufbewahrt, was sie gewollt hat, in der anderen das, was jenseits ihrer Vorstellung liegt. Die Schatten ziehen von hier nach dort. Sie, die träumt, weiß genau, was es war, das sie gewollt hat. Aber es verdunkelt sich. Bald wird man es nicht mehr erkennen können.

Der Junge betrachtet jeden, der sie anschaut. Jeder, der sie anschaut, hat die Augen des Jungen auf sich. Der Mann ganz rechts in der mittleren Sitzreihe, der seit Roissy die Akte liest. Die Frau mit dem roten Punkt auf der Stirn. Die Stewardess, die sich vielleicht Sorgen macht. Der Fette mit den roten Hosenträgern und den buschigen Augenbrauen, der jede Stunde zweimal vorbeikommt, mit einem Glas in der Hand auf dem Rückweg.

Jeder sieht, was sie nicht ist. Sie ist keine Diva, da kann man sicher sein, kein Mädchen, nicht mehr oder nie gewesen. Schwerer fällt es zu raten, wer sie sei. Sie ist Mutter, aber das weiß man nur, weil der Junge auf sie aufpasst. Sie ist doppelt abwesend, während sie träumt, dass sie träumt. Man weiß nicht, warum man zu ihr hinschauen muss. Aber man tut es.

Suchte man später nach Zeugen, würde sich ein Dutzend finden lassen. Da käme einer, der würde sagen, es habe in der mittleren, der fensterlosen Reihe eine Frau gesessen, eine Frau mit Haaren wie Gräser, die Augen eher hell mit grünen oder taubenblauen Spuren, was man gegen Morgen habe sehen können, als das Frühstück gebracht wurde. Eine, die sich nicht schminkt während so einer Reise, vielleicht nie. Weil es darauf nicht ankommt. Umso mehr habe man sie im Vorübergehen anschauen müssen, ja, er sei versucht gewesen, ihre Worte abzulauschen, Flämisch, würde der Anwalt aus Philadelphia sagen, oder Deutsch, wobei der Junge nicht unbedingt dieselbe Sprache gesprochen habe wie seine Mutter. Sie sei der Typ von Frau gewesen – obwohl »Typ« auch nicht ganz passe –, würde der Whiskytrinker sagen, den man zu kennen meint. Vielleicht aus einem Film oder von Bildern oder aus einem Cartoon, in dieser Weise. Man habe, wenn man sie ansah, sich zu erinnern versucht, für welche Geschichte sie stehe. Eine Geschichte, die man zwar kenne, aber durchaus noch einmal würde hören wollen. Überhaupt hätte man gern mit ihr gesprochen, etwas von ihr bekommen, einen Blick, zum Beispiel, oder ihr etwas gegeben, für das sie sich bedankt hätte, und wäre es im Namen des Jungen gewesen, Antoine, so rief sie ihn, als er sich auf dem Gang entfernte. Und war einer, der so hieß, nicht immer ein Held der Luftfahrt? Der Flug jedenfalls, von CDG nach JFK, verlief ohne jede Störung. Eine Boeing, die vom Himmel fällt: Eine solche Geschichte war Marleens nicht.

Einmal, würde die Frau mit dem roten Punkt sagen, die über Nova Scotia langsam im Gang auf und ab ging, habe die Mutter des Jungen einen kleinen Schrei von sich gegeben, einen kurzen, hellen und nicht sehr lauten Schrei, woraufhin der Junge nach ihr gegriffen habe. Vielleicht hatte sie schlecht geträumt. Sie, die Zeugin, aber glaube, dass die junge Frau vor dem erschrocken sei, was man beim Erwachen schaut. Dass sie erschrak vor der Wirklichkeit.

Sie habe sich diese Freaklady, der Ausdruck sei nicht negativ gemeint, sehr genau angesehen und sie frage sich – aber das gelte für Europäer im Allgemeinen –, ob diese sich zu viel vorgenommen hatte. Statt dem Schicksal zu vertrauen. Diese Frau sei nicht vom Schicksal, sondern vom Willen gezeichnet gewesen.

Kurz vor der Landung darf man so tun, als habe man sich soeben erst bemerkt. Der Rechtsanwalt klappt seine Akte zu und fragt in Richtung der jungen Frau:

»Ihr erstes Mal in den Vereinigten Staaten?«

»Nein.«

»Urlaub?«

»Nein.«

»Business?«

»Ja.«

Der Mann stellt keine weiteren Fragen. Die Stewardess kommt vorbei und bittet ihn, den Aktenordner unter dem Vordersitz zu verstauen. Während er in den Gurt gedrückt wird, schließt er die Augen. Die Mutter presst derweil eine Hand auf die Brust des Jungen, der sie dabei verwundert ansieht. Das Flugzeug rollt noch lange weiter und ändert dabei mehrmals die Fahrtrichtung, bevor es zum Stehen kommt und ein Gong das Ende der Reise verkündet. Der Anwalt ruft: »Viel Glück!«

Die junge Frau nickt, ohne zu lächeln, und Antoine sieht ihm nach mit offenem Mund, wie er unter den Passagieren, die mit gestreckten Armen nach dem Gepäck greifen, einer von vielen wird.

Bleisatz

Dies ist der Moment, in dem aus den aufgeschwungenen Türen der Waggons Menschen heraussteigen, einige wenige, denkt man zuerst, schon Sekunden später mehr, als man zählen kann, gefolgt von dem Gefühl, dass die erwartete Person nicht dabei sei, man würde sie spüren. Auf dem Bahnsteig steht man immer falsch, vorn oder hinten, weil der Zug so lang ist, dass er die Leute am anderen Ende zu schattenhaften Winzlingen macht, und falsch in der Mitte, weil man sich hin- und herwenden muss; schon ist die Ankommende auf der Treppe verschwunden. Menschen reichen sich die Hände, höfliche und stürmische Umarmungen rechts und links. Der Bahnsteig lichtet sich. Dann, genau dort, wo Marleen wie angewurzelt steht, steigt die Schwester als Letzte aus dem Zug, ein Hauch von Madonna und darunter ihre leichte, aber unlenkbare Mädchenhaftigkeit, Aquarellspuren von Traurigkeit in den Augen, das bemerkt Marleen sehr wohl, als die Blicke der Schwestern sich begegnen. Sie umarmen sich, als hätten sie sich Monate nicht gesehen.

Zwei Wochen zuvor, die beiden Schwestern noch zu Haus, Neuss, Pomona 133: Marleen geht auf die steinerne Treppe mit dem weißen Metallgeländer und der schwarzen Kunststoffreling zu, als das Telefon klingelt. Cristina nimmt ab, Marleen ist schon halb oben, als die Schwester ruft, »Ein Herr Wolbe für dich.« Marleen nimmt den Hörer von der Schwester durch das Metallgeländer entgegen und setzt sich auf die Treppe, die der Düsseldorfer Architekt absichtlich breit gezogen hat. Getönt hat er damals, »Kommste op emol rop un runger«.

»Hier ist Marleen Schuller.«

Wem, wenn man Großes vorhat, schüttet man sein Herz

aus? Nicht einmal ihrer eigenen Mutter würde Marleen gestehen, dass sie sich berufen fühlt, eine Schrift zu entwerfen, die alle Vorzüge aller existierenden Schriften hat und alle Nachteile Buchstabe für Buchstabe überwindet. Wenn es gelänge, würde die *Futura* im Vergleich aussehen wie Lego, die *Helvetica* wie Angst, die *Garamond* wie geschnitzt. Eine Schrift ohne Stil soll es sein, eine Schrift, die man gar nicht bemerkt. So etwas wie die neue, weiße Ware im Supermarkt, da steht »Zucker« drauf oder »Salz«, kein Bild, nichts. Es ist auch nicht so, als hätte Marleen etwas darüber in ihr Tagebuch geschrieben, sie führt gar keins, oder unvorsichtig erwähnt in einem Brief an die Großmutter in Gruiten, das würde ihr nicht passieren. Sie ahnt, dass ihr Plan Hohn auf sich ziehen könnte, je mehr, desto weniger einer von der Sache versteht. Deshalb hat sie sich in Kassel eingeschrieben und sich bei Volpe um ein Praktikum beworben. Der druckt noch Bücher wie früher, der Einzige in der Republik. Sieht ein bisschen altmodisch aus das Zeug, aber macht ja nichts.

»Volpe. Ich habe Ihren Brief bekommen. Ich sage Ihnen gleich, dass ich nicht weiß, wie wir Sie einsetzen können. Aber es gibt genug zu tun. Fünfzehnhundert Mark für acht Wochen ist Maximum.«

»Das geht schon, Herr Volpe. Nur … die Praktikumsbescheinigung ist wichtig.«

»Im Bleisatz mit Goldschnitt, wenn es sein muss. Rufen Sie mich an, wenn Sie da sind.«

Marleen sitzt auf der Treppe, es ist Juni. Sie strahlt. Sie leuchtet. Der Hörer schaukelt an der Spiralkordel, die sie mit links gedankenverloren hält. So einfach ist das, von zu Hause wegzukommen. Tut – tut – tut. Dass Cristina am Wandtelefon stehengeblieben ist, merkt sie erst, als die Schwester durch das Geländer greift, um den Hörer zurückzulegen.

Noch am selben Abend packte Marleen den dunkelblauen

Kunstlederkoffer, den ihr Vater bei seiner Reise nach Indien zehn Jahre zuvor zurückgelassen hatte, und nahm in der Frühe die S-Bahn nach Köln. Sie musste sich zwingen, dem Dom beim Abschied nicht zuzuwinken. Das Abteilfenster, querformatig, doch leicht gerundet, das obere Drittel heruntergelassen, schloss Marleen bei flotterer Fahrt. Linksrheinisch ging es bis Mainz, durch die Agglomeration bis in die Eisenhalle des Frankfurter Hauptbahnhofs, Portal zur Welt mit Junkies, und dort sah sie im Schaufenster der Bahnhofsbuchhandlung *1984* liegen. Nur, weil man das Jahr 1984 zählte, deshalb. Im Eurocity nach Nürnberg las sie die ersten zwei Kapitel und ein drittes beim Warten auf dem Bahnsteig. Menschen mit dicken Gesichtern und schwerer Zunge im Zug nach Treuchtlingen, der pünktlich war, das war damals üblich, ratternd wie eine Fabrik, aber pünktlich. Auf dem letzten Teilstück Richtung Nördlingen wurde die Zeit eine andere. Nicht, dass man die Uhr umstellen musste, nur seinen Sinn für die Landschaft.

Ulrich Steidle nahm »das Fräulein Schuller« in Empfang und zeigte diesem sogleich »das Haus«, eine labyrinthische Manufaktur, eingefasst in schweres Mauerwerk. Da saßen wirklich die Setzer an Maschinen, neben sich einen Behälter mit flüssigem Blei. Da klapperte die Heidelberger Druckmaschine und spuckte Rohbögen aus, sechzehn Buchseiten in kurioser Anordnung auf einem Blatt wie ein Mosaik. Marleen hatte sich den Betrieb größer vorgestellt, dabei beschaulicher, Brunnen und Pferd im Hof, so ungefähr. Dies war eher die schematische Darstellung einer Druckerei aus dem *Handbuch für Papier, Schrift und Druck* bei der Großmutter Fleck in Gruiten, übertragen in die Wirklichkeit: die schnellste Art, mit herkömmlichen Mitteln zum Buch zu kommen. Der Drucker fragte sie, ob sie einen Rohbogen »mit nach Hause« nehmen wolle. Erst jetzt dachte sie an ihr Gepäck. Das lag immer noch auf dem groben Fliesenboden, wo sie es hingeworfen hatte (auch die Schultasche mit fünfhundert Mark von Mama drin), die Holztür zur Straße stand offen, Abendlicht fiel herein. Steidle und sie staunten gleichzeitig, wie es sie fortgetragen hatte – reine Begeisterung. Er zeigte ihr die billigste Herberge, aber untersagte sich eine Einladung zum Essen. Als Marleen später einen Gasthof betrat, scheu, ihre Nase in den Raum zeigend wie ein Keil, hockte er allein an einem Tisch. Ohne zu fragen, setzte sie sich zu ihm.

Drei Tage haben sie Angst, die Berufsanfänger, dann kommt der Übermut. Bei Marleen war es nicht anders. Sie winkte den Lastwagen in die Einfahrt, der zehn Paletten frischer Druckbögen abholen sollte, um sie zum Buchbinder zu bringen. Dazu kam die flach bepackte Palette mit den Banderolen. Der Fahrer sprang aus dem Führerhaus – »Heilandsack!« –, baute sich vor ihr auf und erläuterte in tiefstem gurgelnden Schwäbisch: dass es nur drei Zeichen gebe. Arm nach rechts raus heißt nach rechts. Arm nach links raus heißt nach links. Beide hoch heißt Halt. Nicht rumhampeln dabei, und nur ein Zeichen zur Zeit. Am Ende stand der Lastwagen gerade und ließ die Stahlwand, die den Laderaum von hinten schloss, auf die Rampe sinken. Marleen griff nach einer Palette, die auf den Gabeln des Staplers bedrohlich schwankte: Grob fasste der Fahrer ihre Hand und riss sie zurück, während der Mann im Gabelstapler einen weiteren ihr unbekannten Fluch ausstieß. Erste Regel: Nie dich selbst gefährden!

Im Büro bekam sie dreihundert Mark Vorschuss. Den Rest des Tages sah sie den Setzern zu, Männern in Schürzen an Maschinen, die im 19. Jahrhundert erfunden worden waren, und so sahen die Dinger auch aus. Ein Klingeln, Scheppern und Wummern begleitete die Arbeit, die darin bestand, Textzeilen aus Blei herzustellen, die wie silberne Würmer ins Satzschiff schlüpften. Das hätte sie nicht gewusst, gestand sie Steidle.

Sie hätte gedacht, die Buchstaben würden einzeln aus dem Setzkasten genommen und kombiniert.

»Werden sie auch, für die Titelei zum Beispiel. Aber für den eigentlichen Text wäre das viel zu langsam.«

»Stimmt.«

Am Abend isst sie Wurst und Brot auf dem Zimmer und sieht dabei auf die Gasse runter. Bei Dämmerung verlässt sie die Pension, geht bis zur Stadtmauer, sucht den Aufstieg und sieht sich fünf Jahrhunderte von oben an, jenseits der Mauer eine neuere Vorstadt, die auf die Kreisform der frühen Bebauung nicht mehr Bezug nimmt. Marleen macht ein Drittel der Runde und steigt am Turm in die Altstadt hinab, Funzeln hinter Sprossenfenstern. Die kleinen Betriebe und Läden sind geschlossen, die Straßenlaternen werfen müde Kegel auf rissige Gassen. Aber es gibt da noch ein unwirkliches, kaltes Licht, das sie anzieht; dem versucht sie näher zu kommen. In einer Quergasse sind die Fassaden beleuchtet, als würde ein Film gedreht. Als sie dort einbiegt, liegt rechter Hand eine altertümliche, vollverglaste Fabrikhalle, in der riesige, blitzende Druckmaschinen stehen. Die Bögen werden vom Stapel gesaugt, eingefädelt, eingezogen, rasen durch die Walze, werden ausgespuckt, abgestoppt, eingefädelt … Vier Maschinen hintereinander, am Ende der Stapel. Es geht schnell – zischend, klickend, fauchend. Man kann mit den Augen kaum folgen. Es ist auch niemand mehr in der Halle. Die Einzige, die zuschaut, ist Marleen Schuller aus Neuss. Sie steht im grellen Schein und regt sich nicht. Wir sind froh, sie so zu sehen. Sie sieht glücklich aus.

Es ist Sommer, aber lieblicher als am Rhein. Man riecht, wie die Früchte reifen. Die Wolken lösen sich zu breiten Bändern, die später Schlaufen bilden, ein halbtransparenter Stillstand. Der Sonnenuntergang kommt etwas schneller als zu Haus, trotzdem bleibt es länger warm. Die Leute machen ein

Spiel draus, wenn man fragt, wie die Landschaft heiße. Es ist nicht Franken und auch nicht Schwaben, sagen sie.

»Sie sind aber aus Schwaben, oder?«, fragt Marleen. (Schon macht sie das »oder« nach.)

»Noo gor net«, antwortet Steidle.

Er ist Hohenloher. Hohenloher sind keine Schwaben. Sie sind so anders, so besonders, dass man fast meinen könnte, sie wären das Gegenteil von Schwaben, ja noch nicht einmal wirklich zu vergleichen, Welten wie Tiefdruck und Offsetdruck. Trotzdem sagen sie jetzt »du«.

Uli Steidle ist von Hohenlohe nach Ravensburg, wollte Illustration lernen, hat viel Zeit vertan damit, um schließlich herauszufinden, dass sein Geschick im Allgemeinen liegt. Er hat Überblick: Entwurf, Papierwahl, Satz, Litho, Druck, Logistik. Er konnte das nicht beweisen, als er seinerzeit mit einer dürftigen Mappe bei Tankred Volpe im Büro stand. Volpe hat es ihm angesehen. Steidle: ein Mann, der immer aussehen wird wie ein Junge, groß, schmal, bleich, blond, kurzgeschoren. Die Augen scheinen härter in der Verkleinerung der randlosen Brillengläser. In dreieinhalb Jahren ist er aufgestiegen vom Layout-Assi zum Herstellungsleiter. Er ist erst dreißig. Er fragt nicht, was in den Büchern steht. Er macht sie. Gäbe es ihn nicht, gäbe es die *Eigene Bibliothek* nicht; nicht so, wie sie im Buchhandel erscheint und an Abonnenten versandt wird: vollendet, vornehm, pünktlich. Sie bringt auch Geld. Volpe ist mit seinem Rover unterwegs. Er passt auf, dass in den Büchern etwas drinsteht, das zu lesen lohnt. Nebenbei fährt er Reklame für den Retrolook seines Programms. Zeitungsredakteure schwärmen dafür.

Hermann, der Setzer (einer von fünfen), taut am Ende der Woche auf, aber er hat auch ein Anliegen.

»Fräulein Schuller«, sagt er. Sie grinst. Er zögert.

»Hewwet Se a guade Underkunft g'funde?«

Er tut sich wirklich schwer. Seine Schwester habe in der Vorstadt eine Einliegerwohnung, klein, aber fein. Sie sei im Moment »net dahom«, habe »g'sundheitlich Probleme, gell?«, und Marleen könne, wenn sie wolle, die Wohnung haben. Zum halben Preis.

Marleen grinst nicht mehr. Sie fragt sich, wie man es höflich zum Ausdruck bringt, dass sie aus der Krankheit einer anderen keinen Vorteil ziehen möchte. Sie druckst herum. Da wird Hermann deutlicher.

»Mei Schweschder, gell, die krebst halt sou am Minimum rum. S'is scho schwierich, so a Wohnung z'halde, wenn mr net schaffe kou.« Jetzt versteht Marleen. Sie zahlt die Hälfte der Miete und hilft so der Kranken, ihre Heimstatt nicht zu verlieren. Am selben Abend zieht sie ein. Sie stellt sich den Eigentümern vor, die obendrüber wohnen. Sie hält die Kuckucksuhr an. Sie saugt den Teppichboden. Telefon ist vorhanden, aber abgemeldet. Sie zieht den Vorhang auf. Die Fensterfront öffnet sich auf eine versenkte Terrasse, der getrimmte Rasen auf Augenhöhe darüber. Sie bekommt auch das Fahrrad von Hermanns Schwester, acht Minuten sind es damit bis zu Volpe. Ihr stehen die Haare zu Berge, wenn sie durch das Stadttor radelt, in die Gutenberg'sche Zeit.

Vergeblich hatte sie gehofft, einige Bände aus der *Eigenen Bibliothek* geschenkt zu bekommen; in Hermanns Schwesters Wohnung fand sich nur Schund. So blieb sie bei *1984*, das ihr gefiel, weil sie darin Poona wiederzuerkennen meinte, nur dass Poona die Leute mit Liebe geködert hatte, während die Liebe in Ozeanien ausgelöscht werden sollte. Marleen las, wie Winston Smith das Hurenviertel aufsucht, das letzte Refugium der Triebe, und auf dem Rückweg das Antiquariat Charringtons wiederfindet. Diese Seiten las sie mehrfach und ließ dann den Roman liegen, aufgeklappt, die Schrift nach unten. Die Kuckucksuhr setzte sie wieder in Gang.

Weil Mädchen immer sorgfältig seien und in der Schule so schön aufpassten, könne man sie zum eiligen Korrekturlesen heranziehen, glaubte Steidle. Kapitel vierzehn und fünfzehn der laufenden Produktion waren zu spät fertig geworden, um sie zur Korrektorin zu schicken. Das widerfuhr Marleen am fünften Tag: Sie brauchte drei Stunden für die elf Seiten des vierzehnten Kapitels und stellte dann fest, dass unter der umständlich ausgeführten Kapitelnummer XV eine Lücke klaffte, wie sie sich ausdrückte, also nur sieben Textzeilen standen statt acht. Steidle behauptete, die Illustration der XV sei der Zeichnerin so viel leichter geraten als die anderen Zahlen, also habe man absichtlich einen größeren Abstand zum Text gewählt; aber das sagte er nur, um seine Verwunderung über Marleens schneckenhafte Lesegeschwindigkeit zu kaschieren. Verärgerung hätte es auch sein können, das ging aber nicht, weil er das Mädchen inzwischen doch sehr gern hatte. Er gurgelte ihren Namen auf der ersten Silbe und ließ die zweite fallen. Es klang wie »Marle«.

Zur Strafe, auch wenn es nicht so ausgedrückt wurde, musste sie die elf Seiten des vierzehnten und die neun Seiten des fünfzehnten Kapitels zur Korrektorin nach München faxen, deren Gerät nicht alles nahm, was man schickte, so dass die nagelneue Panasonic in Nördlingen immer wieder auf »Wahlpause« schaltete; jeweils nach dem dritten Versuch gab sie auf. Die telefonische Nachfrage, was angekommen sei, war nur möglich, wenn das Münchner Faksimilegerät stillstand, weil die Korrektorin aus Sparsamkeit nur eine Telefonleitung unterhielt. So dauerte allein die Übermittlung der zwanzig Seiten anderthalb Stunden, und »Marle« musste am Abend länger bleiben, um den Rücklauf der Korrekturen abzuwarten. Steidle gab ihr ein Exemplar der jüngsten Neuerscheinung und fragte sie, wieder gefasst, ob sie darin auch typografische Fehler finden würde. Mit einer Detailreparatur an einer Setzmaschine beschäftigt, konnte er ihr über die Länge des Raums aus dem Augenwinkel zusehen, wie sie in den *Viktorianischen Ausschweifungen* blätterte. Sie fand durchaus Unregelmäßigkeiten, nur drei auf vierhundert Seiten, aber schwer zu widerlegen, so dass Steidle im Stillen beschloss, ihr die Kontrolle des Umbruchs anzuvertrauen, solange sie blieb. Offenbar hatte die Lupen in den Augen. Zum späten Feierabend durfte Marleen das Buch mit nach Hause nehmen. Die Kuckucksuhr schlug neun, als sie in ihr semi-subterranes Schlafzimmer trat, der Rasen wie grünes Leuchten am Horizont. Eine Postkarte von Cristina: »Hey Marleen, was macht die Bleivergiftung? Komme nächste Woche Dich retten, Dein Schwesterherz«.

Die unverbrüchliche Schwesternschaft ging zurück auf den Oktober 1974, als Papa Schuller orangeberockt aus Indien vermeldet hatte, er müsse in der Entspannung sein Glück suchen. Kaum war er weg, bezog Johanna, die älteste der Schwestern, das Arbeitszimmer des Vaters. Drei Tage war ein Loch dort, wo Johannas Bett gestanden hatte, und als Cristina einzog, stellte sie ihres andersherum auf. Während Johanna und Marleen von Kopf zu Kopf gesprochen hatten, sprach Cristina zum Fußende von Marleens Bett, und Marleen freute sich, wenn sich jenseits der Bettdecke Cristinas Füße zeigten, geschmeidig und fest wie Handschmeichler, mal weiß und dann wieder bräunlich getönt, die Zehen wie die Köpfe einer Familie im Kasperletheater. Manchmal, um sich in den Schlaf zu wiegen, stellte Marleen sich vor, sie wären unterwegs auf einem langsam sich drehenden Karussell, die Gondeln in leichter Schräglage schwebend, und der Gedanke, wie dabei ihre Positionen wechselten, mal Cristina dort und dann sie selbst, beruhigte sie in einer Weise, dass sie Papa vergaß und dann hinüberglitt in die Traumlandschaft.

Johanna verkörperte, was Marleen erst werden sollte. Blickte Marleen zurück, konnte sie an Cristina sehen, was ihr selbst geschehen war. Cristina hatte schon damals diese florentinischen Augen, feingepinselt, dunkel, aber ihre Haut war hell und verzeichnete jedes Haar, blondschimmernd zunächst und von einem Tag auf den anderen wie in Tinte getaucht, Unkraut, Farn und dann die Undurchdringlichkeit des Schamwalds. Sie hatte die Schwerelosigkeit von Aktmodellen, die nicht zögern, splitternackt am Jasmintee zu nippen.

Und so, wie im Traumkarussell Marleen sich drehte und Cristinas Platz einnahm, begann sie Cristinas Erscheinung, ihre evolutionäre Schönheit mit sich zu tragen wie einen zweiten Körper. Das schaute sie sich von der jüngeren Schwester ab: ein Lächeln mit einem Runzeln der Stirn. Wie man die Schultern spannte, also die Brüste nicht versteckte. Wie man nicht mit den Armen fuchtelte, wenn jemand guckte. So lernte sie, die Signale der Jungen zurückzuschicken, schon nicht mehr ganz Marleen, Marlina oder Cristleen, das Lechzen von Franz-Josef und von Wölfi leichter zu ertragen mit diesem nussschalenartigen Gleichmut.

Nicht die Ungeduld der Jungen als solche hatte ihr missfallen – die schwitzenden Handflächen und Erektionen beim Küssen, das gehörte wohl dazu –, sondern wie sie ihre eigene Angst verbargen. Sie wollten Mädchen betören, lähmen, knacken, »es« mitnehmen wie Diebesgut. Sie war froh, dass die Schulzeit vorbei war, das Gezischel am Vormittag und das Gefummel am Nachmittag.

Hermanns Schwesters Wohnung: Cristina hat ihren Baumwollschlafsack mitgebracht – beige-braune Karos blassrot eingefasst – und legt ihn falsch herum aufs Bett. So kann Marleen, während sie *1984* liest, Cristinas Füße sehen, aus der Nähe sogar. Cristina derweil hat, wenn sie von ihrem Buch aufschaut, die Aussicht auf den Rasen, nicht viel mehr als eine flauschig grüne Linie, auf der allerdings jetzt ein halber

Mann mit einem Gartenschlauch unterwegs ist, der mittels einer kreisrunden Düse einen feinen Regen erzeugt. Die *Viktorianischen Ausschweifungen* bringen Cristina zum Kichern; Marleen macht »Mmh?«, aber bekommt keine Antwort.

Später, am Holztisch in der großen Wirtschaft mit ihrem Geruch von Geschnetzeltem, Bier und Tabakrauch zögert Steidle, sich zu den Neusserinnen zu setzen, zumal er, das ist noch nie vorgekommen, Hermann im Schlepptau hat. Aber dann sind sie doch ein gutes Quartett, auch wenn die Mädchen viel zu jung sind, zu jung für den nahenden Krebstod von Hermanns Schwester, ein dunkles, beschwiegenes Thema, die Tischbeleuchtung vier rauchfarbene Ufos unter einem schmiedeeisernen Kreuz.

So ein Tisch will bestellt sein. Da werden steinschwere Teller aufgetragen, Gläser mit schweren Böden, zinkklimperndes Besteck, und in der Mitte, schattenlos, steht eine Flasche Hauswein ohne Etikett, der natürlich der Neuen die Frage in den Sinn kommen lässt, wo man sich befinde, und es stellt sich wieder einmal heraus, dass es keiner oder jeder besser weiß. Glücklicherweise macht Cristina wie zuvor ihre Schwester den Fehler, Steidle zu fragen, ob er Schwabe sei, was einige Ausführungen möglich macht zum besonderen und unverwechselbaren Charakter der Hohenloher. Die Hohenloher werden verglichen mit den Schwaben, die Schwaben mit den Oberschwaben, die Oberschwaben mit den Alemannen, die Alemannen mit den Badenern, die man auch gern Badenser nennt, weil sie, die Badenser, das nicht leiden können, abgesehen von den schier unendlichen Möglichkeiten, all diese Landschaften und ihre eingeborenen Dickschädel abzusetzen gegen den planen Norden mit seinen »Fischköppen«, was Marleen und Cristina nur durchgehen lassen, weil es sie nichts angeht. Es stellt sich heraus, dass die Schwätzer am Holztisch, die so gern »wissad'r« und »waasch«

sagen, sehr viel eben auch nicht wissen; der Unterschied von Rheinland und Ruhrgebiet ist ihnen nicht bekannt, und mit dem Niederrhein wissen sie gar nichts anzufangen. Sie hören auch nicht zu, wenn Cristina es erklärt, sie starren ihr stattdessen in die Augen und auf den Mund und auf den Busen, was sie aber locker wegsteckt.

Nach dem Essen hampeln die Mädchen zu zweit auf dem Fahrrad von Hermanns Schwester durch die Altstadt. Marleen fährt einen Umweg, so dass sie vor der gewaltigen Fensterfront haltmachen können, hinter der grell erleuchtet die riesige vierphasige Druckmaschine nun, am Sonnabend gegen Mitternacht, stillsteht.

»Und da arbeitest du.«

»Nein, das ist die Beck'sche Druckerei.«

Von der Seite sieht Cristina ihre Schwester an, die nicht zurückblickt. Das hatte sie schon immer, dieses Gaffen und Nichts-sagen-Wollen.

Später geht es mit Hallo durchs Stadttor, der Hinterreifen könnte mehr Luft haben, Cristina wird das Profil des Kopfsteinpflasters auf den Po gestempelt. Sie rufen einander lustige Dinge zu über die schwäbischen Männer, wie sie sie nennen, aus Gemeinheit, denn dieser Hermann will unbedingt Franke sein, und der Steidle …

»Den sollten wir mal vernaschen!«, ruft Cristina.

Es schaudert Marleen, sie guckt vorsichtshalber geradeaus.

»Wie meinst du, wir?«

»Das ist doch der Traum der Männer, zwei auf einmal.«

»Glaubst du?«

»Das weiß doch jeder!« Gegacker. »Jede!«

Dann, Cristina hat sich ein altertümliches weißes Nachthemd mitgebracht, liegen sie wieder in der verkehrten Weise auf dem großen Bett und lesen in ihren Büchern. Bevor die Lichter gelöscht werden, erzählt Marleen von Winstons

Abenteuern im alten London, seinem Versuch, Zeugnisse der Vergangenheit, seiner eigenen Erinnerung aufzutreiben:

»Und das Antiquariat ist im gleichen Viertel wie die Puffs. Erst geht er zu einer Hure, dann ins Antiquariat.«

Cristina blättert in den *Ausschweifungen*. »Für diesen Walter ist London damals schon eine vergangene Welt. Er sagt, die Freudenhäuser wären längst geschlossen gewesen oder abgerissen.«

Marleen: »Was ist das Älteste, was du kennst?«

Cristina: »Die Pyramiden, oder?«

Marleen: »Nee, was du selbst gesehen hast.«

Cristina: »Diese unterirdischen Mauern, die in Köln freigelegt wurden, als ich in der ersten oder zweiten Klasse war. Und was ist das Älteste für dich?«

Marleen: »Kannst du dich erinnern an ein Bild im Fotoalbum?«

Cristina: »Welches denn?«

Marleen: »Wir alle fünf vor dem Reihenhaus, Nummer hundertdrei. Oder hundertfünf. So richtig aufgestellt. Links noch so grade im Bild der Lancia.«

Cristina: »Der Alfa.«

Marleen: »Dann kannst du dich erinnern?«

Cristina: »Ich weiß, dass wir einen Alfa hatten, keinen Lancia.«

Marleen: »Ist doch egal. Kannst du dich erinnern?«

Cristina: »In Schwarz-Weiß?«

Marleen, enttäuscht: »Ach was, in Farbe.«

Cristina: »Weißt du was, ich gucke mir nie Fotoalben an. Und niemals sind Fotos das Älteste, was man gesehen hat.«

Marleen: »Mh.«

Cristina: »Hä?«

Marleen: »Irgendwie doch.«

Und während von Cristina nichts mehr kommt, schläft

Marleen ein. Eines von hundert Gesprächen zwischen den Schwestern aus der Pomona: Sie finden statt, um andere Gespräche zu verhindern. Das Ziel ist, zu schlafen und nicht zu weinen. Das spart Cristina sich auf für den nächsten Tag.

Markise

Am Sonntag war es gelungen, eine Pumpe aufzutreiben und ein zweites Fahrrad zu leihen. Die Schwestern fuhren aufs Land, wo sie sich auf einer Apfelbaumwiese niederließen, die Früchte schon gut zu sehen, die Stadt Nördlingen in der Ferne wie ein blasser Kupferstich. Cristina behauptete nun, dass sie sich erinnere, aber nicht an das Bild vor dem Reihenhaus, sondern an die Situation selbst; der Architekt aus Düsseldorf habe die Kamera bedient. Vielleicht sei dies sogar ihre erste Erinnerung, oder ihre älteste, falls Marleen dies gemeint habe.

Marleen wusste nicht mehr, was sie in der Nacht zuvor gemeint hatte, aber sie nutzte die Gelegenheit, mit Cristina einzutauchen in jene Zeit, in der zwei Autos vor der Tür gestanden hatten, die Kinderrotte allgegenwärtig, die Kommunion noch fern; Johanna die tolldreiste Anführerin; die Geburt des Bruders wie Weihnachten; alle vor dem Fernseher, als Ulrike Meyfarth wie ein Lasso über die Latte setzte: in Farbe, definitiv. Der Wind wehte aus Düsseldorf, Geld und Visionen, man segelte schneller als die anderen. Dann jahrelanges Schweigen über das Wegbleiben des Vaters, »weil es nichts bringt«, wie Johanna beschlossen hatte – mit zwölf –, und der Mama war es recht, oder zumindest schien es so.

Marleen: »Jedenfalls ist er für … für eine große Sache abgehauen. Nicht für eine andere …«

Cristina: »Woher willst du das wissen. Denk an die Bilder aus … Puma, oder wie das hieß.«

Marleen grinst. »Manchmal denk ich, wir waren doch blöd und wir hätten alle hinterherreisen sollen.«

»Marleen, so ein Quatsch. Das war … Das ist eine total

durchgedrehte Kommune oder Sekte oder was, alle total fixiert auf diesen Dingsdayogi. Kannst du dir das vorstellen, Mama in orangen Klamotten ...«

Marleen: »Wir alle.«

Cristina: »Da kann man mal sehen, dass die Entfernung von der Kirche ernsthafte Dachschäden anrichtet.«

Marleen: »Wieso, vielleicht hätten wir die ja aufgemischt. Die Sekte wollte nicht unseren Papa, sondern den Medientyp aus der Eins-a-Agentur, seine Promotionideen, seine Kohle – und dann steht die ganze Familie da in Orange und ...«

Cristina: »... wird nicht einmal reingelassen.«

Marleen: »Macht ja nichts. Hätten wir eben vor dem Tor des Aschrams gelagert, hallo rein und hallo raus.«

Cristina: »Und wären jetzt Hippiemädchen ohne Schulbildung ...«

Marleen: »Nee, anders – ich meine, wir hätten Papa einfach nicht damit alleingelassen. Stell dir vor, du gehst in so eine Beten-und-Bumsen-Kommune und stolperst jeden Tag über deine Kinder.«

Cristina: »Und, was wäre dann?«

Marleen: »Dann wäre er zurückgekommen. Glaube ich.«

»Ist er ja«, sagt Cristina, während der stahlblaue Himmel ihr Gesicht eintönt, fein und kalt, die Dunkelheit ihrer Augen umso tiefer. Wenn man aussieht wie eine Madonna, denkt Marleen, ist das Schicksal vorgezeichnet. Cristina, auf dem Rücken liegend, wendet sich zur älteren Schwester, lächelt, das Lächeln misslingt.

»Er ist was?«, fragt Marleen.

Übrig bleibt ein Zucken der Lippen, und dann ist da ein Tränenbach, der herunterrinnt zu Cristinas Ohr und sich für einen Moment auf dem Ohrläppchen sammelt wie gefroren.

Marleen: »Er ist was?«

Es schüttelt die kleine Schwester, und sie wendet sich Marleen zu, die erleichtert feststellt, dass Cristina doch, anders als sie dachte, symmetrisch weint, wie es sich gehört.

»Papa.«

»Ist er nicht!«

Pause im Bericht. Cristina weint. Marleen fährt ihr mit dem kleinen Finger über die Augenbrauen. Cristina schämt sich nicht, wenn sie weint. Das war schon immer so.

Marleen versucht, die Lücke zu füllen, das riesige Luftloch zu stopfen, das sich vor ihr auftut, sie denkt: Papa lebt seit Jahren wieder in Düsseldorf, nur Johanna und Cristina wissen davon, sie besuchen ihn heimlich, sie haben ein zweites Leben. Ich und Mama voll angeschissen; aber Linus, was ist mit Linus? Unwahrscheinlich. Sie denkt: Papa war nur als Medienberater in Poona, vier Wochen wie geplant, ist aber nicht nach Düsseldorf zurückgekehrt, sondern nach München, wo er unter anderem Namen eine Filmproduktion … Und während Cristina unverständliches Zeug stammelt, spinnt sie die Luftlochgeschichten weiter. Marleen glaubt die Tränen zu riechen und die Äpfel wachsen zu hören. Schließlich beruhigt sich die Schwester und kann es erzählen.

Kaum war Marleen abgereist nach Nördlingen, schellte das Telefon.

»Cristina Schuller.«

»Crissy, hier ist der Papa.«

»…«

»Sag mal, ist die Johanna da?«

»Die wohnt hier nicht mehr.«

»Ach ja, sie studiert …?« (Unangenehm ist es ihm schon.)

»Mama ist einkaufen. Linus kommt erst nachmittags aus der Schule. Marleen macht ein Praktikum in Bayern oder irgendwo.«

»Ich bin in Deutschland, Crissy.«

»Cristina.«

»Cristina.«

Am nächsten Tag nahm Cristina die Bahn zum Kölner Hauptbahnhof, ging zu Fuß zum Friesenplatz und fand in der Venloer Straße das Café wie beschrieben. Am Morgen hatte sie wachgelegen, gar nicht ihre Art, und überlegt, ob sie Mama einweihen sollte, mitnehmen vielleicht. Aber Lore Schuller saß über der Weihnachtsillu für Tchibodosen und wirkte nicht so, als dürfe ein Petrus ihr den Julitag verderben.

Im Gartenbereich eines Sannyasincafés saßen Gäste, ein Tisch war reserviert. Eine schmale Frau mit bronzenem Teint und geübter Entspanntheit fing Cristina ab, wies ihr den Stuhl an. Zwei Männer erschienen gleichzeitig. Der jüngere wischte gründlich den Tisch ab, der gar nicht dreckig war, der ältere setzte sich Cristina gegenüber. Er berührte sie nicht; er gab ihr nicht einmal die Hand. Die Frau nahm die Bestellung auf, wobei sie Petrus Schuller mit einem exotischen Namen ansprach. In der folgenden Viertelstunde fand ein lückenhaftes Gespräch statt, nur für Momente unbewacht. Petrus hatte jetzt lange Haare, graue Locken. Er deutete an, dass er den Umzug des Aschrams nach Amerika zwar noch mit vorbereitet habe, aber nicht mehr dabei sein werde.

»Ich habe hier eine Basis … Nun muss ich doch mal sehen, was mir entgangen ist … Es ist keineswegs so, dass ich meine Wurzeln vergessen hätte, im Gegenteil, ich weiß jetzt sehr viel besser, woher ich komme … Vielleicht bin ich gar nicht der Spinner, für den sie mich alle halten …«

Cristina dachte, er meint in Wirklichkeit uns. Mama. Marleen. Mich. Aber sie fand die Worte nicht, ist abgehauen.

»Du bist abgehauen?«

»Mmh.«

»Einfach so? Was hast du denn gesagt?«

»Ich hab' …« Cristinas Stimme hört sich an wie Frosch-im-Teich.

»Du hast was?«

»Ich hab' nach der Toilette gefragt. Diese Frau hat mich mit reingenommen, das Klo war im Keller, hinter der Garderobe oder so 'ner Trennwand ging die Treppe runter. Als ich wieder oben war, bin ich zur Vordertür raus, ich hab' mich nicht mal mehr umgesehen.«

Cristina hat sich beruhigt. Marleen ordnet der Schwester das Haar. Sie wartet. Sie wartet eigentlich schon, seit Cristina angekommen ist. Die Jüngere trägt ihre Geheimnisse wie eine Fratze. Sie ist nicht dafür gemacht, etwas zu verbergen.

»Das sind diese Kontrollniks. Die wollten euch nicht unter vier Augen sprechen ...«

»Augen!«

Cristina schüttelt es.

»Dgantzeit hat er dieS...«

»Cristina, ich versteh' dich nicht.«

»... hat er die bscheurte Sonn...«

»... die Sonn?«

»Die Sonnenbrille nicht abgenommen. Nicht für einen Moment.«

Tränen über Tränen, das tut der Apfelbaumwiese gut und Cristina auch, die nun ganz weich wird unter Marleens Händen, ein warmer Puschel wie früher. So ein Schwein, denkt Marleen. So ein Schwein.

Die andere Hälfte wird auf der Rückfahrt berichtet, die beiden Fahrräder nebeneinander auf der Landstraße. Am Tag nach Köln hatte sich Cristina auf eine Party selbst eingeladen, die zugleich ein Geburtstag war – Franz-Josefs – und ein weiteres Abiturbesäufnis von Marleens Jahrgang, ein großes, weißes Haus in Meerbusch, die Eltern in der Provence, Nico und Harald abwechselnd am Plattenteller: Bowie, Talking Heads, Police und alle zwei Stunden *Dancing Queen*, aber nur um jene Jungs auf die Palme zu bringen, die am liebsten Holger

Czukay gehört hätten; ein unverschlossener Weinkeller; die Zimmer der fortgezogenen Töchter, drei Betten. Zwischen Mitternacht und Dämmerung ist Cristina alles egal gewesen – oder es kam genau drauf an, schwer zu sagen –, jedenfalls war Wölfi der Erste, der in ihre schwarze Seele blickte und den Augenblick zu nutzen verstand.

»Wölfi!«, ruft Marleen.

»Findste wahrscheinlich voll übel.«

»Kann er's wenigstens inzwischen?«

Das große Gelächter der Schwestern hallte noch lange von der Stadtmauer wider. So ging der Sonntag zu Ende. Am Montagmorgen besichtigte Cristina die Druckerei, eher aus Höflichkeit, bevor sie in Richtung Bahnhof verschwand; am Dienstag gegen Mittag nahm Volpe Marleen beiseite:

»Hören Sie, Fräulein …«

»… Schuller …«

»Nein, ich weiß schon …«

»Mar-*leen.*«

Volpe grinste, als hätte sie Geneviève gesagt.

»Marleen, es gibt Business in Mailand. Ich hätte gern, dass sich jemand mit mir umschaut und auch mitschreibt. Könnten Sie Ihre Aufgaben hier für drei Tage ruhen lassen? Zum Wochenende sind wir wieder da.«

»Moment«, sagte Marleen.

Sie suchte Steidle, der den Braten schon gerochen hatte und sich in der Pausenklause der Drucker versteckt hielt, vorgeblich etwas suchend. Er bemühte sich sehr, kein Bedauern zu zeigen; eine gewisse Traurigkeit war ihm in die Augen geschrieben; sehr ungern hörte Marleen ihn bekräftigen, dass sie abkömmlich sei. Wobei sie plötzlich merkte, was sie wollte, nämlich unentbehrlich werden. Aber Volpe zu brüskieren konnte auch nicht richtig sein. Außerdem: Mailand.

»Es ist möglich«, sagte sie zu Volpe, der gerade einem Setzer über die Schulter sah, als sie zurückkam. Marleen machte sich mit dem Fahrrad davon. Eine Dreiviertelstunde später hielt der Rover vor dem Haus mit der Einliegerwohnung. Der olle blaue Koffer wurde eingeladen, recht plump neben Volpes Pilotencase mit doppeltem Zahlenschloss in Messing.

»Sie sind hoffentlich informiert, was den Trauerfall betrifft«, murmelte Volpe.

»Nein.«

»Nein?«

»Welcher Trauerfall?«

»Hermann Schmidts Schwester ist gestern ihrem Krebsleiden erlegen.«

»Oh.«

Sobald die Autotür sich schließt, ist man in England. Das Lederpolster ist kühl, die sechs Zylinder brummen; jetzt könnte der Tee gereicht werden. Bei hundertzwanzig auf der Landstraße nach Donauwörth singen die Autotüren Schuberts Lieder in Stereo. Als Volpe den Wagen vor Augsburg auf die Autobahn steuert, hat Marleen sich dran gewöhnt, obwohl sie weiß, dass es eingeflüstert ist, eingeflüstert von Geld, Technologie, Tradition: dass man das verdient habe. Dass man es wert sei. Dass man, wenn man diese Mittel hat, noch ganz anders könnte. Volpe weiß, welche Sprache sein Auto spricht. Er selbst schweigt in Wohlgefallen. Er gönnt sich ein bisschen Träumerei bis jenseits von Rosenheim, die Bergzüge links und rechts wie Opernkulissen.

Ein kleiner Mann, der Volpe, den Sitz hat er nach vorn gefahren, um die Pedale zu erreichen, den mechanischen Gurt locker übers Bäuchlein gelegt, der Kopf ruhend im cognacgelben Leder der Stütze, so dass der Schnurrbart zuerst in die Landschaft schaut, die Silberbrille wie Zierrat auf dem Nasenrücken, wo sie einen Abdruck hinterlässt. Mit der Linken wirft er ein Bündel Scheine in den Korb der Mautstelle. Während die Anlage das Geld einzieht, zählt und schließlich die Schranke freigibt, wendet er sich zu Marleen:

»Kaffee?«

Ohne die Brille ist er ein anderer Mann. Für einen Moment wackelt die Altersbarriere: er der nervöse Junge, sie die abgeklärte Lady, wer kann mit wem Pferde stehlen.

Der Bartresen aus weißem Marmor, eingefasst in Edelstahl, zum Drauflehnen, was Volpe tut, ein Routinier. Sie, mit einem Bärtchen vom Macchiato, beobachtet die Barhalle im Spiegel, das ungleiche Paar, das sie sind. Sieben- oder achtmal findet sie die Schrift, von der Miniatur auf der Tasse über die Reservepackungen im Regal bis zur Emailleplakette über dem Tresen und seitenverkehrt im Fenster: LAVAZZA, in Rot. Schon jetzt hat sich die Reise gelohnt. Volpe sieht ihr zu, wie sie das Milchbärtchen mit dem Handrücken ausradiert.

Der Verkehr wird dichter mit der Westwendung bei Verona, der Himmel unruhig, mal silbern, dann nahezu violett. Die Autobahn verdoppelt und verdreifacht sich, aufgerollt wie eine Schlange, die Autos verdaut wie Nager, den Rover schließlich wieder ausspeit auf die Magistrale, riesige, von Ruß und Rost angefressene Wohnanlagen, auf die Dächer getürmte Reklameschriften, Ampeln, die zwinkern, Moment mal, und da hat Volpe nicht aufgepasst, der weiße Fiat hinter ihm kreischt wie ein Ganter.

Das Verwaschene lässt nach, die Glanzlichter nehmen zu, woran Marleen die Annäherung an die Innenstadt erkennt. Kein Wort hat Volpe verloren über die Unterbringung, und Marleen hat nicht gefragt. Schon schwenkt das englische Auto ein in eine Toreinfahrt; die Hofanlage macht aus dem Brummen des Motors den Lärm einer Fabrik. Als sie aussteigen, erscheint über ihnen der kristalline Himmel des frühen Abends als Quadrat, und doch nicht ganz, denn ein Viertel des Gebäudeblocks ist als Rundung gebaut.

»Finden Sie auch«, ruft Marleen über das Autodach hinweg, »dass ›runde Ecke‹ ein total blödes Wort ist?«

Volpe nimmt seinen Pilotenkoffer und geht vorweg, auf einen Hintereingang in der runden Ecke zu, läutet bei Casa Stefano; schon der Flur hat Deckenstuck wie die Blüte einer Margerite, die Form wiederholt in den Bodenintarsien, die Glaslampe da oben wie Vollmond. Volpe kennt das alles. Am Paternoster lässt er die erste Kabine vorbeifahren, nickt Marleen zu, und die nächste nehmen sie beide im Sprung, sie dachte, dieses Beförderungsmittel sei ausgestorben. Er strahlt und betrachtet sie von oben bis unten, als wären sie sich soeben erst begegnet, dann wendet er sich zum Ausstieg,

»Wellet mr?«,

und schon stehen sie im hohen, gewölbten, aber trüb beleuchteten Gang einer Pension, Holzdoppeltüren links und rechts. Die Signora empfängt beide herzlich, aber einzeln und nicht als Paar, und nimmt Marleen nach einem Italopalaver mit Volpe wieder in den Paternoster. Marleen zögert und steht dann zehn Sekunden allein mit Koffer in der Kabine drunter, im fünften Stock reicht ihr die Signora zum Aussteigen die Hand. Dann geht es eine Stiege hoch, entlang der Förderanlage des Paternosters, die hinter der Treppenverkleidung rumpelt, bis unter das Dach des Gebäudes, wo die Signora ein schmales Dienstmädchenzimmer aufschließt, Linoleum und schmiedeeisernes Bett, wie Marleen erkennt, als die Signora am anderen Ende des Zimmers den hölzernen Rollladen aufstößt. Von der Dachgaube aus hat Marleen den vollen Ausblick auf die Kreuzung Via Turati und Via Moscova, der Straßenbelag braun-rötliche Quader, Straßenbahnschienen, Autos, Roller, Passanten – eine Viertelstunde lang steht sie an dem kleinen Fenster, nachdem die Signora sie allein gelassen hat. Marleen ist erleichtert. Das Zimmer kostet 32000 Lire, so steht es auf die Innenseite der Tür geschrieben, das kann sie selbst bezahlen, dreißig Mark sind das oder jedenfalls nicht viel mehr.

Eine Stunde später sind sie unterwegs auf dem kostbaren Pflaster in Richtung Innenstadt, die Bars und Geschäfte am frühen Abend gut beleuchtet, was in den Straßenschluchten ein Licht erzeugt, das sich mit jedem Schritt aufs Neue mischt wie ein flatternder Vorhang, dieser zerlöchert von den Scheinwerfern der Autos, die regelmäßig wie ein Leuchtturm über die ziselierten Fassaden, die Marmorpoller, die Waden der Passanten streifen.

Es waren zehn oder zwölf Minuten in die Via Manzoni, und diesen Weg flanierten der Verleger Volpe und die Praktikantin Schuller zweimal am Tag, um halb zehn am Morgen und um drei am Nachmittag. Im Grand Hotel ging Volpe, während Marleen so tat, als interessierte sie sich für Stuckdecken, zuerst an die Rezeption, wo er Benachrichtigungen und eingegangene Faksimiles mit 10000-Lire-Scheinen belohnte. Das brachte ihm die Behandlung eines Gastes ein; auch wenn er im Salon saß, wurde er ans Telefon gerufen. Volpe erklärte nichts, aber sie konnte es sich ausrechnen: Nicht mehr als fünfmal 10000 Lire am Tag, über zweieinhalb Tage, das ergab keine halbe Nacht im Grand Hotel, aber verhalf zu einer glamourösen Businessadresse. Das Wetter war gut genug, man brauchte keinen Mantel, keinen Schirm, und sie erschienen immer eine Viertelstunde vor dem ersten Termin der jeweiligen Tageshälfte, so dass der eine oder andere Geschäftsfreund glauben musste, Volpe und Marleen residierten in der Via Manzoni 29, obwohl Volpe das nie, auch nicht implizit, zum Ausdruck brachte. Es sah einfach so aus. Sie belegten einen Tisch fast in der Mitte des üppig dekorierten Saals mit gefiltertem Oberlicht, und Marleen gewöhnte sich schnell an den Reigen von Leckereien, die gebracht wurden, begleitet von frisch gepressten Säften, tiefbraunem

Espresso in winzigen, dickwandigen Tassen, Mineralwasser, das verführerischerweise Pellegrino hieß; schließlich eine Flasche Est! Est! Est!, die Volpe immer um sechs bestellte, oder um Viertel nach, aber nicht später, und sich ohne jeglichen Kontrollverlust bis halb acht einverleibte, abzüglich dessen, was die Geschäftspartner davon nahmen. Marleen lehnte ab; ihre Arbeit, falls es eine war, lag darin, sich nichts anmerken zu lassen. Cristina, dachte sie, würde das leichter fallen, weil Cristina überhaupt gern unter Menschen war, ohne etwas darstellen zu müssen, und weil Cristina nicht an andere Dinge dachte, die einen ablenken und dann, im entscheidenden Augenblick, dumm aussehen lassen. Wenn Volpe sie fragte, ob noch ein Exemplar der *Historischen Fragmente* vorhanden sei, während sie gerade überlegte, ob der Schriftzug von Illy, eine Pinselschrift, schwächer sei als der gebäudeartige von Lavazza; sie fand ja, durchaus, aber so ein kurzes Wort in der gleichen Blockschrift würde erst recht nicht gut aussehen. Sie untersagte sich die Grübelei, musste nachfragen, zog Volpes offen stehenden Pilotenkoffer hervor und stapelte die Bücher auf dem freien Nebentisch, fand das Buch von Jacob Burckhardt, gab es Volpe, räumte den Rest wieder ein und schob den Koffer halb unter den Tisch zurück, offen, und fast auf den Zentimeter dorthin, wo er zuvor gestanden hatte. Volpe reichte das Buch weiter an Signora Feltrinelli und erklärte ihr, die zur Verwunderung Marleens akzentfrei deutsch sprach, dies sei die erste kritische und kommentierte Ausgabe der hundertfünfzig Notizen des großen Historikers, eine konzise Chronologie des Abendlands. Marleen versuchte sich mit einem Hinweis auf die altertümliche Ausstattung des Buchs, aber Volpe winkte ab, und als die Feltrinelli gegangen war, Diamant und Seide, fixierte er sie väterlich und sagte: »Wenn wir dieses Buch in den italienischen Vertrieb bringen wollten, hätten Sie recht. Es geht aber nur um Lizenzen. Geistiges, wenn Sie so wollen.« Sie nickte, aber nicht zu heftig, und hoffte, nicht zu erröten.

Zwei Nächte waren genug, um Mailand zu einem Traum in Technicolor auszuspinnen, die Reifen glitten wie Zungen übers Straßenpflaster, die Bartresen glichen Terminals, Toiletten wie Marienschreine, Hemden in Fenstern und Fenster in Hemden. Als hätte man alle Städte in eine gezwängt: das klapprige Paris, das rissige Prag, das feierliche Kopenhagen und Düsseldorf, die Urstadt. Westen, deren Spitzen zu den Bügelfalten zeigten; lederbesohlte Schuhe mit langen Nasen auf modernen Teppichen; Perlen wie Salamander kriechend in Rüschen; messingglänzende Turmfrisuren unter gedimmten Lüstern; Brillen wie die Scheiben in der Formel II. Am Morgen wachte sie zu früh auf, mit Herzklopfen, neben dem Bett ein Stapel italienischer Bücher aus Mailand, Turin, Bologna, Rom, in denen sie blätterte. Unregelmäßigkeiten im Druckbild bei den Taschenbüchern fielen ihr auf. Die Formate der gebundenen Bücher schienen etwas aufgeblasen. Verlagslogos waren wie aus Stein gehauen, die Titelillustrationen greller als zu Haus. Interessant! Wer sagte, dass man sein Leben in Deutschland verbringen musste. Dann schlief sie wieder ein, und es fiel eine weitere Sendung Milano Goldstaub auf die Träumerin, bis Signora klopfte.

Marleen hatte vergessen, ihren Wecker mitzunehmen, Wiederholung der Szene um halb drei, wenn die Mittagspause endete. Der Bücherkoffer blieb über Mittag an der Rezeption des Grand Hotel. Am Abend schleppte Marleen ihn mit zur Pension, packte die italienischen Bücher aus, ordnete die Exemplare aus der *Eigenen Bibliothek* so, dass sie nicht bestoßen werden konnten, und klebte Visitenkarten in ein Heft, das sie im Schreibwarenhandel erstanden hatte, wie auch den Klebestift mit dem schottischen Muster. Dazu kopierte sie ihre eiligen Notizen vom Tage. Es entstand, in leserlicher

Schrift, ein komplettes Protokoll sämtlicher Begegnungen, ausgenommen Volpes Feierabend in Begleitung, eine schmale Lady auf smaragdgrünen Stilettos, die Volpe um einen halben Kopf überragte, wie Marleen sah, als sie am Ende der Galeria Vittorio Emanuele durch die großen Fenster spähte, die Szene an der Bar bestens vom Domplatz her erleuchtet. Auf dem marmornen Tresen standen weiße Teller mit Oliven, jede einzelne mit einem Zahnstocher aufgespießt, und eine Phalanx gemixter Getränke in den unwahrscheinlichsten Farben, aber da hatte sie sich schon abgewandt, denn Volpe nachzuspionieren war eine Aufgabe, die sie mit Sicherheit nicht hatte. Drei Abende verbrachte sie in Mailand allein, saß auf der Treppe der Oper, beobachtete schwarzgekleidete Frauen beim Beten im Dom und verschlang in einer Seitengasse Pizza mit Tomaten, Käse, Basilikum und eine Prise Einsamkeit, das war pittoresk und heroisch (gern hätten wir für sie die Zeit angehalten). Männern, die sie ansprachen, lächelte sie schmallippig zu und schüttelte den Kopf, als käme sie direkt aus einer lappländischen Holzfällerhütte.

Für Volpe musste der Besuch in Mailand anstrengend gewesen sein, denn er verbrachte die Strecke von Verona bis München auf dem Beifahrersitz, schlafend mit leicht geöffnetem Mund, wie Marleen fasziniert im Augenwinkel beobachtete, ansonsten brav die Autobahn im Blick, die Führung der Tunnelspuren, die launischen Lastkraftwagen, den Rollsplitt; der Rover wollte mit zarter Hand gelenkt sein, mit Umsicht beschleunigt, federleicht ausgebremst. Vor dem Brunnthaler Kreuz war Volpe wieder wach, dirigierte seine Fahrerin nach München auf den Ring über die Isar von Norden nach Schwabing hinein und schnippte mit der Hand, wo ein rostiger Ford ausparkte, dort fädelte Marleen den Rover ein, auf den ersten Versuch, »Das nenne ich Augenmaß«, sagte Volpe. Während sie neben ihm stand, leerte er eine riesige schwarze

Einkaufstüte – zwischen dem vielen Seidenpapier: zwei komplette Dreiteiler –, und plötzlich war er gesprächig,

»Wir kleinen Männer bekommen doch nichts in Deutschland, dafür muss man nach Armaniland.« Die Anzüge ließ er auf dem kamelbraunen Teppich des Kofferraums liegen. Er öffnete den Koffer und stapelte die Bücher, ausgenommen doppelte Exemplare, in die Tüte, die er schließlich vorgebeugt von unten anhob, um sie dann Marleen, als wäre sie ein kräftiger Geselle, an die Brust zu drücken. So, mit zehn Kilogramm italienischer Literatur, die steife Kordel der Einkaufstüte über dem Kinn, erschien sie dann, Volpe gleich hinter ihr, an einer Tür ohne Namensschild, die im Halbdunkel von einer schmalen Frau geöffnet wurde, die sich bei Licht besehen als Mann herausstellte, mit echsenhaftem Antlitz und darin ein verspieltes, schnelles Augenpaar. Als Marleen die Tüte im staubigen Hausflur abgestellt hatte, gab der Mann ihr die Hand und stellte sich namentlich vor, was nicht wirklich nötig gewesen wäre, denn sie wusste, er war der Herausgeber der *Eigenen Bibliothek*.

»Habt ihr gut eingekauft?«, fragte der Herausgeber.

»An- und Verkauf«, sagte Volpe. »Der Gärtner, das Wasserzeichen, das Revolutionsjournal und die Fragmente unterschriftsreif, drei weitere ernsthaft nachgefragt, der Rest Blabla.«

»Wer macht das Wasserzeichen?«

»Einaudi.«

»Well done.« Und schon waren sie wieder draußen. Dennoch flatterte unter dem rechten Scheibenwischer ein verdächtiger Zettel.

»Wir haben en Knöllschen!«, rief Marleen.

»Aber verdient!«, rief Volpe zurück, der sich von München bis Nördlingen selbst hinters Steuer setzte und wieder die Schubertlieder spielen ließ.

An ihrer Wohnungstür fand Marleen eine Notiz in gestochener Handschrift:

»Sehr geehrtes Fräulein, aufgrund des Todesfalls möchten wir Sie bitten, die Einliegerwohnung bis zur Mitte der Woche zu räumen! Balduin Feßmann und Frau«.

Am Montag erschien Marleen vor acht Uhr in der Druckerei, aber Uli Steidle war schon da. Er begrüßte sie, ohne ihr in die Augen zu sehen. Hermann hatte, trotz Schwester, keinen Tag an der Setzmaschine versäumt, aber seine Trauer drückte auf die Stimmung der Belegschaft, so dass Steidle mit seiner Spaßlosigkeit nicht auffiel, Marleen aber begriff durchaus. Am Abend passte sie ihn ab, lehnte sich wie eine Degas'sche Tänzerin auf einen Stapel Druckbögen, fasste ihn kurz am Handgelenk und fragte, ob er Zeit habe, in der Wirtschaft mit ihr zu essen. Es schoss eine Röte in sein Gesicht; er sagte ja und wandte sich ab.

Uli ließ sich nicht einladen, aber betrunken machen schon. Sie gingen die Krankengeschichte von Hermanns Schwester durch, um des Tiefsinns willen, imitierten Gesten von Stammgästen, um gemeinsam zu lachen, erlaubten sich ein Geplauder über die *Viktorianischen Ausschweifungen*, um nicht prüde zu wirken, und schließlich skizzierte Marleen, wie absichtslos, die Tage in Mailand, ihre einsamen Spaziergänge durch die abendliche Stadt. Das stimmte Uli weich. Er hatte sein Fahrrad dabei, so dass es sich anbot, in der Sommernacht einen Blick in die Einliegerwohnung zu werfen, um die Mühen des Umzugs abzuschätzen, obwohl Marleens Hausstand nicht gewachsen war und insofern jede Logistik überflüssig. Zum Glück hatte Cristina am Deckenfluter den Dimmer entdeckt, so ein Pseudomond am Himmel der Souterrainwohnung kam gerade recht. Marleen überlegte, wann sie den Vorhang schließen sollte – sogleich war zu deutlich und später passte es vielleicht nicht –, aber dann war es ihr egal. Sie nahm

Uli die Brille ab und strich über sein Gesicht, und sie fielen auf die indische Tagesdecke von grauroter Feierlichkeit mit bronzenen Ornamenten. Marleen achtete darauf, dass sie, als es so weit war, falsch herum zu liegen kamen, mit dem Kopf am Fußende, so als wäre sie weniger sie selbst und eher die Schwester, und sie freute sich an dem Bild, das sie sich, als schaute sie von der Decke herab, vorstellte: der schüchterne Hohenloher, halb blind, bis auf die Tennissocken nackt, die mörderische Versteifung des Junggesellen zwischen den Popacken des Mädchens. Armer Junge, er brauchte wirklich den helfenden Handgriff, knurrend wie ein Hund, dem man seinen Knochen nehmen will. Sie schloss den Vorhang erst, als Uli aus der Tür war, um Mitternacht.

Bleich von der Blutung, und zufrieden ob deren Pünktlichkeit, lud Marleen am Mittwochabend den dunkelblauen Koffer des Vaters auf das Fahrrad und wechselte in die Altstadt, wo sie für den Rest der Woche, ohne in die Wirtschaft zurückzukehren, *1984* zu Ende las. Hermann schenkte ihr das Fahrrad. Bei dieser Gelegenheit erst wurde erwähnt, dass sich Uli und Hermann eine Wohnung teilten, ein Umstand, der Marleen mehr als recht war. So schien der Montagabend einer Ausnahme geschuldet, Null ouvert der Gefühle, eine Wiederholung schwerlich einzufädeln und sowieso dringend zu vermeiden.

So wie »Marle« eintauchte in die Routinen von Lieferung und Verwaltung, Satz und Druck, hätte man meinen können, sie gehöre zu Volpes Druckerei wie alle anderen auch. Der Buchhalter verkniff es sich nicht, ihr zu stecken, ein Besucher habe in ihr die »Juniorchefin« erblickt. So dachte sie nicht mehr viel an Kassel; sie verbot sich, eine Kränkung zu verspüren, als sie ihr zweites Monatsgehalt als Praktikantin bekam. Sie konnte sich zwar kaum vorstellen, dass Volpe sie einstellen würde – als was? –, aber dass ihre Zeit in Nördlingen endete (das Geklapper der Presse, wenn der letzte Druckbogen durchgelaufen war, bevor sie abgestellt wurde), kam ihr mit jedem Tag unwahrscheinlicher vor. Es war von Büchern die Rede, die im September fertig werden sollten. Ein »Das muss dich ja nicht mehr interessieren« kam nicht vor.

Der Sommer wurde immer größer, er spannte sich von Horizont zu Horizont, er fächelte zur Nachtzeit in ihre Kammer. So strich die letzte Woche vorbei. Am letzten Tag im August, dem Freitag, hatte Uli Marleen eingeladen, sie saßen nebeneinander auf einer Caféterrasse, der Kuchen zu schwer und der Kaffee zu bitter, aber Nördlingen war eben nicht Mailand. Ein Wind war aufgekommen, sie fröstelten im Schatten der gewaltigen Markise. Uli sprach vom ländlichen Anwesen seiner Mutter im Hohenlohischen, wo er als Student ganze Sommer verbracht hatte; Volpe aber könne ihn nicht mehr als zwei Wochen entbehren. Noch am selben Abend würde er den Überlandbus besteigen nach Schwäbisch Hall und dort vom Bruder abgeholt werden, der ein Hallischer Braumeister war. Apfelblüte, Buchenwald, Hopfenhänge; das müsse sie einfach sehen, sagte er, warum nicht, sagte sie. Der Wind nahm zwei Tischdecken gleichzeitig mit, die im Garten verschwanden wie ein Schmetterlingspaar.

»Marle?«

Sie lugte ihn von der Seite an. Er wandte sich ihr flüchtig zu und sah dann wieder ins Grüne, Blätter glitzernd im Aufwind.

»Marle. Däädsch mi heirade?«

Sie erstarrte. Kurz wandte er den Kopf zu ihr, nahm dann die Brille ab, wischte sich die Augen, setzte sie wieder auf. Eine Bö fuhr unter die Markise, blähte sie, hob sie leicht an, ließ plötzlich nach. In dem Moment brach von drei Trägern der mittlere. Das erste Teilstück blieb mit der Wand verbunden, der Rest raste wie ein Schwert auf das Haus zu, so schnell, dass keiner von beiden ausweichen konnte. Der stählerne Arm mit dem scharfen Ende nahm alles mit, was auf dem Tisch stand, und schlug zwischen ihnen in die Wand ein Loch von der Tiefe einer Faust. Sie riefen einander, gleichzeitig, schreiend beim Vornamen; das klang wie Au. Der Chef erschien mit Schwiegersohn und begann, die Gäste nicht weiter beachtend, sich an der Markise zu schaffen zu machen. Marleen, die näher an der Tür saß, nutzte die Gelegenheit, stand schnell auf und verschwand im Gastraum des Cafés, wo die Bedienung in einer bestickten Schürze sich ihr in den Weg stellte und fragte:

»Sie welle zoohle?«

Das Gegenteil von was?

Jemand hatte die Küche grün gestrichen, nicht gras-, frosch- oder flaschengrün, kein helles und kein dunkles, einfach irgendein Grün, schal und stumpf. Sie hatte die Wohnung trotzdem genommen, denn es war die erste, die sie sah, die erste, die sie haben konnte, da wäre ihr nein zu sagen übermütig vorgekommen.

Auch sonst war ihr eher nach ja als nach nein, nach viel statt wenig und jetzt statt später, weshalb sie sich überall einschrieb, für Typo, Foto, Film, Grundlagen der Gestaltung und deren Theorie; nur die Keramikwerkstätten mied sie, weil die Öfen so merkwürdig rochen und überhaupt, sie wollte doch nicht Töpferin werden.

Sie musste mit dem Fahrrad über den Hügel strampeln und dann nur noch die Bremsen bedienen bis zur Frankfurter Straße, wo die Autos und die Straßenbahn um die Wette fuhren. Die geschachtelten Bungalows der Kunsthochschule lagen in dem stillen Viertel dahinter, der Mensatrakt geöffnet zur Karlsaue, eine Mischung aus Stadtpark und Schlosspark, aber kaum Leute zu sehen. Da standen früher die Remisen, dachte Marleen.

Die Gespräche in der Mensa waren so locker und unverbindlich wie die Gruppen, die sich bildeten, ohne Verabredung, immer brach gerade jemand auf oder kam dazu. Marleen interessierte sich nicht so sehr für das »Wo-wohnst-du?« und »Was-kostet-das?«; auch wollte sie nicht preisgeben, noch nicht, dass sie ein zweites Zimmer hatte, ein kleines, zu dunkel eigentlich, aber gut genug für jemanden ohne Bleibe. Sie sagte in eine Gesprächspause hinein,

»Das ist eine merkwürdige Fahrt hier runter. Erst werden

die Häuser immer größer, Ampeln, Gleise, und dann diese silberne Oase.«

Zehn Augen sahen sie an, erst ein wenig überrascht, dann amüsiert, weil nichts mehr kam, und plötzlich reserviert, weil niemandem etwas einfiel. Da sagte einer vom Ende des Tisches,

»Wie eine Wallfahrt ist das.« Man gackerte erleichtert. Der junge Mann lächelte flüchtig, fixierte Marleen, nahm sein Tablett und ging. Das war so einer, der Hosen mit Bügelfalten trug. Aber den richtigen Gang hatte der, nicht zu schnell und aus der Mitte heraus.

Alles, was Marleen anfing, erwies sich in der ersten Woche als schwierig, in der zweiten fiel es leicht, in der dritten wieder schwer. Bei jedem Seminar musste man achtgeben, den Anfang nicht zu verpassen. Der Filmvertretungsprof kam an einem Donnerstag morgens um neun, es gab Gerangel um »die Liste« (wie kam man auf die Liste?), am Freitagabend packte er um zehn seine Anekdoten aus, um elf seinen Koffer, dann war er für drei Wochen verschwunden, bis zum November. Der kommt ja auch extra aus Los Angeles, hieß es.

»Aus Hollywood, um in Kassel Kurzfilm zu unterrichten?«

»Wieso nich'?«

Marleen zögerte, sich für Grafikdesign einzuschreiben, sie dachte, die machten da Verpackungen für Medikamente. Dann merkte sie, dass alle hingingen, Hagen Kluess war Kult, der sprach mit hundert Studenten wie ein Arbeiterführer. Im großen Seminarraum hingen noch Plakate, vom letzten Semester, dachte Marleen, bis sie merkte, dass diese für die erste Sitzung von Assistenten aufgehängt worden waren, ein Stachel im Fleische der Anfänger, die zweierlei dachten, Das schaff ich nie und Das kann ich auch.

»Das Mobiliar müssen Sie nicht übernehmen, morgen ist Sperrmüllabfuhr«, hatte der Vermieter gesagt, ein gütiger

Herr, der im Haus nebenan wohnte, das ihm ebenfalls gehörte. Statt ihre Möbel herauszustellen, hatte sie den Vorabend genutzt und den Wohlstand der Nachbarschaft studiert, die es offensichtlich darauf anlegte, auch das Letzte abzustoßen, das den Krieg überlebt hatte. Der Küchentisch mit Besteckschublade, die Fläche unscharf marmoriert, echtes oder falsches Linoleum, war der zweitbeste Fund gewesen. Sie hatte blaue Flecken an der Hüfte vom Schleppen, aber was für ein Triumph nach dem Putzen. Das Beste hatte sie schon am Nachmittag entdeckt, vom Fahrrad aus: sechs schwarze Lampen, die aus der Werkstatt eines Fotografen auf die Straße geschafft wurden. Sie bat die Witwe und ihren Sohn, die Lampen wieder reinzuräumen. Daraufhin wurde ihr das Atelier gezeigt – Nein danke, die größeren Geräte könne sie nicht brauchen. Später kam sie noch zweimal zurück, auf dem Gepäckträger ein Karton, und man half ihr sogar beim Packen. Als hätte ganz Kassel sich verabredet, um Marleen willkommen zu heißen; eine Stadt, deren freundliches Lächeln die zweifelhafte Perfektion dritter Zähne blicken ließ, ein Biss ohne Nerven. Niemals würde sie hier zu Hause sein.

Und so, im geschenkten Provisorium, richtete sie sich ein. Eine der Fotolampen löste sie von ihrem Stativ und hängte sie pendelnd in der grünen Küche auf. Schob sie den Tisch direkt darunter, entstand ein Kreis, das war gut zum Essen. Zog sie den Tisch zu sich heran, bekam sie Licht von links oben, so dass ihre rechte Hand keinen Schatten warf. Sie machte es sich zum Prinzip, Essen und Arbeiten zu trennen, nicht einmal der Salzstreuer durfte stehenbleiben, als es an den ersten Entwurf ging. Die Aufgabe beim Typografen Tomas Weingart war, einen Buchstaben in einer quadratischen Fläche darzustellen. Bei der Verlosung hatte sie das »e« gezogen, im Schriftmusterbuch die *Rockwell* gefunden, diese hochkopiert, und nun bewegte sie einen schwarzen Rahmen, bestehend aus vier Balken, als Quadrat auf den Buchstaben – den sie mit Tinte nachgezogen hatte – zu oder davon weg, so dass der Buchstabe einmal als Riese erschien und dann als Miniatur. Neunzehn von zwanzig Varianten schienen nichts zu bedeuten, nichts auszudrücken, sie würde Weingart fragen, wie das sein konnte.

Das allerdings, zeigte sich am Dienstag, bot sich nicht an, wäre missverstanden worden als Kommentar zu den Entwürfen der anderen, von denen keiner wirklich »stand«, wie Weingart es ausdrückte; ihrer war die Ausnahme. Marleens »e« hatte er in der Mitte eines großen Tisches platziert, ohne irgendetwas dazu zu sagen. Er hielt »p« und »c« und »y« rechts und links daneben, als wollte er ein Wort bilden, gab aber dann »p« und »c« und »y« zurück, während das »e« liegenblieb. Weingart fragte jeden nach seiner Arbeitsweise, wobei herauskam, dass alle zuerst den Rahmen festgelegt und dann versucht hatten, den Buchstaben einzupassen. Manche hatten zu eigenwillige Schriften gewählt, Gothic und Wildwest. Soeben sollte Marleen erläutern, wie sie zu ihrem »e« gekommen war, als ein kühler Hauch vom Flur hereinblies und jemand die Tür hinter sich schloss, das war der Junge mit der Wallfahrt. Dieser murmelte eine Entschuldigung in Richtung Weingart und legte seinen Entwurf auf den Tisch, ein winziges »m« in einem schwarzen Feld. Auch er, den Weingart Franziskus nannte, hatte sich an die *Rockwell* gehalten, die Empfehlung des Lehrers. Die Serifen am »m« waren kurioserweise nicht symmetrisch, so dass der Buchstabe wirkte, als bewegte er sich vorwärts, eine Raupe. »Es gibt, glaube ich, keine andere Schrift, deren m-Minuskel in der Größe eines Fingernagels etwas hermacht«, sagte Franziskus.

»Warum ist es denn so klein?«, fragte Marleen. »Und weiß auf schwarz?« (»Wie es ja nicht die Aufgabe war«, hätte sie fast ergänzt.)

»Hauptsache, es haut hin«, sagte jemand, der Klaus hieß und einen schwarzen Zopf trug. »Was ist schon klein?«, parierte ein blasses Mädchen mit einem höhnischen Zug um den Mund, das selbst keinen Entwurf vorgelegt hatte.

»Für gewöhnlich«, setzte Weingart an – er sprach mit einem trockenen, rollenden »r«, sehr langsam, hie und da setzte er eine Kunstpause –, »liegt einem gültigen Entwurf die richtige Fragestellung zugrunde. Also?« Mit den Händen gab er Franziskus und Marleen gleichzeitig das Wort.

Ein Lächeln huschte über das Gesicht des Jungen, der schwieg.

Marleen: »Ich habe meinen Buchstaben hochkopiert, bis er … bis er … so groß war, dass man ihn leicht ausschneiden kann.«

Lacher bei den Skeptikern.

»Ich habe ihn geschwärzt, weil Fotokopien kein gutes Schwarz haben. Dann ausgeschnitten mit dem Messer. Den Rahmen habe ich erst gezeichnet, nachdem seine Größe genau feststand. Um auszuprobieren, habe ich vier schwarze Balken benutzt, die ich wie mit einem Zoom größer oder kleiner gestellt habe. Ich meine geschoben.«

»Jetzt steht ein sehr schwerer Buchstabe in einem quadratischen Feld. Fast berührt er die Außenlinien. Der Abstand ist gering, aber lebendig, nahezu elektrisch«, hielt Weingart fest.

»Der Buchstabe sollte voll sichtbar sein, mehr war doch nicht gesagt worden«, kam es von Klaus.

»Ja, das ist richtig. Aber unser Fenster ist nun einmal ein Quadrat. Lässt man das kleine ›e‹ der *Rockwell* auf zwei Seiten den Rahmen berühren, wird man es auf den beiden anderen Seiten beschneiden müssen.«

»Verstehe ich nicht«, sagte das blasse Mädchen, nun weniger feindlich.

»Das ›e‹ ist in der Tat eine Spur höher als breit«, erklärte Weingart. »Liegt es rechts und links an, würde man es in der Höhe beschneiden müssen. Das sieht man auch an Fräulein …«

»Marleen.«

»Marleens Lösung.«

»Beim ›m‹ ist es noch drastischer«, sagte Franziskus, »weil es breiter läuft. Zieht man es im Quadrat so groß, dass es links und rechts anstößt, bleibt oben und unten ein weißes Feld, zu viel Weiß, und das ist immer schwach, es sieht einfach nicht stabil genug aus. Deshalb habe ich die Frage umgekehrt: Wie klein kann ein Buchstabe in einer Fläche stehen, ohne …«

»… dass er seine Form verliert«; das war Marleen. Inzwischen hatte Weingart die beiden Buchstaben vertauscht, so dass »me« entstand, mit dem insektenhaften »m« und dem »e« dahinter wie ein Monument.

»Sehen Sie? Das ist schon fast ein Logo. Bleiben Sie dran«, sagte Weingart, bevor er die Aufgabe der kommenden Woche vorstellte, die Präsentation desselben Buchstabens, »aber dieses Mal umgekehrt, der Buchstabe ist größer als sein Quadrat, Beschnitt also unvermeidlich. Man muss ihn aber auf jeden Fall noch lesen können.«

Nachts saß Marleen wieder an ihrem Küchentisch, vor sich das »m« und das »e«, die sie beide mit Tusche und Feder auf eine unbebilderte Postkarte kopierte, was aussah wie ein Muster avantgardistischer Kacheln. Auf der Vorderseite notierte sie:

»Liebe Mama, erst drei Wochen hier und mir dröhnt der Kopf. Macht aber Spaß. Das e ist von mir, das m ist von Franz. Den kennst Du nicht (aber ich eigentlich auch nicht). Viel tolles Gequassel in Kassel. Deine Marleen«

Es hat etwas von einem Zirkus, bei dem man nicht weiß, ob das Pony im Kreis läuft, weil die Leute zusehen oder weil es eben seine Art ist. Es mag ein Beruf sein, die Zeltkuppel auf einem Seil zu durchschreiten, einen Stab in den Händen, solange es aussieht wie reine Passion. Wer die Regeln lernt, ist verloren. Wer sie nicht lernt, ist ein Narr.

»Für dich«, sagt Franz und meint Marleen, »ist der Buchstabe konkreter als seine Verwendung. Ein Spiel, nicht wahr? Aber vergiss nicht, die Bibel ist voller ›e‹s, Tausenden davon. Ist es nicht viel konkreter, die Bibel zu lesen, als einen Buchstaben zu zerlegen?«

Mit dieser Anschauung ist Franz nicht allein. Es gibt etliche, die zweifeln, ob man das ernst nehmen sollte, Weingarts Schattentheater der Buchstaben, diese Serifenalchemie. Sie zweifeln an den Aufgaben, an ihrer Menge, an den Vorgaben, an den durchgewinkten Abgaben, an den Begründungen, am Zweck des Ganzen und an sich selbst. Franziskus Maria Orth ist ohnehin nur halb dabei. Nach Kassel pendelt er von Göttingen aus, wo er eingeschrieben ist für Geschichte und »Pseudonebenfächer«, er interessiert sich für Quellen und deren Deutung, Handschriften und Abschriften, »wer überhaupt die Geschichte schreibt«. Vielleicht ist Göttingen zu ernst und Kassel zu leicht.

»Mich interessieren nur Methoden«, sagt Franz.

»Methoden sind Mittel zum Zweck«, sagt Marleen.

»Das stimmt. Nur, den einen und den anderen Zweck kann man nicht vergleichen. Methoden vielleicht schon.«

Na also, denkt Marleen, Typo ist nicht Lesen, und Lesen ist nicht Typo. Das sagt sie aber nicht. Sie will keine Debatte und erst recht keinen Zank. Sie berührt ihn an der Schulter, als sie sagt:

»Du willst also keine Filme drehen, keine Schriften zeichnen und Plakate machen auch nicht. Du kommst nur nach Kassel, um Methoden kennenzulernen.«

»Genau.«

Schade, dass er nicht sagt: Wegen dir. Die Grübelei von Franz ist ein bisschen anstrengend. Aber lieber ein Grübler als ein Sprücheklopfer. Sie mag, wie er spricht, dieses gewisse Zögern. Man merkt, dass er sagt, was er denkt, es ist weder vorbereitet noch nachgeplappert. Manchmal hört sie, was er sagt, versteht es aber nicht, weil sie abgelenkt ist vom Licht in seinen Augen. Das legt sich in ihr nieder, das trägt sie in sich, Tag und Nacht. Wenn er weggeht, schaut sie ihm nach, wegen dieses Gangs, der bestimmter ist als der Gang seiner Gedanken, er geht wie …

»… ein Pferd«, denkt sie, aber verbietet es sich sogleich, will es sich nicht vorgestellt haben. Sie wundert sich am Morgen, allein in der grünen Küche, über den Traum,

»… ein Pferd, ganz allein und nackt in einer trockenen Landschaft, von hinten gesehen, das Fell glänzend, wie es sich entfernt, aber auch als es ganz klein ist, am Horizont, kann man seine Proportionen noch erkennen, seine Bewegung …«

Cristina würde sie davon erzählen, vielleicht, und Cristina würde lachen und fragen,

»Wie – ein Pferd – nackt?!«

Marleen, mit Gänsehaut: »Na eben unbeschlagen. Man hört es nicht. Und kein Sattel und kein Zaumzeug …«

»Du bist also nicht auf ihm geritten?«

Und weil es Cristina wäre, würde sie zugeben, dass das Pferd im Traum später kein Pferd mehr war. Es war verschwunden am Horizont und hat sich dann – unlogisch, klar – verwandelt, und die Frage, ob sie auf ihm »geritten« wäre, war ganz klar zu beantworten: »Doch.« Bei der Gelegenheit würde sie die Schwester fragen,

»Sag mal, wie war das eigentlich, als wir angefangen haben, uns über Jungs Gedanken zu machen …«

»Gedanken!«

»Haben wir uns das eigentlich so richtig vorgestellt, mit allen Details, knallhart …«

»Knallhart was?«

»Na, du weißt schon.« An diesem Morgen, lautlos mit sich selbst sprechend, erscheint Marleen das schale Grün ihrer Frühstücksküche wie eine blühende Wiese. Dieses Franzpferd hat sich vor alles andere geschoben, vor die Erinnerung und die Wirklichkeit, vor die kümmerlichen Erfahrungen, die man gemacht hat, weil es erwartet wurde und man hoffte, sich hinterher besser zu fühlen oder jedenfalls nicht mehr ganz so dumm. Ein gewisser Vorteil jetzt, dass es darum nicht mehr geht. Dein Leib ist der Tempel Gottes, oder wie hieß das noch mal.

Es sind zwei Welten, die Nacht und der Tag, und der Kanal, der sie verbindet, obliegt der Obhut eines umsichtigen Schleusenwärters. Sonst müsste doch Marleen, als sie Franziskus wiedersieht, ganz schrecklich erröten, was nicht der Fall ist. Sie sitzen in der zur Karlsaue hin verglasten Mensa, die abgegessenen Teller auf ihren Tabletts. Hier tickt sie, die Uhr der Freundschaft, denn alle springen immer gleich auf, wenn sie gegessen haben. Die beiden sitzen über Eck, die Tabletts so weit fortgeschoben, dass sie sich berühren, und haben ihre Köpfe spiegelbildlich in einer Hand versenkt. Sie flüstern fast, obwohl es laut ist. Es fällt Marleen nicht leicht, mit ihm zu sprechen, weil er jedes Wort auf die Goldwaage legt. Und was er wiegt, ist Blech. Andererseits ist Franziskus der erste Mann – der erste Mann im gleichen Alter –, der ihr wirklich zuhört. Der nicht auf das antwortet, von dem er glaubt, dass sie es gesagt habe, sondern auf das, was sie gesagt hat. »Du suchst nach einem Prinzip«, hat Marleen gesagt. Er überlegt.

»Sofern du nicht irgendeins meinst, das wäre ja leicht zu haben. So was wie ›Gott ist tot‹ oder ›Wir müssen die Welt nicht verstehen, sondern sie verändern‹. Behavioristisch, ›Man muss seine Grenzen kennen‹. Oder: ›Man muss seine Grenzen kennenlernen‹, das wäre dann das Gegenteil.«

»Das Gegenteil von was?«

»Seine Grenzen zu kennen.«

Marleen lacht und beißt sich dabei auf die Unterlippe.

»Also nicht irgendeins ...« Sie vermeidet das Wort »Prinzip«, um zu prüfen, ob er wirklich bei der Sache ist, so wie seine Augen, die nicht durch sie hindurchsehen und auch nicht gaffen und vielleicht nicht einmal etwas wissen von der ihnen eigenen Güte.

»Nicht ein Prinzip, Marleen. Es geht um die Methode«, sagt er wieder. Er spricht jede Silbe, Me-to-dä, ohne sich dabei anzustrengen, sein »r« hat etwas von einer stumpfen Kante, einer Naht. Sie könnte ihn jetzt fragen, wo er herkommt, aber genauso gut könnte sie ihm sagen, wie sehr sein dunkles Haar ihr gefällt. Tut sie aber nicht.

Franz holt weit aus. »In Göttingen gibt es einen Dozenten, der mit uns Quellen liest. Das ist neu. Früher wurde die Geschichte von Professoren ausgelegt, und die Quellen waren etwas für ... Doktoranden mindestens, glaube ich. Wir lesen im handgeschriebenen Protokoll eines Zunftmeisters, vor dem Buchdruck. Aber was heißt schon lesen. Man muss das erst einmal entziffern, also transkribieren, und das Deutsche vom Lateinischen trennen. Das Lateinische ist leichter in heutiges Deutsch zu übertragen als altes Deutsch, das nicht mehr Mittelhochdeutsch ist, aber auch noch nicht Hochdeutsch, ein Kauderwelsch. Wir sind nur zu fünft. Die anderen kämpfen mit den Buchstaben, mir fällt das Transkribieren leicht. Wenn wir wissen, was da steht – aber das heißt erst mal nur, dass wir es mehr oder weniger in heutiger Sprache wiedergeben können –, sind wir noch lange nicht am Ziel. Die neue Geschichtstheorie in Göttingen geht davon aus, dass jeder Text auf Auslassungen beruht, zum Beispiel, weil ein Schreiber die Zensur fürchten musste. Halb steht es also da, halb nicht. ›Nicht buchstäblich denken‹, ermahnt uns der Dozent immer wieder.«

Marleen denkt, jetzt ist er wieder bei dem Bibelvergleich. Er vergleicht Methoden, die unterschiedliche Zwecke haben. Aber es genügt ihr, für den Moment zu verstehen, was er meint.

»Also das Gegenteil von Weingart«, sagt sie, ihm die Brücke bauend.

»Das denke ich auch.« Selbstvergessen, bewegt von seinem Bericht und wie ihm der gelungen ist, schiebt er mit dem Ellbogen sein Tablett krachend in das andere. Er entschuldigt sich nicht, sondern betrachtet geistesabwesend die abgegessenen Teller und ordnet ihr Besteck zu seinem, dann das Geschirr, die Milchpackung mit dem Strohhalm; er stapelt das volle Tablett auf das leere.

Seltsam, dass er seine typografischen Blätter weggibt. Ob sie es ihm nicht wert sind, aufgehoben zu werden, oder sind es Geschenke? Ende November jedenfalls besitzt Marleen drei davon, die Miniatur, das Monument und »in Perspektive«. Nur Franz ist darauf gekommen, den Buchstaben nicht von Hand darzustellen, sondern die »Perspektive« in der Dunkelkammer dreidimensional zu erzeugen: Sein »m« hat er negativ auf Folie kopiert, diese in die Negativbühne des Vergrößerers geschoben. Zunächst hatte er das Fotopapier im gelbgrünen Licht des Labors zu einem Bogen gespannt, zu einem Würfel gefaltet und so weiter und unter dem Licht der Projektion überprüft, wie der Buchstabe sich auf dem Objekt darstellte. Schließlich entschied er sich für ein Rechteck mit ausgestellten Seitenflächen, wie die obere Hälfte eines Sargs. Das »m« hatte, in seiner Projektion, einen schweren Rückenpanzer bekommen, seine Beinchen aber schwebten knapp über dem Boden, nicht ganz scharf, was lustig aussah. Licht aus, Rotfilter weg, belichtet. Das Objekt auseinandergefaltet, das Fotopapier entwickelt, gestoppt, fixiert, gewässert und getrocknet, das Typo-Foto bei

Tageslicht wieder zum Objekt gefaltet. Sogar Weingart war perplex.

Marleen hat ihre Blätter und die von Franz, auch sein »m« »in Perspektive«, im kleinen, leeren Zimmer an die Wand genagelt – me, me, me –, die Bildergruppe von links und rechts beleuchtet, und am Abend sitzt sie davor, allein, und versucht, sich einen Reim darauf zu machen. Denn so viel ist klar, Weingart hat sie und die anderen an der richtigen Stelle gepackt, wie man Welpen im Genick nimmt und sie dahin bugsiert, wo es Futter gibt. Merkwürdig jedoch: Kaum jemand nimmt sich Zeit, den Bleisatz kennenzulernen, hundertsechzig Einzelstücke im Setzkasten, die man kennen muss, nicht nur die Buchstaben und Satzzeichen, das Blindmaterial auch. Man hält den Winkelhaken freischwebend. Darin werden Zeilen aufgebaut, Letter für Letter, Zeilen gestapelt, bis sie ganze Seiten ergeben, Letterntafeln, die verschnürt werden. Es ist so, als müsste man mit den seitenverkehrten Buchstaben ein zweites Mal lesen lernen. Wie der Anfang am Klavier. Die Anleitung besagt, linke Hand dies und rechte jenes, aber dann setzt die Anleitung plötzlich aus, und man muss selber wissen, was man mit seinen Händen macht. Der Vergleich stammt von Esmeralda, der Einzigen neben Marleen, die versucht, den Setzkasten zu bespielen. Esmeralda hat sich eine Episode aus *Platero und ich* vorgenommen. Marleen glaubt, die Geschichte vom Esel sei leichter zu meistern als ihre Seite aus *1984*, wegen der spanischen Kleinschreibung. Diese gewisse Unverschämtheit von Majuskeln, sich auf der Seite breit zu machen wie Könige, muss verhindert werden durch Spationierung. Jeder Zwischenraum, selbst der geringste, wird durch ein Scheibchen dargestellt, das man dem Setzkasten entnimmt und, wenn doch nicht verwendet, in das richtige Fach zurücklegen muss, weil man es sonst nicht mehr wiederfindet. Die jungen Frauen sitzen nebeneinander, damit sie in denselben Kasten greifen, auf drehbaren Hockern, um sich schnell bewegen zu können. Esmeraldas Text, weil sie links sitzt, wächst in Richtung von Marleen und Marleens Text in Richtung Tischkante. Es ist gut, nicht allein zu sein dabei, weil die Detailarbeit einen ins Grübeln bringt, aber Grübeln hilft nicht weiter, die Strecke zählt, das Maß des Ganzen, und das Ganze ist das Blatt, auf dem der Text am Ende schwarz und seitenrichtig erscheint, wenn er gedruckt wird. Erst dann sieht man die Fehler. Esmeralda findet das Wort »Fehler« unangemessen, »a-uto-ritarr«, sie nennt korrekturwürdige Stellen »Ausnahmen«, das Wort hat sie aus dem Wörterbuch. Für Marleen bleiben Fehler Fehler.

Bei Weingart stümpert die eine Hälfte der Gruppe von Abgabe zu Abgabe, während die andere sichtbare Fortschritte macht. Esmeralda ist das »y« zugefallen. Marleen rätselt, ob es so etwas gibt wie die Affinität eines Menschen zu einem Buchstaben oder ob das schon Aberglaube sei. Wie das kommt, dass der Zufall sich verwandelt in ein persönliches Symbol.

»Hinrich, zum Beispiel«, murmelt sie in Gegenwart Esmeraldas, »tut sich schwer mit dem ›k‹. Egal, was er macht, es sieht immer ungelenk aus. Er hat damit überhaupt nichts am Hut.«

»Am Chut?«, fragt das Y.

Das Y war vornehm in Erscheinung getreten, als halbhohe Figur in seinem Rahmen, eine klassizistische Schönheit, auf sich allein gestellt. Bei der zweiten Abgabe war es zum Greifen nah, nicht nur riesig, sondern auch körperlich, indem nur noch die Verzweigung erschien, pechschwarz, so knapp wie möglich beschnitten, das Y eher zu vermuten als zu erkennen, während es tatsächlich nichts anderes war »als die Muschi einer Flamencotänzerin in voller Bewegung«, das jedenfalls nuschelte dieser Klaus dem bleichen Mädchen ins Ohr, in der

Mensaschlange, aber Marleen hörte es mit. Dann, »in Perspektive«, war es in voller Figur wiedererstanden, die Enden über den imaginären Bühnenrand gelegt – die gebrochene Diva in einem Stummfilm.

Esmeralda, Tochter eines Lastwagenfahrers und einer Schneiderin aus Murcia, tat sich leicht mit den Aufgaben, aber haderte mit der Wirklichkeit. Sie war mit zwei Mädchen zusammengezogen, die sich nicht vertrugen. Da zog eine Sabine aus, Dorit hängte einen Zettel ans schwarze Brett, und als Nächstes stand, zu Esmeraldas Überraschung, jemand mit Zopf vor der Tür, Flaum am Kinn, und das war Klaus. Es war undenkbar, nach Murcia zu vermelden, dass sie mit einem Mann zusammenwohnte, und unmöglich, Klaus zu verbieten, ans Telefon zu gehen.

»Wie soll ich das erklären? ›Wohngemeinschaft‹, das gibt es überhaupt nicht auf Spanisch.«

»Wieso eigentlich nicht?«, fragte Marleen.

»Es gibt Wohn*heime*. Oder man mietet bei einer alten Dame. Die meisten bleiben einfach mit der Familie.«

»Das ist ja schrecklich«, entfuhr es Marleen.

»Schrecklich?«

»Dann ist man ja nie wirklich allein.«

»Und das ist schrecklich?«

»Na ja. Ich find' schon.«

Esmeralda klapperte eine Weile mit ihren Buchstaben.

»Bist du katholisch?«, fragte sie plötzlich.

»Ja«, antwortete Marleen, »das heißt, eigentlich nicht.«

»Was?«

Marleen überlegte einen Moment.

»Ja, ich bin katholisch.«

»Sag mal, Marleen.« Die war dabei, den Satz mit der Kolumnenschnur zu fixieren. »Musst du wohl auch Jungenfrau bleiben?«

Marleen musste lachen, und dabei rutschte ihr der Block über den Tischrand, polterte zu Boden, Buchstabensalat.

Esmeralda bezog ihr Lachen auf das Ungeschick beim Fixieren; sie wartete ab. Marleen fing sich,

»Jungfrau bleiben. Nicht Jungenfrau!«

»Ach so!«

Marleen war außer Sichtweite, die Gevierte sammelnd unter der Werkbank. Sie stellte sich vor, Esmeralda säße in einem Käfig und nur sie, Marleen, könne die Tür öffnen, nur sie allein. Es gibt aber auch Tiere, dachte Marleen, die in Freiheit verhungern.

Sämtliche Elemente wieder auf der Werkbank, sortierte Marleen sie Stück für Stück in den Setzkasten zurück.

»Entschuldigung«, raunte Esmeralda.

»Nein, nein, du musst dich … Esmeralda, warum willst du Jungfrau bleiben?«

»Ich will nicht, aber ich soll.«

»Warum?«

»Für den Vater.«

»Für den Vater?«

Plötzlich großes Gelächter, Gurgeln. Die Arbeit stand still. Die Frauen sahen einander an, Tränen in den Augen, Marleens Nase der Zeiger in Esmeraldas Zukunft.

Erst jetzt fällt ihr auf, dass der Ausdruck »Karnickelschein« etwas Unanständiges meint, so als hätten sich ihre Eltern unkontrolliert vermehrt. Sie legt die Bescheinigung über die »kinderreiche Familie« am Schalter vor, aber packt sie wieder ein, noch bevor sie die Fahrkarte bekommt. Vielleicht, denkt sie später, im Abteil, habe ich ja ein Dutzend Halbgeschwister in Indien? Abkömmlinge der Erleuchtung. Sie unterdrückt ein Lachen, denn sie ist nicht allein.

Der Schmutz am Fenster verbindet sich mit dem Schmutz der Landschaft dahinter, unmöglich zu sagen, welcher graue Faden, welcher silbrige Klecks zum Sujet gehört und welcher zu dessen Abbildung. Der Zug windet sich durch die Wälder Nordhessens und steht dann als ratternde Vitrine über dem ostwestfälischen Land. Wer weiß, was das Bild des Fensters für die anderen Fahrgäste darstellt.

Sie sieht ihn in einem weißen Laken, den Oliventon seiner Haut, seine schmalen Hände, die Hüftknochen wie ein handgeschnitzer Rahmen um die Instrumente der Empfindung. Seine Augen sind emaillegrau, mit einem kaum wahrnehmbaren Bernsteinring um die Pupille, und dieser Ring wiederum eingefasst von einem hellen Zahnrad. Als wäre dahinter Licht. Sie sieht ihn im Fenster des Zugs, wie er die Augen schließt, um die Wandlung zu vollziehen, mein Leib, den ihr esset. Wie sie sich verboten hat, ihn haben zu wollen, und er dann, als er so weit war, die Schwärze ihrer Furcht weggetupft hat, Lust und Trost zugleich. Drei Tage im Bett und in der Badewanne, da könnte man schon fast die Namen tauschen. Das ist Franz, da draußen, auf den sanften weißen Hügeln Westfalens, aber es ist auch sie selbst, Marleen, glücklich, erschöpft. Der Zugkörper schüttelt sie und zerrt an ihr und versetzt ihr Schübe, um sie zu erinnern an das, was sie begonnen hat zu werden, mit Franz, neben ihm, durch ihn, für ihn; das Quietschen der Lok im Düsseldorfer Hauptbahnhof eine Fanfare, der Rhein ein Silbertablett.

Am Neusser Bahnhof wartet der blassblaue Citroën mit rostroten Adern an den Rockzipfeln, die Abgase treten stoßweise aus, ein nervöser Raucher. Tatsächlich raucht Lore Schuller, die am Steuer sitzt. Marleen öffnet die hintere Tür, wirft ihren Koffer hinein mit zu viel Schwung, schlägt sie zu und steigt dann vorne ein. Einen Moment zögert sie, ihrer Mutter einen Kuss zu geben, weil die Zigarette, die diese mit rechts hält, im Weg ist.

»Du riechst wie ein Aschenbecher.«

»Aber ich bin ein Vulkan.«

»Erkaltet?«

»Das glaubst du. Hochmut der Jugend.«

Marleen kurbelt das Fenster runter, während der Bahnhof in Lores Rückspiegel kleiner wird. Beißend feuchtkalt zieht es von draußen herein, so dass Marleen, auf ein Murmeln ihrer Mutter hin, das Fenster wieder schließt. Die schaltet den Wagen mit Feingefühl, so dass man sein leichtes Schaukeln spürt, während er die großen Straßen kreuzt, sich nach links neigend, geradezu verbeugend, als Lore im dritten Gang in die Pomona einbiegt. Noch nie hat Marleen die Lage und Gestalt der Pomona für etwas Besonderes gehalten, aber jetzt wundert sie sich doch über die Siedlung, die nur über eine Zufahrtsstraße zu erreichen ist, fehlt nur noch die Zugbrücke. Die Pomona ist im Rund gebaut wie eine Burg und hat sogar einen Turm bekommen, das Hochhaus am südwestlichen Ende, das Lore passiert, bevor sie in die Stichstraße steuert und vor der Pomona 133 hält, die aufgebockte Front wie eine Festung. Marleen geht in den Hof und lässt den Koffer fallen; sie besichtigt den Garten, eine halbwilde Schönheit. Durch die großen Fenster kann sie im Wohnzimmer den geschmückten Weihnachtsbaum sehen.

Cristina bringt Marleens Koffer ins Haus. Marleen findet ihn später im gemeinsamen Zimmer. Die Betten sind wie immer in gegensätzliche Richtungen aufgestellt. Ein großes, gerahmtes Plakat ist dazugekommen, das den flüchtigen Abdruck eines weiblichen Körpers in Marineblau zeigt, mit dem stolzen Imprint des Modernen Museums in Stockholm.

»Cristina, Messe in Quirin um achtzehn Uhr«, sagt Johanna, ohne Marleen anzusehen, in der Tür stehend.

»Okay«, sagt Cristina. »Ich bin fertig.« Um Johanna zu gefallen, holt sie das kleine goldene Kreuz aus seinem Kästchen. Sie will die Kette öffnen und wendet sich, als es nicht gelingt, stumm zu Marleen, die den winzigen Riegel mit dem Nagel des linken Daumens zurückzieht, die Enden der Kette über dem Nacken der Schwester zusammenführt und den Verschluss einschnappen lässt. Johanna sieht mit hochgezogenen Augenbrauen zu, als bereitete Marleen die Schändung einer Hostie vor. Als die Älteste weg ist, schließt Cristina die Tür.

»Und?«

Um zwanzig vor besteigen sie das Fahrzeug, das sich selbst und die fünf Insassen anhebt, bevor es losrollt. Johanna fährt, weil sie seit kurzem den Führerschein hat oder, mehr noch, weil ein Einsatz in St. Quirinus eine würdige Anführerin braucht. Auf dem Beifahrersitz Lore, die jeder Bewegung Johannas folgt, für alle Fälle. Auf dem Rücksitz Marleen und Cristina mit Linus in der Mitte. Er hat sein dunkelblondes Haar kurz schneiden lassen, mit einer verschwenderischen Locke auf der Stirn. Er trägt einen weißen Leinenanzug, unpassend zur Jahreszeit, aber passend in der Konfektion. Marleen glaubt, dass sie den Anzug kennt. Der ist doch von Papa. Aber sie fragt lieber nicht. Pubertierende Jungs sind wie Sprengstoff mit Lunte.

Das Auto wird beim Hafen abgestellt, wo es selbst an Heiligabend aus den Lebensmittelsilos stechend riecht. Die Gruppe betritt das Münster, als schon die Glocken läuten. Johanna geht durch die vollbesetzte Kirche bis zur zweiten Reihe voran, wo unbegreiflicherweise das Drittel einer Bank reserviert ist, nicht namentlich, aber Johanna scheint damit gerechnet zu haben. Von den drei Messdienern sind zwei ständig kurz vorm Feixen, der dritte durchtränkt von Frömmigkeit.

»Schlimm, nä?«, flüstert Cristina Marleen ins Ohr.

»Die Jungens? Unmöglich.«

»Es gibt da irgendwie Pläne, es heißt, die nehmen bald auch Mädchen.«

»Glaub' ich nicht.«

»Aber du glaubst ja auch sonst nichts.«

Marleen macht sich ihre eigenen Gedanken, während der Pfarrer seine Marienbildchen abspult. Erst bei der Hälfte der Predigt merkt sie, dass er nicht über die Mutter des Jesuskindleins nachdenkt, sondern über dessen Vater. Der Pfarrer behauptet, im Haus des Glaubens sei der Vater immer nur Stellvertreter; auch Petrus, als gewissermaßen erster Papst, sei »eher ein berufener denn je ein tatsächlicher Vater gewesen«. Die Weihnachtserzählung mache wenig Aufhebens vom Vater, weil sie ihn verwechsle mit der Figur Josephs im Stall, eine Nebenrolle wie Ochs und Esel. Petrus, denkt Marleen. Ochs *und* Esel.

Sie bleibt auf der Bank sitzen, während der Rest der Familie vorn niederkniet. Auch Linus hat die Erstkommunion längst hinter sich, die Firmung ebenfalls, aber zu den anderen Messen der Weihnachtsfeiertage, in die Johanna ihre Familie führen möchte, kommt er nicht mit. Vielleicht, weil es ihm nicht so ernst ist oder weil er die Gelegenheit nutzen will, mit

Marleen allein zu sein. Die mittlere Schwester ist zwar erst im Sommer fortgezogen, aber sie macht ihn staunen, eine aufregende Fremde. Zu zweit begehen sie die Pomona. Sie stehen vor dem Reihenhaus, der ersten Station der Familie Schuller in der damals entstehenden Siedlung.

»Hier haben wir mal gewohnt«, sagt Marleen, obwohl sie es selbst kaum glauben kann, wie man in einer solchen jämmerlichen Scheibe von einem Haus hat wohnen können zu sechst.

»Ich nicht«, antwortet Linus.

»Oh doch. Erinnerst du dich an ein rotes Auto, ein italienisches, das ganz wahnsinnig röhrte?«

»Nur von Fotos.«

»Das war Papas Spielzeug. Damit hat er dich aus dem Krankenhaus abgeholt. Und Mama auch.«

»Mami«, sagt Linus.

Marleen stutzt einen Moment.

»Ja, Mami auch.«

Es sind neue Familien nachgezogen; die Namen an den Schellen der Reihenhäuser sagen ihnen nichts.

Sie marschieren ein Stück die Ringbebauung entlang, begehen über die schmaleren Wege den Kern der Siedlung und kehren dann nach Hause zurück. Sie bemerken – und sie bemerken es gemeinsam und erst jetzt –, dass weiße Häuser auf der Pomona rar sind, und ein Haus auf Stelzen, wie ihres, gibt es nicht noch einmal.

»Wer hat sich das eigentlich ausgedacht?«, fragt Linus.

»Der Architekt.«

»Ein Architekt? Und warum so ein … so ein irres Ding?«

Marleen könnte jetzt sagen, dass sie das auch nicht weiß. Aber sie will ihren kleinen Bruder nicht enttäuschen.

»Das war modern«, sagt sie.

»Modern. War Papa früher modern?«, fragt Linus.

»So modern wie ein weißer Anzug«, antwortet sie. Er grinst.

Als sie wieder im Haus sind, Marleen sitzt auf dem Klo, läutet das Telefon. Linus geht ran. Im Hausflur wirkt seine Stimme doppelt so laut. Marleen hört mit:

»Ja, ich bin's, Linus. – Im Moment keiner. – Erst Quirin, dann hat Mami gekocht. – Eigentlich schon, ja. – Nein, zur Waldorfschule. – Halbe Stunde. – Klar, mach' ich. – Tschö!« Beim Wiedersehen in der Küche mustert Marleen ihn eindringlich. Linus dreht sich die Locke, er schaut weg. Sie will ihn gerade zur Rede stellen, als die Haustür aufgeht, dann kommen die Stimmen näher, Mamas Zedernholzstimme und Cristinas säuselnde Mädchenlage und Johannas gedämpftes Blech, und als sie dann alle da sind und über das Weihnachtsgebäck herfallen und alle schnattern zugleich, redet auch Marleen drauflos, irgendwas, nur um ihre Tonlage drunterzumischen, die vierte Stimme. Es kommt Marleen so vor, als wäre die Pomona 133 dafür gebaut worden, Stimmen aufzufangen, sie größer zu machen und übereinanderzulegen, ein an- und abschwellender weiblicher Chor, und sie fragt sich, ob Linus, der wenig spricht und leise, ob er das hört. Ob er weiß, was er hört, die Glocken seiner Kindheit, ihren Ausklang.

Für den Silvesterabend besteht Johanna auf der Mitternachtsmesse. Das hätte sie wohl gern, dass Marleen eine Messe absitzt, die erste Stunde ihres zwanzigsten Geburtstags. Ganz andere Pläne hat die. Weil aber Cristina ohne Messe nicht will oder kann, sitzt Marleen mit Cristina um sechs in St. Pius, und erst danach nehmen sie die S-Bahn über den Rhein nach Düsseldorf. »Es gibt da ein Lokal, in dem war ich mal mit Papa«, sagt Marleen zu ihrer Schwester, aber dann, in der Altstadt, kommt ihr alles bekannt, wenn nicht vertraut vor, unmöglich, einen Weg wiederzufinden, den man vor Jahren nur mitgegangen ist, als Kind.

Nie wird sie vergessen, wie sich das anfühlt, die schmalen Gassen, aufgeklappt wie Puppenstuben, die altertümlichen Schilder, die Kakophonie von rheinischem Gesang und Freejazz aus den Kellergewölben, die steilen Gläser, dunkel gefüllt, darunter runde Pappen auf speckig glänzenden, hölzernen Tischen. Will man keinen Pfennig ausgeben auf einer Tour durch die Altstadt, sind Marleen und Cristina das ideale Paar, denn in jedem Lokal sitzen Männer mit Bärten und dicken Brillen, Männer mit Bäuchen und Glatzen, die den Tresen besser kennen als ihr eigenes Bett, und macht auch mehr Vergnügen:

»Na, ihr zwei, zwei Alt?«

Und dafür müssen sie gar nichts tun. Sie müssen nicht sagen, dass sie aus Neuss sind, und sich deshalb auch nicht anhören, das sei gar nicht so schlimm, und sie werden auch nicht angestarrt oder gar begrapscht. Sie trinken einfach ihr Alt, sie schmücken den Tresen, Cristina als Mädchenkopf aus einem Botticelli; Marleen als lebendig gewordene Riemenschneiderfigur. Sie winken, wenn sie gehen, schon ein Danke wäre zu viel, und die Herren rufen »Tschö«. In der nächsten Stube das Gleiche von vorn.

Irgendwann, da laufen sie schon im Kreis, aber sie laufen nicht wirklich, sie tanzen, da hält Marleen nichts mehr, da plappert sie drauflos. Das erste Bild will ihr nicht gelingen, da wirkt ihr Franz wie ein zünftiger Kerl aus Bayern, nee, eigentlich aus Tirol, was Cristina sogleich ausschmückt:

»Knickerbocker, Filzhütchen mit Feder.«

»Quatsch, der trägt doch kein Hütchen mit Feder.«

»Dann isser auch nich' aus Tirol.«

»Aus Südtirol. Die Mutter ist Italienerin, oder fast.«

»Oder fast gar nicht. Mal ehrlich.«

»Er ist mehr beim Vater in München aufgewachsen, aber auch bei der Mutter in Regensburg.«

»Klar, der macht 'ne Bäderkur in Budapest und feiert Karneval in Rio.«

Nach dem sechsten Alt ist Marleen dann flüssig, oh, wie gut sie ihn schon kennt, den Göttinger Grübler, den Zweifler, den Pendler.

»Franz hat eine phänomenale Auffassungsgabe. Er kommt in einen Raum und kann dir später ein Dutzend Personen aufzählen, alle, aber auch, was die anhatten.«

»Das gibt's manchmal bei Verrückten«, sagt Cristina, ein Lachen unterdrückend.

»Und er hat ein echtes Gespür für Buchstaben, aber er liest wie der Teufel.«

»Wie meinst du, aber …«

Marleen merkt nicht einmal mehr, dass sich Cristina über sie lustig macht. Es trägt sie davon. Sie vertraut ihrer Schwester den Traum mit dem Pferd an. Cristina ist begeistert,

»Ein nacktes Pferd! Jetzt versteh' ich, Marleen. Kein Wunder, dass es mit dir durchgeht.«

Sie gehen sonst nicht Arm in Arm, doch jetzt erweist sich das als günstig für das Gleichgewicht. Sie wissen nicht mehr, wo sie losgegangen sind, wie spät es ist und wo sie hinwollen, aber es kann noch nicht Mitternacht sein. Urplötzlich bleibt Marleen stehen:

»Hey, siehst du das an der Ecke?«

»Das an der Ecke.«

»Die Ecke!«

»Biste jeck?«

»Das ist Papas Lokal.«

Cristina ist gar nicht angetan von der winzigen Kneipe an der Ecke mit den merkwürdigen beschrifteten Glasscheiben, aus der Rauch kommt, als würde es drinnen brennen. Aber da hat Marleen sie schon bis zur Tür gezerrt, dort werden sie hineingezogen von fremden Armen, von der Skifflemusik angesaugt, und sofort mit Schnäpsen versorgt. Drei Minuten zieht Cristina den Kopf ein, bis sie begreift, dass Papa Petrus hier nicht ist, dann wird sie locker, sie sieht sich das an, diese Schnapsnasen, Frackträger, verwegenen Ladies jenseits der vierzig, getrieben vom Banjo, gewiegt von der Posaune, die Musiker, oh Schreck, stehen auf dem Tresen. Marleen quatscht mit einem glubschäugigen Typ, fusselige schwarze Koteletten, als würde sie den schon immer kennen. Es ist so voll, dass Umfallen unmöglich ist. Während draußen die Knallfrösche hochgehen, als würde die Altstadt bombardiert, steigt die Kombo hinter der Bar herunter und zieht über die Küche ab. Jemand bedient den Plattenspieler: Es ertönt eine Fanfare aus einem Synthesizer, die sich wiederholt, während aus einem Loch weiter hinten im Tresen eine Figur auftaucht. Erst der Kopf, dann der Rumpf, die Beine, eine Art Statue, vom Fasslift aus dem Keller an die Oberfläche des Tresens gehoben, wo sie nun stillsteht. Plötzlich schallt ein metallischer Beat aus den Lautsprecherboxen. Die Figur beginnt sich in Zeitlupe zu entkleiden. Es ist ein Mann.

Die Beleuchtung in der S-Bahn blendet die beiden. Der Schwefel des Feuerwerks hat sich in die Nase gefressen. Der Alkoholexzess rächt sich mit der Löschung von einigen tausend Zellen im Gehirn. Aber das merken die Schwestern nicht. Was ihnen zusetzt, ist der plötzliche Entzug von Alt, Altstadt, Älteren, was ihnen fehlt, ist die gewaltige schunkelnde Kohorte, diese Lebensdröhnung, die es so nur dort gibt, das Geldding, das Künstlerding, das Alles-oder-nichts. Diese unverbrüchliche Saufbrüderschaft unter Freunden und Fremden, egal, Wiederaufbau gespiegelt in Wiederabbau, der Tag mit Wucht geworfen in die Nacht, seit Jahrzehnten, und soeben waren sie noch Teil dessen, eingepackt ins karnale Ganze. Die Lebensgier der Meute gebündelt im Auftritt der lebendigen Statue, von schräg unten gesehen, reglos nackt im

Gebrüll für eine Minute, bevor jemand das Licht ausmacht, und als es wieder angeht, ist der Mann weg und sein Bild ins Gedächtnis eingefräst. Nun sind sie unterwegs in der Gegenrichtung, volltrunken und kaputt, in Wirklichkeit nur weggegangen, aber sie fühlen sich verlassen, vom Rumpeln der Bahn gerädert. Cristina kriegt kaum noch die Augen auf, die nun auch nicht mehr so florentinisch sind, und sie lallt.

»Mar… Marleen. Wie findst du eijtch l… l… l…«

»Lesben?«

»L… l…«

»Lebkuchen?«

»Eh, verarsch misch nit.«

»Ja, wat denn?«

»Lecken.«

»Wie rum?«

»Wie wie rum?« Das ist nun wirklich zu viel für Cristina, die Kleine, die links von rechts und oben von unten und den Rhein von der Autobahn nicht mehr unterscheiden kann. »Am Kaiser« schafft sie es noch gerade bis zur Tür und kotzt sich dann doch halbwegs auf ihr kleines Schwarzes. Marleen nimmt es nun in den Arm, das Kind, und tröstet es die zwei Minuten bis zum Neusser Hauptbahnhof.

»Gefeiert, nä?«, sagt der Taxifahrer, der das Fahrzeug sachte in die Pomona schaukelt, damit die Kleine ihm nicht das Leder verdirbt, das hat noch gefehlt, vier achtzig Fahrpreis und eine halbe Stunde putzen in der eiskalten Nacht. Die Straßen sind plötzlich überfroren, knirschen, als hätte die Erde eine Gänsehaut bekommen. In die Stichstraße will er nicht einbiegen, zu riskant, die dreißig Meter da runter können sie auch gehen. Also sich irgendwie gegenseitig dahin tragen, zur Pomona 133. »Nee, Scheiße noch mal«, fällt es Cristina ein. »Du hast ja Geburts…stag. Tut mir schreckich … tut mir schreckl…l…l…ch.«

Das Erste, was Marleen vom neuen Jahr erblickt, sind ihre Jeans und ein nicht ganz sauberer Schlüpfer, die sie vor dem Bett hat fallen lassen, in dem sie mittags um eins noch liegt. Sie fühlt sich mürbe, kalt und dreckig, dreckig zwischen den Zehen und unter den Achseln, unter den Lidern; dreckig im Kopf. Sie lugt zur anderen Seite des Zimmers und entdeckt ein matt sich hebendes und wieder senkendes Bündel. Nichts zu hören, kein Atem, nichts. Recht hat Cristina, sich zu verstecken, und sie selbst taucht ebenso, obwohl die horizontale Lage den Kopf stechen macht, wieder unter der Decke ab. Wenn das rauskommt, was sie da getan haben. Der kleine Bruder, das wird er ihnen nie verzeihen. Der arme Linus, von den Schwestern nackt gefesselt und dann … stimuliert und damit gequält. Erlöse uns von dem Bösen. Wenn nur ein Gerechter … der heilige Sebastian am Kreuz, halbnackt, blutend. Linus. Quatsch. Sie schnellt hoch, sitzt kerzengerade im Bett, die Augen aufgerissen, aus denen sie sich das Gelbe wischt. Der Samen, dem weinenden Bruder abgezwungen. Geträumt. Oh Gott. Was nun. Beichte, Kloster, Verlies.

Vor ihrem Auge taucht das Bild eines Wasserglases auf, riesig, klar. Sie stürzt in die Küche. Johanna wendet Fischstäbchen und schaut die verknitterte Schwester im verknitterten Nachthemd an wie Jüngstes Gericht. Marleen schämt sich. Im Wohnzimmer liegt ein Päckchen mit lila Schleife, aber sie rührt es nicht an.

So ein käsiger Leib mit stinkendem Innenleben, das sich nach außen kehrt. Wie eine Collage von Wunden und Narben. Ein Ziepen und Zerren unter den Haarwurzeln beim Waschen. Eine unbegreifliche Verkopplung von Atmen und Furzen. Und welcher Idiot ist darauf gekommen, das Haus weiß zu streichen? Es beißt wie Säure in den Augen. Öffnete sich der Erdboden, um sie zu verschlucken, es täte ihr um sich selbst nicht leid.

Sie sitzt auf einem kleinen Findling, der am Rande des Teichs aufgestellt ist, im Mantel und in Hausschuhen, und starrt in das schwarze Wasser. Ein Dienstag. Es gibt keine Post. Es ist keine Post gekommen, nicht zu Weihnachten, nicht danach, nicht heute. Heute sowieso nicht: Hätt' ich auch nicht verdient. Trotzdem, es ist ein Dienstag, und die bringen keine Post. Er schreibt sowieso nicht. Ich bin's auch nicht wert. Was das wohl soll, der erste Tag des Jahres, und niemand rührt sich. Und wenn schon, und wenn er selbst käme, er würde sich ekeln vor mir. Und so weiter, immer im Kreis.

Ihr wird der Po kalt, sehr kalt, eine gerechte Strafe. Irgendwann kommt Cristina, oder ihr Geist, und holt sie rein. Mama sagt, sie sollte sich nicht gehenlassen. Sie soll was tun. Marleen lässt sich von Cristina das verkotzte Kleid geben und steigt in den Waschkeller hinab. Selbst so ein Schonwaschgang dauert recht lang, wenn man durch das Bullauge zuschaut. Dann hängt sie das Kleid umständlich auf einen Bügel, Rotz und Wasser. Als sie oben wieder auftaucht, ist es schon dunkel geworden.

Müller und Schmidts

Drei Schwestern, drei Mahlzeiten täglich, das macht das Leben angenehm. Die Tage ähneln sich wie Seehäfen. Über der Pomona ziehen, von Westen kommend, schwarzgerahmte Wolken hinweg, zwischendrin jagt das Licht herunter in Kegeln, die 133 überstrahlt wie ein Segel. Das alles tauscht Marleen ein gegen Kassel, wo der Schneematsch den Radfahrern Fallen stellt, der Himmel tagsüber auf Dämmerung geschaltet ist und die Straßenbahnen durch die Schneisen rasen wie Axt auf Rädern. Sie geht im Flur auf und ab und guckt abwechselnd in die beiden Zimmer und in die Küche, weil die Räume größer und bedeutender erscheinen, wenn man selbst nicht drin ist. Sie lässt sich Eierkohle in den Kellerverschlag liefern, womit sie den Herd in der Küche heizt, ein unscheinbarer, weiß emaillierter Kasten, auf dessen beringten Eisenplatten man spät in der Nacht noch Wasser erhitzen kann, für die Wärmflasche; Marleen schläft im Kalten und nahezu bilderlos. Sie versucht sich an einer dreidimensionalen Typoaufgabe für Weingart, die sie verschleppt hat wegen zu Hause. Sie vermisst Franz, aber sie hat ja die Briefe.

Sie sind alle am Mittwoch gekommen, drei Stück, eine halbe Stunde vor ihrer Abfahrt, der erste vom Weihnachtsfeiertag aus Regensburg, der zweite drei Tage später aus München, der dritte am letzten Tag des Jahres wieder aus Regensburg. Franz beschreibt jedes Blatt von vorn und hinten, mit dünner Feder, die Abstriche bisweilen ungenau, aber dennoch ist jedes Wort ein Wortbild, steil und fest. Sie müsste das nicht zweimal lesen, aber sie tut es:

»Ich mache es allen recht, oder habe es jedenfalls versucht. Der Vater hat mich immer mit Geschenken geködert. Lego und Eisenbahn und all dies Zeug. Valentina und Gert – meine Mutter und mein Stiefvater – waren natürlich dagegen, für sie musste immer alles ›bewusst‹ sein. Waren die schockiert, als ich zur Bundeswehr gegangen bin. Nach dem Motto, ›Aber Bub, da wird doch gar nicht biologisch-dynamisch gekocht!‹ Zu Weihnachten nur Honigwachskerzen auf dem Tisch und zu Silvester kein Feuerwerk, weil das Geld dann den Kinderchen in der Dritten Welt fehlt. Ich versuche, nicht zur einen Seite zu neigen und nicht zur anderen. Die alternative Seite, um es allgemein zu sagen (denn am Ende gehen wir ja doch alle weder in Richtung Vater noch Mutter, sondern von beiden weg …), sieht sich selbst als non-materialistisch, aber mir stellt sich das nicht so dar. Nur ein anderer Begriff von Ökonomie. Mir macht es nichts aus, nirgends dazuzugehören, falls das mein Schicksal ist. Aber ich meine nicht Dich. Du bist von alldem frei, warum auch immer.«

Merkwürdig bleibt, dass er ihr keine Adresse genannt hat, mit der Begründung, er würde pendeln; nun hat sie eine Regensburger Anschrift, aber ihr will so gar nicht einfallen, was man antworten könnte. Auf *einen* Brief vielleicht, aber auf drei?

Die Professoren tun sich schwer, in der ersten Woche des Jahres in Erscheinung zu treten, aber die Werkstattleiter sind alle da, so dass man in Erfahrung bringen kann, wie man im Portraitstudio ein Glanzlicht setzt oder die Fotosetzmaschine bedient. Junge Männer bürsten sich das Haar aus, wo die Mutter sie zuletzt gestreichelt hat, und junge Frauen üben aufs Neue, nicht allzu häuslich zu sein. Wer große Geräte bedient, die 16-Millimeter-Bolex auf dem Stativ, sieht unangreifbar aus. Jeder erfindet sich einmal pro Semester neu, verwandelt sich von einem Landsknecht in einen Lackaffen, vom blonden Gretchen zur Büßerin, Röhrenjeans statt Bundfaltenhosen, Bluejeans statt Minirock, einer nimmt es plötzlich mit dem Waschen nicht mehr genau, der andere lässt sich ein bizarres Bärtchen stehen. Die Herkunft wird verwischt; was bleibt, ist der Charakter. Dorit ist charmant und schneidend zugleich. Chris verströmt Männlichkeit und Güte. Gerhard, nach Worten suchend, hohläugig, wirkt immer wie gerade aus einem Albtraum erwacht. Brit, hochgewachsen, trägt ihren Kopf wie eine kostbare Blüte; sie spricht nicht mit jedem. Alessandro hat Picassos Augen, zitiert aber bei jeder Gelegenheit Tucholsky.

Wer einen Klassenraum betritt, darin neun erwachsene Menschen, sieht Kameraden vor sich, Freunde vielleicht. Aber der Eindruck täuscht, es sind auch Feinde darunter, und die Liebespaare richten es vorerst so ein, dass es niemand merkt. In den Wohngemeinschaften werden Ideen ausgebrütet, Materialien getauscht, Moden gezüchtet. Die WGs sind die Heizwerke der Hochschule, Kaderschmieden der Fleischlichkeit, Netzwerke der Neigungen.

Die Straßen und Plätze heißen nach Ebert, Marx, Lassalle, Bebel, aber die Häuser haben riesige Augen, Falten und Grübchen, die Hauseingänge sind hoch und breit. Auf den Klingelschildern und drum herum wuchern die Namen. Im vierten Stock am Bebelplatz ist eine Wohnung mit sieben Zimmern seit dreizehn Jahren im Besitz von Kommunarden, die sich allerdings nicht mehr so nennen; weder ist ihr Zusammenwohnen »gesellschaftlich« motiviert, noch wollen sie die Öffentlichkeit davon überzeugen. Das ist bereits geschehen. Die Familien der Ärzte und Anwälte, die im gleichen Haus wohnen, sind sämtlich aus der WG im vierten Stock hervorgegangen. In diesem Winter sind die sieben Zimmer durchdrungen von einem Blechsound, ein Scheppern und Jaulen, zusammengehalten vom kapriziösen Gesang einer männlichen Stimme. Man muss The Smiths nicht gleich in der ersten Woche mögen. Auf die Dauer bleibt einem nichts anderes übrig. Das ist hier Kult: der englische Trotz, das fiese Motto, die augenzwinkernde Travestie. Der Name der Band ist übergegangen auf die WG, Die Schmidts. Um mitzuspielen, nennt sich die Gruppe gegenüber Müller, was insofern passt, als der Hauptmieter der Wohnung, die zwei Zimmer weniger hat als die der Schmidts, so heißt. Hendrik Müller hat sein Grafikdesignstudium mit einer furiosen Serie auf dem Kopf stehender Motive abgeschlossen und arbeitet jetzt für die Bundesbahn. Anders als andere fürchtet er sich nicht vor dem Erfolg. Er bewohnt das große Erkerzimmer und spielt auf seinem Thorens alltäglich *Love over Gold* oder *Making Movies*, seltener *Sultans of Swing*. Das erinnert ihn an die lockige Liebe seines ersten Semesters, worüber er jedoch nicht spricht. Eher hofft er, nicht ganz unbegründet, dass der Sprungfedernklang dieser Gitarre weitere Mädchen mit Stil und Grazie in sein ungemachtes Bett hüpfen lassen wird.

Ein leinenweißes Bett, kunstschmiedeisern gefasst; durch die geschlossenen Fensterläden dringt ein Rest von Mondlicht, das Jesus am Kreuz, der vom Kopfende her traurig herabblickt, mattsilbern beleuchtet. So hat sich Esmeralda das vorgestellt, was ihre Mutter ihr als »Zusammensein mit einem Ehemann« angedeutet hatte. Stattdessen: keine Eheschließung, keine Fensterläden, ja, es ist noch nicht einmal dunkel, als sie sich im November mit einem melancholischen Jungen allein findet, der in Katjas Zimmer an einem Wochenende haust, während Katja, seine Freundin, abgehauen ist zu einem anderen. Esmeralda weiß nicht einmal, ob er Nicolaus heißt oder Nicolai, aber sie öffnet ihm, der nass ist von der Landstraße, kalt und hungrig, an einem Freitagabend die Tür. Das großzügige Nachgeben, ein schicksalhaftes Öffnen. Nico, traurig und lüstern, ist der Erste.

Am Sonntagabend ist die ganze WG wieder da, aber Nico weg für immer. Müller wittert seine Chance und nimmt sich

Esmeraldas an, aber nicht um sie zu heiraten, sonst wäre er nicht Müller. Er gibt ihr den Namen Esmé, das hat er aus einer Kurzgeschichte. Esmé flüchtet nach Weihnachten von Müller zu den Schmidts, vom Liebe-über-Gold zum Zähneknirschen, von Geld & Connections zu den werdenden Künstlern.

Esmé hat sich gegen die Endbetonung entschieden und wird jetzt Esme genannt. Der Name steht ihr, zumal sie ihr Haar jetzt kürzer trägt, eine Annäherung an die Kontur Sophie Scholls, soweit das bei Locken möglich ist. Sie trägt eine moosgrüne Baumwollhose, deren Oberfläche so weich ist, dass man sieht, wer sie zuletzt berührt hat. Dazu eine aprikosenfarbene Wildlederjoppe aus Spanien und solides Schuhwerk. Sie sieht jetzt schmaler aus, wendig, jungenhaft. Esme bewegt sich schneller als Esmeralda, sie hat sich ein Rennrad geliehen. In der ganzen Stadt sieht man ihren Po in Bewegung.

Dies ist nicht Amerika: Es werden keine Königinnen gewählt, der Schönheit wegen oder der Popularität, und es gibt auch keine Faustkämpfe unter jungen Männern, jenes Aufschäumen von Testosteron und Adrenalin, das den Besiegten als Gedemütigten zurücklässt. Die Hierarchien der Hochschule, nahezu unsichtbar, sind nicht pyramidisch gezeichnet, sondern in Kreisen. Jungfräuliche Männer oder solche, deren Initiation unglücklich verlaufen ist, bewegen sich lange an der Peripherie. Was einen jeden retten kann bis an den äußeren Rand des inneren Kreises, ist eine sichtbare Fähigkeit, und sei es nur die, treffsicher Schriften bestimmen zu können. Eloquent soll man sein, aber nicht gelackt; man soll politisch durchblicken, aber nicht einer Gesinnung anheimfallen; man muss eine Zukunft haben, ohne Karriere machen zu wollen.

Eine Residenz am Bebelplatz, bei Müller oder bei den Schmidts, führt sicher in den inneren Kreis. Gerüchte gibt es viele, aber man fällt doch nicht drauf rein. Jüngere sehen

Älteren dabei zu, wie sie Eingebungen haben; dann haben sie plötzlich auch welche. So wie man im Liebesbett eine Sprache schneller lernt, lernt man hier künstlerische Sensibilität. Paare trennen sich selten im Streit. Die Kreise wachsen. Wissen und Ahnen, erotische und fachliche Reputation verschränkt wie Yin und Yang. Geld spielt keine große Rolle. Die Kreise festigen sich von einem Semester zum anderen. Einige werden zu Vertrauten der Dozenten. Zum Glück kann man nicht ewig studieren, sonst wäre bald kein Platz mehr dort, wo sich die Talente tummeln. Wer nach Jahren zurückkehrt, als Professor zum Beispiel, würde sehen, wer wem in welcher Rolle nachgefolgt ist, als Könner oder Trickser, Vordenker oder Fürsprecher, Einheizer oder Guru. Jede Generation glaubt, die Rollen erfunden zu haben, in die sie schlüpft.

Die WGs rekrutieren ihre Neuen mit dem Elan der Snobs. Jeder kann sich bewerben, wer aber schließlich am Küchentisch sitzt, muss sich alle möglichen Fragen gefallen lassen. Sie sind fast unbeantwortbar, weil die Antworten offensichtlich sind: Der Neue muss alles können und alles wollen, sich der Gemeinschaft öffnen und mit ihr teilen. Aber es kommt nicht wirklich darauf an, was er sagt, sondern wie er es sagt. Esmeralda nehmen die Schmidts mit Kusshand. Aber als sie beschließen, das Fernsehzimmer hinter der Küche zu vermieten, weil die Kasse nicht mehr stimmt, kommt die Frage auf, ob man lieber einen Pendler will, eine Art Gast, oder ob der Platz hinter der Küche nicht doch vorgesehen wäre für die Seele des Betriebs, im Zweifelsfall eine Schöne als Köchin. Nicht, dass das jemand so sagt. Überhaupt ist die Belegung heikel, weil die sechs Zimmer immer nach Mann-Frau-Parität vergeben worden sind. Franziskus Maria wäre, allein vom Namen her, die unausweichliche Wahl. Tatsächlich stellt Franz sich vor, er erfüllt das Pendlerideal, wird Semesterferien in Bayern verbringen, kommt für nicht mehr als zwei Nächte aus

Göttingen; sie befragen ihn mehr als eine Stunde lang, was für ihn spricht, dann hört er eine Woche nichts, und als er anruft, sagt ihm ein Mädchen, das selbst nicht dort wohnt, es glaube, das Zimmer sei vergeben.

Marleen begreift nicht, warum Franz sich bei den Schmidts beworben hat. Ach, sie würde ihn auch trösten, wenn es sein müsste, aber es muss nicht sein, denn Franz macht nicht die Schultern krumm und zieht den Kopf nicht ein und guckt nicht plötzlich an Leuten vorbei, nur weil es so gekommen ist, wie es gekommen ist. Er bleibt der aufrechte, junge Mann mit dem forschen Schritt und den Augenfackeln, schwarzer Rollkragenpullover, Dufflecoat – das passt nicht zum Bebelplatz, niemals, nur dass er davon nichts weiß. Franz hat keine Angst vor Gören mit Dreadlocks und Palästinenserfeudel. Er scheint nicht zu merken, was die in ihm sehen, einen, der mal dringend einen durchziehen müsste, damit er auf die richtige Spur kommt. Oder Dorit, die jetzt bei Müller wohnt und in Typo aufgeholt hat, die hinter seinem Rücken raunt, und zwar so, dass Marleen es hört: »Bei so einem heißt es aufgepasst, der ist doch Opus dei.«

Marleen wird nicht mit der Herde dorthin traben, wo das Gras längst heruntergekaut ist. Sie will aber auch kein Sonderling sein. Das hat sie schon hinter sich, Neuss, der Schulhof:

»Der ihr Vater ist abgehaun in so'n Sexkloster in Indien …«

»Ach du Scheiße!«

»Und der ihre Mutter hat was mit dem Kaplan von Pius.«

»Oh Gott, dann musse aber woanders beichten.«

»Wenn die überhaupt richtig katholisch is' …«

Was will er denn nur, der Franz, bei den anderen, die schlecht über ihn reden? Am besten, er hätte sie um das kleine Zimmer gebeten, das sie übrig hat. Sie selbst fragt ihn nicht, und auch sonst fragt sie nichts, was negativ beschieden werden könnte, sonst wäre ja sie die Bewerberin. Es muss von allein geschehen, vielleicht hilft das Grün in der Karlsaue oder das neue Semester, er wird sich am Ende doch entscheiden müssen, Göttingen oder Kassel. Nie nimmt er sie mit nach Göttingen, wo er mit drei anderen Historikern, die keine Namen zu haben scheinen, bei einer liebenswürdigen, alkoholischen Witwe unterm Dach haust. Und Marleen ist nicht sicher, ob es dort nicht auch ein Liebesleben gibt, ob Franz nicht genau und in letzter Konsequenz das tut, von dem er sagt, dass er es tue, nämlich alle Möglichkeiten abwägen, die eine gegen die andere, um herauszufinden, was die beste aller Methoden sei. Was zu nichts führt – und was zu was.

Das Kleid

Viele konnten gar nicht nähen, oder falls sie es konnten, wollten sie nicht, so dass die Aufgabe an Esme und Bennie hängenblieb. Die Haustüren der beiden WGs waren in diesen Tagen nur angelehnt, weil es bei dem Besucherstrom nicht mehr lohnte, jedes Mal einzeln zu öffnen. Wer Esme bei den Schmidts beschäftigt fand, probierte es bei Müller. Bennie, so anders als Esme, war konkret bis zur Kantigkeit, die Haut glänzend, die Brille fettig, die dünnen Haare rötlich. Beide konnten es wirklich, abmessen, zuschneiden, den Stoff durch die Maschine jagen. Bei Bennie aber musste man warten, sie nähte nur ein Kleid zur Zeit, während Esme von zwölf bis vier Maß nahm und dann loslegte, bis in die Nacht. Das schürte die Eifersucht von Jörg und Axel, die sich mit Esme in jenen frühen Apriltagen abwechselten; sie am liebsten miteinander geteilt hätten, aber so weit war es noch nicht.

Im Hausflur stand aufrecht ein gewaltiger Ballen billigsten Stoffs, der ein unruhiges Schwarz-Weiß-Muster zeigte, kein Glencheck, kein Zebra, kein Pepita, irgendetwas der vierten Art, das, wenn anprobiert von Dorit, Brit, Susanne, Esther, sie alle verwandelte in Kaufhausflittchen, Allerweltsmädchen, Weiber von der Stange. Als der erste Ballen zu Ende ging, wurde ein zweiter angeliefert. Nach vier Tagen beschloss Bennie, das nächste Kleid wäre ihr eigenes und dann Schluss. Esme hängte noch einen Tag dran, Glück für Marleen, die spät mitbekommen hatte, dass es in diesem Semester keinen Plakatkurs gab, stattdessen »Das Kleid«, und so bekam sie auch noch eins. Esme musste für Marleen die Zimmertür schließen, als sie Maß nahm. »Ach ja«, sagte Esme, deren Deutsch nicht mehr holperte, sondern floss, »du bist auch katholisch. Im Herzen.«

Hagen Kluess pflegte aus seinem Porsche zu steigen wie ein Gott aus der Maschine. Er war sofort gegenwärtig, überall zugleich wie ein Duft, auf den Fluren, unter den Arkaden, im fotografischen Atelier, im Seminarraum eins und zwei. Er multiplizierte sich, ein Jünger links, ein Jünger rechts, dann ein Schüler links vom linken Jünger und eine Schülerin rechts vom rechten. Sah man eine schwarze Wolke kommen, war das Hagen Kluess. Wo eben noch der Professor Hof gehalten hatte, blieb ein Stellvertreter zurück, der sprach wie Kluess und dachte wie Kluess. Es war immer von Kluess die Rede oder von Hagen, und wenn er dann wirklich kam, von Montag bis Mittwoch, brummte das Gebäude, ein unablässiger Ruf nach etwas Neuem, ein ständiger, forscher Aufbruch, der alles mit sich riss. Tomas Weingart, gewappnet durch sein Schweizer Temperament, blieb davon unberührt.

Einst war Peter H. Kluess ein bleicher Student gewesen, mit einer starken Nase, das Kinn fliehend im Vergleich. Der hatte nicht selbstbewusst ausgesehen, aber war es; das Flüchtlingskind, das lange braucht, um sich aus dem mütterlichen Kokon zu lösen, dann aber steht es unerschütterlich. Sein Gesicht war nun verlängert um eine gewaltige kahle Stirn, diese begrenzt durch einen scharfen Haaransatz im Zenit des Schädels, sein dunkles Haar nach hinten gekämmt. Den Mund, für das schmale Gesicht etwas kräftig geraten, hatte er durch einen gelegentlich von Hand gestutzten Vollbart gerahmt, die Unterlippe gestützt von einem lichtlosen Dreieck. Mit seinen flatternden Hemdkragen – in die Breite getrieben durch ein orientalisches Halstuch – und in Jeans, Jacke wie Hose, sah er wie der Star einer Rockoper aus.

Im Jahr zuvor hatte er einen Ruf aus Berlin erhalten. Er hatte mit der Universität Kassel neu verhandelt und war geblieben. Jetzt bespielte er eine ganze Folge von Räumen und ein Beratungszimmer als Refugium. Dieses war belagert von jungen Männern, die berechtigt waren, alle Fragen zu beantworten, sofern sie nicht das ästhetische Urteil betrafen. Eigentlich war es eher ein Atelier, in das eine halbe Etage als Empore eingezogen war: Dort oben pflegte sich der Professor auf dem Sofa auszuruhen, und so war es manchmal nicht ganz klar, ob man mit den Assistenten oder HiWis allein war oder nicht. Die doppelte Höhe des Ateliers bot eine gewaltige Aussicht ins Freie, die Bäumchen noch kahl, die Blätter darunter als gelb-schwarzer Teppich, und Kluess war nicht zu sehen, als Marleen vorsprach, um sich für das Semesterprojekt einzuschreiben. Aus den Roth-Händle zweier lederbejackter Jungen, die sich gegenübersaßen, stiegen blaue Rauchsäulen auf. Sie musterten Marleen von oben bis unten und grinsten einander an, sie ließen sie ihren Namen eintragen, eine Zeile war noch frei, und gaben ihr die »Lektüreliste«. Die war monströs.

»Musste lesen. Hagen besteht drauf«, sagte etwas zu leise und schneidend der Schmale mit den dunklen Augen.

»Ach Quatsch«, krächzte der dickliche Blonde. »Was für Hagen zählt, ist der Entwurf. Superaffengeile Bildidee, und du bist der King.«

»Lektüre ist Pflicht«, brummelte der Schmale. »Der Theweleit mindestens. Den musste draufhaben.«

»Kein Problem«, sagte Marleen. »Worauf läuft das Ganze denn hinaus? Sollen das am Ende Plakate werden?«

»Plakate!«, blökte der Blonde. »Es gibt nicht jedes Semester Plakate. Das ist hier nicht die Langweilerakademie. Vielleicht gibt's 'nen Film. Bei Hagen weiß man nie. Bring erst mal 'ne gute Bildidee. Das ist Minimum. Sonst fliegste gleich wieder raus.«

Marleen überlegte einen Augenblick, ob sie ihren Namen von der Liste streichen sollte, still, und dann gehen. Stattdessen faltete sie das Blatt auf Achtelformat und verstaute es in der Hintertasche ihrer Hose. Die Assistenten gafften, als sähen sie einen Striptease.

Dann trieb das Grün, Ideen wurden bebrütet und schlüpften im Mai. Es gab keine Mappe mehr ohne schwarz-weiße Fotos, und auf den Fotos sah man immer das schwarz-weiße Kleid: die Passantin in der Gasse; die Hausfrau zwischen den Töpfen; die Lady an der Bar. Ganz für sich, ohne Modell, klirrte es als Flagge im Wind, geisterte durchs Fernsehen, wurde drapiert als Ramsch. Das schwarz-weiße Unding diente als Vorhang, der sich öffnet, und dahinter erschien, natürlich, die Frau entblößt, als Pin-up oder Leiche. Die Tage wurden länger, und die Männer bekamen etwas zu sehen, nämlich ihre Wünsche im konvexen Spiegel, weil das Kleid kein schönes war, und die Frauen hatten so oder so ihren Spaß.

Um diese Zeit war Franziskus seine Bleibe gekündigt worden, eine klapprige Bude in Wilhelmshöhe. Zwar war er dort kaum gewesen, weil er die Kasseler Nächte ohnehin bei Marleen verbrachte, aber freiwillig bei ihr zu sein oder aus Notwendigkeit, war nicht dasselbe. Marleen hatte sich daran gewöhnt, dass er in den Semesterferien verschwand, nach Regensburg oder München oder wer-weiß-wohin und sie nicht mitnahm. Sein Pendeln zwischen Göttingen und Kassel, zwischen dem Abstrakten und dem Konkreten, das ahnte Marleen, schadete ihr nicht. Er war etwas schüchtern, wenn es darum ging, sich ganz auszuziehen, aber umso schöner das Leuchten der Früchte beim Pellen im Halbdunkel; seine Hände trocken und sein Herz fast zu hören, einer, der nicht schwätzt und nicht schmatzt. Wie eine Wippe, die auf der einen Seite mehr Gewicht braucht, damit die andere in die Höhe geht, musste Marleen sich schwer machen, sich erden, um ihn in die Schwebe zu bringen; das interesselose Wohlgefallen, die unschuldige Wollust. Einmal, vielleicht aus

Versehen, hatte er sogar danke gesagt; sie tat ihm gut, das wusste sie.

Er brachte, als er bei ihr einzog: eine schwenkbare Lampe, ein Köfferchen mit Unterwäsche und Schlafanzug, eine gerahmte Zeichnung und zwei Dutzend Bücher mit furchteinflößenden Titeln. Jetzt, bei ihr wohnend, las er ihre Bücher einfach mit, und manchmal sah sie ihm dabei zu. Er studierte die Notiz über den Autor, dann blätterte er weiter bis zum Impressum, womit er sich eine Weile aufhielt. Er suchte das Inhaltsverzeichnis, wählte ein Kapitel und las dieses dann durch, ohne das Buch wegzulegen. Er las weitere Kapitel an; hielt später das Buch in einer Hand, als schätzte er das Gewicht; und blätterte es dann noch einmal durch wie ein Daumenkino.

Er brauchte Zeit, um seine Sprache wiederzufinden:

»Also, *Männerphantasien* ist ein absichtlich spektakulärer Titel. Es geht aber eigentlich nur um das Bild, das Männer von sich selbst haben, letztendlich um Klischees. Darauf will dieser Theweleit hinaus. Er schafft tonnenweise Material ran. Alles, was abgehandelt wird, wird vorgeführt im Sinne dieser Klischees. Es geht ihm nicht um etwas Faktisches, also wie es Königen und Helden ergangen ist oder so, sondern nur darum, wie Männer ihre eigene Geschichte geschrieben sehen wollen. Was sie sich abverlangen. Es ist eine Art Schwarzbuch des männlichen Stolzes.«

»Franz, wenn ich das durchlesen soll, geht der Sommer dabei drauf.«

»Wer weiß, ob Hagen Kluess und seine Spießgesellen es überhaupt ganz gelesen haben. Ich mache dir einen Vorschlag. Du suchst dir drei Fallbeispiele. Oder ich suche dir welche raus, wenn du willst. Das reicht erstens, um die Methode zu kapieren. Zweitens kann man sich drei Geschichten locker merken. Fragt dich jemand nach Theweleit, spuckst du einfach ein Beispiel aus. Das ist viel besser, als anderen vorzumachen, man hätte fünfhundert Seiten gelesen. Natürlich nimmst du nicht alle Beispiele aus dem ersten Teil des Buchs. Mindestens eins steht auf den letzten hundert Seiten.«

Diese Empfehlung überraschte Marleen: »Machst du das in Göttingen auch so?«

»Das kommt drauf an. Jedes Buch ist anders. Die *Phänomenologie des Geistes* zum Beispiel hat ein Vorwort, das sind fünfzig Seiten. Bei vielen Büchern kann man das Vorwort überschlagen, da ist es aber andersherum, man muss es Wort für Wort durchackern. Es zeigt die Methode Schritt für Schritt.«

Den Vermieter ließ Marleen wissen, dass ihr Lebensgefährte bei ihr eingezogen sei, eine bombastische Formulierung, wenn auch die rechtstaugliche. »Na, dann haben sich ja zwei gefunden«, kam zurück. Als sie ihm zu zweit begegneten, war sie vorsichtiger:

»Das ist Franziskus Orth.«

»Ach, der Lebensgefährte.« Sie biss sich auf die Lippen.

Franz hatte die Wirkung von Stroboskoplicht. In seinen Augen bekam alles diese metallische Unvermeidbarkeit. Über den Illustrationsprofessor, von dem Marleen enttäuscht war, sagte er, »Das ist die Langzeitwirkung von Alkolhol. Das macht läppisch.« Tomas Weingart kommentierte er, »Ja, der hält sein Geheimnis zurück.« Selbst Hagen Kluess war für ihn ein lösbares Rätsel: »Der hält euch auf Trab, damit ihr nicht zum Denken kommt.« So fiel die Furcht der Novizin ab von Marleen; gerade an den Tagen, an denen Franz nicht da war, fühlte sie sich stark, als hätte sie eine unsichtbare Armee hinter sich.

Die Karlsaue zeigte sich als gewaltiges Naturtheater, schwergrün. Die Abende wurden länger und länger. Marleen begann, wenn sie allein war, weite Wege zu laufen, durch die Karlsaue bis an den Stadtrand, ganz um den Bugasee und bis in die Stadt zurück; dann mit der Straßenbahn bergauf nach Wehlheiden. Sie streunte umher auf den Anliegergrundstücken der Vereine an der Fulda, die nicht gesichert waren, und sah den Ruderern zu. Auf einer ihrer Juniwanderungen fand sie den Baum.

Es waren eigentlich zwei gewaltige Stämme, zwillingshaft miteinander verwachsen. In die Außenseite des glatteren Stamms waren Zeichen mit Taschenmessern eingeritzt, Herzen und Initiale. Am folgenden Abend kam sie wieder, mit dem Kleid, dem aus der Hochschule geliehenen Stativ, ihrer Nikkormat mit dem Zoom 35 bis 70 Millimeter und in der schwarzen Kamera Tri-X Pan für 36 Belichtungen. Die Baumstämme glänzten matt, das Gestrüpp dahinter wie Schamhaar. Ja, sie stand vor einem naturgewachsenen Monument des Eros, einer Doppelerektion, von Einsamen und Liebenden aufgesucht und gezeichnet; in der Tat war die Mulde zwischen den Stämmen eine perfekte Stütze, um es im Stehen zu treiben. Sie nahm das Monument in verschiedenen Ansichten auf, noch unschlüssig, was es hergeben würde.

»Superaffengeile Bildidee, und du bist der King«,

aber wieso eigentlich der King? Als Frau? Und während sie noch grübelte, erkannte sie in den Messergraffiti eine Raute, eine Salmiform, senkrecht geteilt und mittig mit einem Kreis versehen. Ihr schwante, dass dies die Vorstellung eines Zwölfjährigen von einer Muschi war, und dokumentierte das Ding, mit einer Andeutung der benachbarten Schnitzereien, den Herzen, den Initialen, frontal und scharf. Im späten Tageslicht sahen die Graffiti nicht aus wie geschnitzt, sondern wie mit Filzstift auf Papyrus gekrakelt. Während das Licht weiter nachließ, starrte sie aus einiger Entfernung wieder das Monument an und erblickte darin plötzlich zwei in den Himmel ragende Beine, eine nackte Riesin, kopfüber im Erdreich begraben. Sie drapierte das schwarz-weiße Kleid in der Mulde. Die

Schwärzen zeigten schon keine Struktur mehr im Restlicht, so dass die weißen Zackenformen umso deutlicher hervortraten. Sie dachte, diese Riesin trägt am Unterleib einen … wie hieß das noch mal, so einen glitzernden Minislip, wie Tänzerinnen in Männerlokalen. Das rahmte sie im Sucher ihrer Nikon, belichtete vom Stativ mit einer Sekunde aus halber Distanz, die Kindergraffiti frontal mitgenommen als Bild-im-Bild, die Scham der Riesin als zentrales Motiv, vom Kleid entflammt, dessen Muster bis an den unteren Bildrand züngelte. Um Mitternacht, in ihrer Küche, hielt sie den nassen Filmstreifen gegen das Licht.

Wie von Mama getuscht, dachte Marleen.

Anders als den meisten Studenten – den Söhnen und Töchtern von Lehrern, Handelsvertretern, Apothekerinnen – war Marleen die Gestaltung, inzwischen Visuelle Kommunikation genannt, nichts Neues, so dass sie nicht jenen Schub bekam von Stolz und Ambition, der die jüngeren Semester antrieb und sie zu allen möglichen Irrtümern verleitete, sich selbst betreffend, die anderen, die Lehrenden und die Lehre. Sie wollte verstehen, wie Schriften gemacht wurden, nicht nur einzelne Buchstaben, sondern komplette Systeme, und die Kasseler Frage bestand für sie einzig darin, wie viel Tomas Weingart darüber wusste. Sie musste den Tresor erst öffnen können, um zu erfahren, ob etwas drin war. Merkwürdig, wie wenig die anderen sich dafür interessierten. In Hagen Kluess' Atelier hingen prämierte Plakatentwürfe von Sechstsemestlern in Schwarz-Weiß, die Schrift immer die *Futura*, entweder im Bleisatz zusammengestümpert oder vom professionellen Satzbetrieb geordert. Die beherrschten noch nicht einmal den Fotosatz – Dilettanten!

Nicht weniger merkwürdig als die Grafik bei Kluess war die Fotografie bei Leveke. Da war das Fotografieren verboten. Die Aufgaben bestanden ausschließlich darin, im Labor mit Licht auf Fotopapier zu zeichnen, was zu allerhand archaischen Stillleben führte, Kämme, Linsen, Gabeln, Hände. »Fangt klein an, es kann immer noch größer werden«, war die Maxime des Fotoprofessors Leveke, der »Korrekturen« nur zweimal im Semester vornahm und dessen eigene Glanzleistungen Laborbelichtungen in Körpergröße waren, nächtlich wirkende Choreografien, für Studenten schon aus Kostengründen unerreichbar. Eine studentische Hilfskraft von Hagen Kluess hatte den Schattenriss seiner Erektion eingereicht und rückseitig »Fangt klein an …« betitelt, was die Feindschaft der Professoren, schon vorher von beiden Seiten aufs Eitelste gepflegt, noch vertiefte. Vor allem männliche Studenten schlugen sich leidenschaftlich auf Kluess' oder auf Levekes Seite, beflügelt durch Anekdoten über Bosheiten, mit denen der eine den anderen überzogen hatte. Die Studentinnen waren bei weitem vorsichtiger; eine kleine Gruppe, zu der auch Marleen eine Weile gehörte, besuchte – wenn auch nicht ganz unbeschwert – beide der sich befehdenden »Klassen«. Auf diese Weise konnte man weder in der einen noch in der anderen Welt etwas werden, studentische Hilfskraft, Wortführer, bester Kumpel oder der mit dem Abonnement auf den »ganz klar besten Entwurf«. Allerdings war Leveke drauf und dran, seine Assistentin zu heiraten; schon bald würde Hagen Kluess ihm in nichts nachstehen wollen und eine Studentin zur Frau nehmen, die seinen 911 würde fahren dürfen, jedenfalls für die Zeit des Führerscheinentzugs. Leveke fuhr kein Auto und trank auch nicht.

Noch lief Marleen im Tempo des Kollektivs, aber sie begann sich zu fürchten vor dem Sommer. Franz, da gab es keinen Zweifel, führte zwei Leben zugleich, oder drei, und hielt sie getrennt wie der Chemiker seine Säuren. Seine charmante Art, anwesend zu sein, ahnte Marleen, war der Perfektion der Auslassung geschuldet. Die Zukunft, das war der blinde Fleck.

Im Juli kam Franz pünktlich zur Präsentation des »Kleids«. Da waren sie, Kumpel und Spitzel, Liebende und Zerstrittene, Schmidts und einsame Wölfe. Es war zu warm im großen Seminarraum, die Tische aufgestellt zu einem großen Hufeisen. Alle hatten ihre schwarz-weißen Fotos ausgepackt und so gelegt, dass Hagen Kluess, der auf der Innenseite des Hufeisens seinen Rundgang machen würde, sie sehen konnte. Einige standen, weil sie keinen Platz gefunden hatten oder weil ihre Arbeiten nicht fertig geworden waren, im Hintergrund. Marleen saß neben Franz. Sie hatte die beiden Baumbilder vergrößert, die große Ansicht und das Detail; Franz hatte ein DIN-A4-Blatt vor sich. Darauf stand, mit Schreibmaschine ins weiße Papier gehauen:

Anleitung für Performance, Juni 1987
30 Studentinnen der Visuellen Kommunikation »im Kleid« stürmen die Pressevorbesichtigung der documenta 8, »besichtigen« das Fridericianum. Nach 15 Minuten sind sie urplötzlich verschwunden.
Franziskus Maria Orth, Kassel, im Juli 1985

Der schwarze Pulk erschien, die Lieblingsstudenten, Hilfskräfte und Assistenten, und mit ihnen, etwas übernächtigt, Hagen Kluess. Er trug den Jeansanzug und neue, spitze Stiefel, die ihn größer machten, obwohl er nicht klein war. Ohne Vorrede oder Begrüßung begann er seinen Rundgang, während der Pulk am offenen Ende des Hufeisens zurückblieb. Der Professor beugte sich über die Arbeiten, kommentierte sie mit dröhnender Stimme. Er fand eine Idee »frisch, aber noch nicht wirklich elegant ausgeführt«, eine Bildserie »naheliegend, vom Licht her aber magisch«. Nur einmal, bis zur Mitte des Rundgangs, nahm er ein Bild vom Tisch und hielt es hoch. Es zeigte Franz Josef Strauß im Fernsehen, der »das

Kleid«, oder eigentlich nur dessen Muster, als Krawatte trug: »Darauf muss man erst einmal kommen. Von hinten durch die Brust ins Auge.« Wer eine empfindliche Nase hatte, konnte den Angstschweiß der jungen Leute riechen, denen Kluess sich näherte.

Nun war er bei Marleen. Sie roch nicht, und sie fürchtete sich nicht. Vor allem war sie nicht Partei. Sie gehörte nicht zur Sekte. Kluess spürte das, wollte sie aber gewinnen. Er hielt ihre Bilder in die Runde, das Graffito als Detail in der linken, den dekorierten Baum in der rechten Hand.

»Männerphantasien«, sagte er. »Nicht übel, oder?« Er legte die Fotos zurück und sah ihr in die Augen. Dann beugte er sich über das Blatt von Franz, las es, nahm es, und zerrupfte es in kleine Stücke, die er wie Herbstblätter zu Boden flattern ließ: »Hirnschmalz. Hirnwichse. Was wir hier brauchen, sind Bilder, Bilder, Bilder.« Franz stand auf, ein wenig bleich, doch ruhig. Er fixierte Kluess, der ihm auswich. Marleen versuchte, Franzens Blick aufzufangen, bevor er sich abwandte und im äußeren Bogen des Hufeisens zur Tür strebte, nicht langsam und nicht schnell. Marleen zögerte. Hagen Kluess war jetzt bei Dorit, der er Komplimente machte. Marleen schob ihre Bilder übereinander, rollte sie, breitete sie dann wieder aus, packte sie noch einmal zusammen, schob den Stuhl zurück – er kreischte – und folgte Franz, der schon längst draußen war. Sie schloss die Tür hinter sich, lief, lief, rief nach ihm, Franz, Franziskus, Franz, aber er war nirgendwo, er wartete nicht, er saß nicht in der Mensa, er hatte sich nicht in der Bibliothek versteckt. Dort verzog sich Marleen im oberen Stockwerk hinter das letzte Regal und weinte stumm.

So wie Kurzsichtige, deren Brille zerbrochen ist, schreckhaft erscheinen, so war auch Marleens Sicht der Dinge plötzlich verkürzt, der Tastsinn verlässlicher als der Orientierungssinn. Hilfe hätte sie gebraucht. Alles, was Franz in der Wohnung hinterlassen hatte, war eine Klemmlampe und die gerahmte Zeichnung an der Wand. Kein Gruß, nichts. Der Schlüssel im Briefkasten. Franz war einfach verschwunden. Sie saß unbeweglich am Küchentisch, vor sich ihre Fotografien, und starrte an die grüne Wand, während sie sich fragte, ob er sie ohnehin hatte verlassen wollen; ob er sie, auch wenn es so schien, gar nicht wirklich verlassen hätte; ob er – wenn sie bei Kluess sogleich aufgestanden und demonstrativ mit ihm gegangen wäre – jetzt mit ihr hier sitzen würde. Eine Antwort fand sie nicht. Sie hatte großen Hunger, es wurde irgendwann dunkel, auf sehr steile, dramatische Art, denn die Küche lag zum Hinterhof, und Marleen saß immer noch da, wund, verwüstet, leer; die Frau ist Brei, schießt es ihr durch den Kopf, die Frau ist das Meer. Aber was soll das bedeuten?

Sie isst wenig, schläft kaum, verpasst am nächsten Tag die Endsemesterpräsentation bei Tomas Weingart, grübelt wieder bei Dämmerung. Sie reißt sich da raus, indem sie zu putzen beginnt, erst Franzens Bett abzieht, dann staubwischt, dann den Herd auf Hochglanz bringt, und als sie die Wischlappen sucht, findet sie eine Plastiktüte, in der zwei Dosen Lack unangebrochen aufbewahrt sind, mit einem Sortiment von Pinseln und Terpentin. Sie öffnet die Dose mit einem Schraubenzieher und ist sofort benebelt von den Dämpfen. Sie malt eine Probe zwischen Herd und Kühlschrank, ein zunächst wässrig blasser, dann, beim Überstreichen sich tiefrot schließender Fleck. Sie trägt den Tisch in den Flur, rückt die Geräte ab, bringt Fotolampen rein und schrubbt nun den gelackten Sockel, ein erster Angriff, das darf noch einmal glänzen, bevor es verschwinden wird, dieses Pseudogrün, dieses Nichts. Eine Stunde vor Mitternacht beginnt sie, während die alten Fragen in ihrem Kopf kreisen, den Sockel, alles vom Nabel abwärts blutrot zu übermalen. Sie weiß, die Farbe wird am nächsten Tag ein mattglänzendes Kaminrot sein, ein mexikanisches Rot, so wie der Dosendeckel es in Form eines Punktes zeigt, aber jetzt ist es ein Aderlass, ein Rütteln am wehrlosen Opfer, ein rotes Verspritzen, Träufeln, Verlaufen, die ganze Küche eine Riesenwunde, pulsierend, ein geöffnetes Herz. Es tut so gut, sie schläft bei 500 Watt Beleuchtung auf dem Küchenstuhl ein, als sie fertig ist gegen Morgen. Es mag Mittag sein, als es läutet – das Läuten ist aber ein lautes Schnarren, das wie Nadeln unter die Haut geht –, und Marleen, unser Wrack, öffnet wie in Trance. Es ist Esme mit zwei Koffern.

»Esme, nein.«

»Bitte.«

Esmeralda, nach dem Familienbesuch in Murcia an Weihnachten, nahm Abschied von allem, was sie hatte sein sollen. Sie schrieb den Eltern selten und war zuletzt zu Pfingsten in der Kirche gewesen. Alle nannten sie Esme, und sie sprach lieber Deutsch als Spanisch. Sie pendelte zwischen Hochschule und Wohngemeinschaft. Für Dorit hatte sie nackt Modell gestanden und für zehn Leute Paella gekocht. Von Hendrik Müller als Liebschaft entdeckt, weich gemacht, weitergereicht, war sie bei den Schmidts in eine Ménage-à-trois gefallen, fast kein Abend ohne Besuch von Jörg oder von Axel, wobei Jörg zu den Schmidts gehörte, Axel nicht. Aber Jörg und Axel waren gute Freunde – »Oder wie nennt man so was?« –, und wenn Jörg bei Esmeralda blieb, schlief Axel in Jörgs Zimmer. Wenn Jörg, der früher aufstand als alle anderen, sein Zimmer brauchte, wechselte Axel zu Esmeralda, und bevor ihr Tag begann, war sie zwei Jungen zu Gefallen gewesen,

»Man riecht dann richtig, das kannst du dir gar nicht vorstellen.«

Aber Marleen konnte sich das durchaus vorstellen, Franz und sie hatten sich auch nicht immer gewaschen, bevor es wieder losging. Marleen rollten die Tränen herunter, während Esme erzählte, und diese fühlte sich gut verstanden.

»Sie wollen am Ende alles von dir. Nix ist denen heilig. Sie wollen dein Haar, deine Augen, deinen Mund, deinen Busen …«

Marleen rang sich ein mattes Lächeln ab.

»Sie wollen dich von oben begucken und von unten. Sie wollen deine, du weißt schon …«

»Deine Scheide«, sagte Marleen,

»… sie wollen das von hinten und von vorn, am besten noch zugleich, und dann gibt es ja auch noch das schöne Poloch. Und ich habe mich da drauf eingelassen, Jörg und Axel, für die war das so eine Art …«

Marleen fing an zu lachen unter ihren Tränen. Was ihr schmerzhaft fehlte, hatte Esme zu viel. Was für eine Koalition von Pechvögeln.

»Jedenfalls weiß ich nicht, wie ich wieder nach Hause fahren soll. Für meinen Vater bin ich das kleine Mädchen, die Jüngste, ich soll später mal ›gut‹ heiraten und so. Darüber habe ich gesprochen, ich meine, am Küchentisch der Schmidts wird über alles gesprochen. Und gestern Abend war Hendrik Müller bei uns, und das Thema kam drauf, und weißt du, was er gesagt hat?«

Marleen, keine Tränen mehr, schüttelte den Kopf.

»Der sagt: ›Ach Esmé, das macht doch überhaupt nichts, so ein bisschen männlicher Samen in dir drin‹, und die Jungs grinsen, und die Mädchen nicken wie bekloppt.«

Marleen: »Aber es macht was aus.«

Esme: »Es macht klar was aus. Es macht sogar in Kassel was aus. Ich meine, guck dir doch mal die Mädchen an, wie Brit oder so, die das nicht wollen oder irgendwie nicht hinkriegen, und alle reden hinter ihrem Rücken. Aber in Murcia erst, wenn ich das beichte, ich meine, wenn ich die Wahrheit sage, was die mit mir gemacht haben …«

»Gemacht haben?«

Jetzt fing Esme an zu weinen, »Was ich gemacht habe! Ich bin eine Hure … dann stecken die mich in ein Kloster … und ihr …«

Marleen strich Esme, deren Kopf nun auf dem Küchentisch lag, über den Nacken,

»Dann seht ihr mich nie wieder!«

Nicht, dass Marleen nicht wusste, wovon Esme sprach. Sie dachte an den Bleisatz, wo man alles seitenverkehrt sah, ein Flüstern, selbst der komplette Schriftblock, »der fixierte Satz« noch ein Geheimnis, und dann, wenn man mit dem Quast drüberfuhr, das Papier bedruckte, schlug einem der Text entgegen, die Wirkung gesteigert, solange die Druckfarbe feucht war. Was das spanische Mädchen, das da aufgelöst in ihrer mexikanisch roten Küche lag, als Weg in die Verdammnis schilderte, kam Marleen keineswegs abstoßend vor, vielleicht sogar beneidenswert.

Es brauchte zwei Tage und zwei Nächte, bis Esme aus dem Dunst ihrer Reue hervorkroch. Sie hatte über ihrem Bett die gerahmte Zeichnung bemerkt. Es war die Portraitstudie eines vergnügten Lausbuben, der einen Gegenstand halb verborgen in seiner rechten Hand hielt. Über seiner Schulter erschien ein weiterer Bube, mit einem festeren Gesicht und ausgeführtem Kragen.

»Nein«, sagte Marleen. »Es ist die gleiche Figur. In einem Gesicht finden sich alle Regungen.«

»Aber beide sind lustig.«

»Ja, auf unterschiedliche Art, das stimmt.«

»Wer hat es gemacht?«

»Gezeichnet? Das weiß ich nicht. Irgendjemand, vor hundert Jahren.«

»Was bedeutet es für dich?«

»Es bedeutet einen Unterschied, der keinen Begriff von Zeit braucht. Es soll, glaube ich … Es handelt vom Charakter. Der Charakter ist stärker.«

»Stärker als was?«

»Als alles andere.«

»Meinst du?«

»Nein, das meint Franz. Das hat Franziskus gesagt.«

Esme sah Marleen an, Marleen das Bild. Plötzlich verstand Esmeralda, und sie drückte das hölzerne deutsche Mädchen an ihren warmen spanischen Busen, bis es nachgab. Als es unausweichlich wurde, die Tröstung anzunehmen, begriff Marleen, was sie verloren hatte.

Die Pomona

Die Pomona 133 war unter Kindern beliebt gewesen, wahrscheinlich, weil der Fernsehraum über dem Garten schwebte, oder noch wahrscheinlicher, weil es für das Fernsehen keine Regeln gab. So kam es, dass sich Kinder auf einem weißen Flokati niederließen wie ein Rudel Robben auf einer Scholle, um die Sesamstraße zu sehen und das, was danach gesendet wurde, wobei es um die Programme zum Streit kam. Dadurch löste sich die Gruppe auf, die Siegreichen vor dem Fernseher vergrätzt, weil alleingelassen, die anderen im Garten, den Fischreiher bestaunend oder Rauchzeichen sendend vom Baumhaus aus. Petrus Schuller wollte beweisen, dass »Kinder ihren eigenen Weg durch den Mediendschungel finden, vielleicht besser als wir selbst«, was bei anderen Eltern keineswegs auf Zustimmung stieß.

Hannelore Schuller fand es unbedenklich, wenn Kinder Schnulzenparaden guckten und die schönsten Peinlichkeiten im Garten nachstellten. Bedenken kamen ihr erst, als Marleen vor ihrer Einschulung begann, sich für Western zu interessieren, komplizierte Fabeln um Recht und Gesetz, die mit Schießereien endeten, so dass bei offenem Fenster die Pomona 133 klang wie Bonanza. Von ihrem Atelier aus konnte sie die Sache nicht wirklich verfolgen, aber ein gutes Zeichen war es gewiss nicht, wenn Marleen darauf bestand, sie gucke nicht alles, sondern nur den Anfang und das Ende, und sich dann angewöhnte, den Ton abzudrehen.

Die Entdeckung der Pomona: Mit der Dauphine über die Rheinkniebrücke von der Düsseldorfer Altstadt nach Oberkassel, irgendwie im Hafen verirrt, auf die Neußer Innenstadt zugehalten, das Münster als Orientierung, südlich wieder raus, und wenig später die Einfahrt zur Plantage entdeckt. Die Pomona war schon weitgehend parzelliert, teils noch ungerodet, teils schon bebaut. Zurück nach Düsseldorf, erster Stock in Unterbilk, zwei Apfelblüten nicht mehr dran gedacht, oder wenn, dann mit vagen Sympathien. Zweiter Ausflug, Lore schon mit dieser Birnensilhouette des sechsten Monats, in der nächsten Woche den Mietvertrag für Pomona 105 unterschrieben, beide, Petrus Schuller, Hannelore Schuller, den 20. August 1963. Die Kollegen in der Agentur haben sehr wohl gelästert: »Zieht ihr in'nen Kleingarten, oder wat?« –, noch das Auto eingetauscht, die ausgeblichene Dauphine gegen einen roten Alfa Romeo, damit die Leute in den anderen Reihenhäusern nicht dächten, man gehöre dazu. Auf der Pomona war niemand »in der Werbung«, einerseits. Andrerseits leiht jeder, der Kinder hat, beim Nachbarn Butter und Milch.

Lore in der Nacht zum 23. November, die Wehen hatten schon begonnen, um sie herum das Raunen der fatalen Nachricht aus Amerika, war hineingeworfen in eine Zeitenwende, der Leichtigkeit beraubt, der schützenden Blase, die sie umgeben hatte. Petrus schwadronierte von der Abrechnung mit dem »katholischen Präsidenten«, den die Puritanergesellschaft nicht ertragen habe, als hätte er vergessen, dass Lore um seinetwillen konvertiert war. Etwas von der protestantischen Sorge um die Welt fiel in diesen Tagen auf sie zurück, in ihren Armen Johanna, das Baby mit den schwarzen Augen.

Als Lore ihn kennengelernt hatte, hatte Petrus Pomade im Haar gehabt, eine richtige Tolle, Mann und Junge in einem. Er war bei Brad Kilip & Partner mit vierundzwanzig der Jüngste gewesen, eingestellt als jemand, der die Übertragung der Kampagnenentwürfe auf wechselnde Illustriertenformate beaufsichtigen sollte, innerhalb eines Jahres die rechte Hand Oberholtzers geworden, des Assistenten von Kilip. Hannelore Fleck hatte er mit ihrer Mappe im Sekretaritat abgefangen und eine halbe Stunde später Oberholtzer vorgestellt, »Ober, sehen Sie mal, das ist die Fleck, die hat eine lockere Hand.« Am nächsten Tag wurde sie angestellt.

Nicht, dass sie mit zweiundzwanzigeinhalb, Abgängerin der Kölner Werkschulen, einen Ehemann gesucht hätte, aber das Leben als Fräulein Fleck unter dem Dach einer Beamtenfamilie in Kaiserswerth, kein Besuch nach zwanzig Uhr, bitte schön, war nicht das gewesen, was sie sich unter rheinischer Lebensart vorgestellt hatte. Petrus hatte immerhin zwei Zimmer in Unterbilk, ein bisschen dunkel, aber hoch und mit Stuck, Musiktruhe, Boschkühlschrank, Biedermeiersofa – dieses geerbt –, und Ende Mai '58 war es schon so weit, ein paar Gläser Alt in der Altstadt, mit der Dauphine am Rheinufer auf und ab, lange Blicke vom Fahrersitz zum Beifahrersitz und zurück. Der Abend sollte unvergesslich bleiben, weil das Biedermeiersofa mittendrin zusammenbrach, während im Nebenzimmer, kritt-kritt, eine Single von Chuck Berry auf der Leerrille lief.

Nach Kennedy wurden sie zum ersten Mal unter den Ostermarschierern gesichtet, Lore in einem blau-weiß gestreiften Rock wie umgedrehte Melittatasse, Johanna in einem Vorkriegskinderwagen mit riesigen Speichenrädern, Petrus in seinen affigen Slippers mit Ledersohle: »Nie wieder Krieg!« und »Atomwaffen niemals!« (und nie wieder Sonntagsschuhe). Von zweihundert Teilnehmern waren sieben junge Paare aus der Pomona dabei, leicht zu erkennen an den Kinderwagen und Sportkarren. Auf der Pomona gab es keine Omas zum Aufpassen.

Im Süden der Siedlung war ein Rest der Plantage stehengeblieben, eine enorme Wiese, eine Senke zur Bundesstraße hin, die Verbindung mit der Brücke nach Düsseldorf. Petrus fuhr selbst jeden Tag zweimal an der Siedlung vorbei, mit sechzig im vierten Gang, bevor er abbog, aber mit seiner guten Absicht war er wohl allein. Gewiss waren die Grundstücke in der Senke die besten, der Siedlung abgewandt und nicht teuer, schon gar nicht im Vergleich zu Düsseldorf; aber der Krach! Über dieses Thema war Petrus, nämlich beim Ostermarsch 1965 (jetzt: Hush Puppies mit Kreppsohle), zur kleinen Gruppe der Pomos gestoßen, die lange berieten, den Siedlungsarchitekten befragten, mit den Ämtern telefonierten, um schließlich, am 1. August 1967, der Stadt Neuß vorzuschlagen, einen Erdwall aufzuschütten, um ein »ruhiges Wohnen im Grünen«, wie einst versprochen, wieder möglich zu machen. Ein Debakel ahnend, begann die Erschließungsgesellschaft, Konzessionen beim Kaufpreis zu machen. Beflügelt von der eigenen Aktivität, erwarben die Schullers Pomona 133, eines der größten Grundstücke überhaupt, und zahlten es, wie Oberholtzer staunte, »aus der Portokasse«. In der Tat war bis dahin genug angespart. Es reichte sogar, um den Alfa zu behalten und einen nagelneuen VW Variant in Leuchtendorange dazuzukaufen. Der allerdings Lärm machte für zwei.

Lore hatte ein helles und empfindliches Gesicht, in dem man lesen konnte, Trübnis zu erkennen an einem Quellen der Augen, Freude daran, wie sie kleiner wurden, kristallin, graublaue Murmeln, da fiel weggucken schwer. Petrus' Züge waren schon damals ledern und streng, die Brauen, dunkel, trafen sich fast in der Mitte, der Mund eher silbern als rot, etwas von einem Seetier, das man findet und öffnet; ein höhnischer Zug, der sich verkehren konnte in epikureisches Grinsen. Lore war klug genug, nichts gegen Elvis zu sagen, weil das das Herz eines Mannes verhärtet und seinen Stecken weichmacht; sie setzte aufs Gegenteil. Kaum hatte es angefangen, ahnte sie, dass es nicht leicht werden würde. Er war in Nebensachen beredt und in Hauptsachen schweigsam. Die Leichtigkeit der ersten Wochen, immer am Rande der Groteske wegen der Verhütung, war ihre eigene gewesen, ein Geschenk an ihn, etwas, das von ihrer Familie kam und das er nahm, als wäre es selbstverständlich. Sie hatte die Schritte der flotten Tänze bald gelernt, die die Älteren unanständig fanden; mit Polka hatte sie es schließlich auch nicht. Petrus war hingerissen gewesen, was der Rock 'n' Roll mit den Gesichtern der Mädchen machte, ein Als-ob, die offenen Münder, die schwach werdenden Augen. Aber sie blieben ängstlich, das notorische Lichtaus, rankommen schon, aber. Dagegen Lore: der Tanz prima Routine, mehr nicht, ihre Nacktheit aber graziös, ihr Wohlsein darin offensichtlich. Und dann gab es noch eine Überraschung, als der Paartanz plötzlich altmodisch und die Musik immer schwärzer wurde, lockerer, Bläser dazu: Das passte zu ihr, diese Mischung aus Einknicken und Boxen – oder wie sollte man das beschreiben? –, noch mit Pferdeschwanz und doch schon in einer anderen Zeit.

Ernst und entschlossen war Johanna ihrem Vorkriegskinderwagen entstiegen, ein Kind von furchteinflößender Ruhe, das Petrus auf den Schultern trug wie eine Trophäe, ein Abbild seiner latinischen Physiognomie. Marleen kam beinahe glatzköpfig zur Welt und wurde ein blondes Kind, so dass man hätte sagen können, Gleichstand erreicht und Schluss. Vielleicht gab die Pomona den Ausschlag, der Rhythmus von Apfelblüte und Frucht, der Eindruck, dass die Kinder aus den Vorgärten in die Straßen rollten. Jedenfalls war Marleen noch nicht ein Jahr alt, als Lore wieder schwanger wurde und Cristina also das, was man im Showbusiness die Zugabe nennt, der vertraute Song, aufgespart, um ihn dem atemlosen Publikum glitzernd zu Füßen zu legen.

Johanna hatte früh laufen gelernt, um den Überblick zu behalten. Zur Verwunderung der Pomos weinte sie lautlos. Sie gab kampflos den hölzernen Babysitz an Marleen ab, die ihrerseits ein Höllengeschrei machte, als sie von Cristina entthront werden sollte, so dass Petrus genötigt war, aus Düsseldorf einen zweiten mitzubringen; die jüngeren Schwestern saßen sich dann gegenüber wie Königin im Spiegel. Johanna war erst drei und fütterte Cristina wie eine Amme; mit vier las sie flüssig. Und wenn man ihr mit sechs die Bauaufsicht für die Pomona 133 übertragen hätte, wäre sie damit nicht unglücklich gewesen, eine Soldatin der Familie, der Straße, der Siedlung.

Vielleicht war es die stolze Vorgeschichte der römischen Gründung – erfolglos belagert! –, die es dem Rat der Stadt so schwer machte einzusehen, dass man ausgerechnet am Rand der Pomona einen Wall errichten müsse. Und das nur wegen des Motorenlärms. Die Pomos schlugen vor, bei der Vermessung und Errichtung selbst tätig zu werden, und wollten sogar die Kosten übernehmen, was den Ämtern gar nicht gefiel, wo käme man hin, wollte man dem gemeinen Volk die Ausführung der Stadtbefestigung übertragen. Jedenfalls, am 21. November 1968 beschloss der Rat dieser Stadt, einst Novaesium und Nussia, dann Nuys und Neus, Neuß abzuschaffen und stattdessen »zur Herbeiführung einer einheitlichen Schreibweise« die Stadt forthin Neuss zu nennen. Nie sollte jemand behaupten können, die großen Umwälzungen der Zeit wären an der linksrheinischen Festung vorbeigegangen.

Was nun die Pomona betraf, gehörte die überhaupt zu Nuys? War diese Siedlung nicht ohnehin das glücklose Anhängsel eines zukünftigen Autobahnsystems, so dass sich die rebellischen Bewohner ans Landesstraßenbauamt wenden mussten? Und gab es nicht jenseits des Stadtkreises eine Unzahl von Dörfern und Siedlungen, gerahmt von Bundesstraßen und Autobahnen, die man, wenn das Beispiel der Pomona Schule machte, zu Sandburgen würde aufwerfen müssen? So leid es der Stadtverwaltung tat, da konnte man erst einmal gar nichts machen. Und übrigens: Wahlen standen an.

Eine solche Situation zu betrachten, gibt es zwei Möglichkeiten. Entweder stellt man fest, die Lösung ist nicht in Sicht. Oder man kommt zu dem Schluss, der Rückweg zum Nichtstun sei versperrt und die Verantwortlichen würden demnächst gegen den eigenen Willen zu handeln gezwungen sein. So dachte Petrus Schuller, ganz und gar ein Mann der Werbung, der es verstand, den Platz zu deuten, der sich zwischen Rückschritt und Vorteil auftut, und deshalb, durchaus zum eigenen Nutzen, das Rad der Geschichte weiterzudrehen. Er brachte aus Düsseldorf einen Architekten mit, der, zwei Meter lang, den Beifahrersitz im Alfa ganz zurückfuhr, während Oberholtzer, der den Architekten empfohlen hatte und nur aus Neugier dabei war, auf der Fahrt über den Rhein Petrus in den Rückspiegel sprach. »Das ist ja allerhand«, sagte Ober, nachdem er ausgestiegen war, sich die Knie unter seiner Bügelfaltenhose massierend. Da das Grundstück auf der Pomona keinen Zaun hatte, musste man sich erst einmal vergewissern, wo es endete.

Als wären seine Interessen nicht berührt, ließ der Architekt hören: »Wenn dat Wällschen nit kütt, sidder ihr aber jearscht.« Noch waren die Männer unter sich.

Die Pomona 133 war über einen Stichweg zu erreichen, an dem linker Hand leicht abschüssig drei Grundstücke lagen. Das erste grenzte an den Siedlungsrundweg, das letzte an die Reste der Plantage dort, wo der Wall entstehen sollte, und das mittlere präsentierte Petrus schließlich als seins. Zählte man die drei angrenzenden Grundstücke dazu, deren Zugang der nächste Stichweg sein würde, ergab sich ein Karrée von insgesamt sechs Grundstücken.

»Dat macht drei Grundstücksgrenzen, aber fünf Komposthaufen, der eure nit mitjereschnet«, fasste der Architekt zusammen, der sich die zukünftige Bebauung lebhaft vorstellte.

Petrus verstand. »Das an der Ringstraße wollten wir nicht, das ist das größte. Das in der Senke ist zu klein. Dieses ist ein

Quadrat. Das gibt einem alle Freiheiten.« Er zupfte Unkraut von einem weißgrauen Quader, der die Südostecke markierte.

»Würde ich dichtmachen wie eine Burg«, sagte Ober.

»Einmal rum mit Atrium, dann is aber nix mie übrisch«, hielt der Architekt dagegen. »Wie hoch darf dat denn sin?«

Petrus: »Neun und ein paar Zerquetschte. Klassischer Dachfirst, wenn man einen will.«

Architekt: »Da könnt man drauf verzischten.«

Ober: »Es muss ja nicht die Villa Savoyen sein.«

Architekt: »Wieso nit?«

Von der 105 bis zur 133 waren es nur vier Minuten Fußweg, aber der hatte etwas von einer Rückkehr ins Paradies. Erst die Reihenhauszufahrt, Küche an Küche und Klo an Klo, dann die mittlere Bebauung, rotgraue Klinkerhäuser inmitten schlummernder Gärten. Schließlich, südlich der Ringstraße, die Reste der Apfelbaumplantage, jenseits der Blüte und die Früchte kaum zu erahnen, so wie bei Lore selbst. Petrus war nicht der Katholik, dessen Sender auf Radio Vatikan stand, »Du bringst mir zwölf Kinder zur Welt, und wenn du dran stirbst«, so nicht, aber er hatte sie dennoch bedrängt, die Antibabypille abzusetzen. »Es wäre so gut, noch einen Jungen zu haben«, und dann, als die Periode ausblieb, war er umgeschwenkt und hatte beteuert, um ein Mädchen wäre er genauso froh. Dreimal hatte Lore bei Kilip & Partner ausgesetzt und war zuletzt im Herbst '67, nach Cristina, in die Agentur zurückgekehrt, Hose statt Rock, die Haare halblang, vier Wochen Konfusion wegen der neuen Spraytechnik, Illustrationen mussten jetzt glänzen wie die Motorhauben von Autos.

Am anderen Ende der Pomona traf Lore auf die Trias. Der Architekt hatte gerechnet, fünfzehn Prozent des Baumbestands könnte man belassen. Garten nach Süden öffnen, klar. Auf einen kleinen Notizblock mit dem Namenszug einer Altbierbrauerei hatte er einen zweistöckigen Bau mit Flachdach gezeichnet, der teils auf Pfeilern stand. Herzliches Willkommen für Frau Schuller, diese überrascht von Oberholtzers Anwesenheit. Zu viert standen sie an der südlichen Grundstücksgrenze und deuteten auf ein imaginäres Haus: Die Fassade guckt nach Westen. Der Servicetrakt nach vorn, aufgebockt entlang des Stichwegs, Zufahrt zu Hof beziehungsweise Garten drunterweg. Der Wohntrakt wird als Riegel dazu quergestellt, teils aufgestockt, kommt auf die Zahl der Kinder an. Nach oben muss auf jeden Fall, wegen des Oberlichts, das Atelier.

»Was für ein Atelier?«, fragte Lore.

»Dat von üsch, gnädije Frau«, sagte der Architekt.

Bald war der Baugrund sondiert, das Grundstück vermessen, wurden die Bäume gefällt und die Wurzeln ausgegraben, und vor dem Frost stand die Unterkellerung komplett. Johanna mit riesiger Platzwunde am Nikolaustag durch einen Sturz, obwohl das Spielen auf dem Baugrundstück verboten war. »Oder deshalb«, wandte Petrus ein. »Vielleicht sollte man den Kindern zeigen, wie das geht.«

Seine Gabe, das Unvermeidliche kommen zu sehen: Im März rückte die Stadt Neuss mit drei Schaufelbaggern an und begann Abbruchmaterial, das von Sattelschleppern gekippt wurde, zu einem Ringwall aufzuschütten. So bauten die Stadt und die Schullers um die Wette, die Schullers waren zuerst fertig, am 1. November 1970 war Umzug, bei den Wallarbeiten Winterpause, im Februar ging es weiter. Der Südrand der Pomona sah aus wie eine Mondlandschaft. Die Kinder standen morgens um acht am Fenster, Panoramasicht auf die Großbaustelle, weil das Südgrundstück noch unbebaut war. Lore wusste, dass sie jetzt nicht durchdrehen durfte, die Hölle der Mutterschaft. Das irgendwie zu schöne Atelier. Es war groß, licht, sauber, mit einem Marabuzeichentisch unter dem Oberlicht. »Ist meine Erfindung«, hatte Ober bei der Einweihung gescherzt. In der Tat, er hatte herausgefunden, wie man die Rückkehr der angeheirateten Illustratorin in eine hektisch expandierende Firma verhinderte. »Aufträge gibt es immer, das musst du nicht befürchten«, hatte Petrus gesagt, aber dieses Modell fürchtete sie gerade, dass Petrus Aufträge brachte und Entwürfe mitnahm – und sie bekam nur noch zu sehen, was sie sich selbst ausdachte. Am Kupferkessel läuft ein Tropfen … eine Träne herunter. Das sieht man nur, wenn man auf sich gestellt ist.

Die Pomona 133 gehörte den Kindern. Lore fragte sich, ob es besser sei, deren Leben zu steuern oder sich mit ihnen treiben zu lassen. Sie skizzierte auf dem kleinen Block eine Revuenummer, die Phalanx der Girlies von links als Fragezeichen und von rechts als Ausrufungszeichen. Sogar Linus hatten die Mädchen angenommen wie Spielzeug, sie konnten es gar nicht abwarten, ihn zu baden, zu wickeln und in den Schlaf zu wiegen. Das ganze Kleingemüse aus der Reihensiedlung war dabei, das Ritual minutenweise in den Abend gedehnt; zum Glück hatten die fremden Blagen ihre Zeiten. Johanna war immer die Anführerin, ob es fünfzehn Kinder waren oder vier. Marleen aber entzog sich.

Vielleicht war das mit den Western auch nur vorgetäuscht. Lore setzte sich ins verlassene Fernsehzimmer, während eine dieser Serien lief, völlig unverständliches Zeug, erst recht ohne Ton. Lore setzte sich vor dem stummen Fernseher in einen Sessel. Marleen erschrak ein bisschen, als sie zurückkehrte, sie fremdelte vor der eigenen Mutter oder fühlte sich ertappt, aber überspielte das, offener Mund, die Augen niedergeschlagen. Sie fläzte sich auf den Flokati. Versöhnungsszene in der Familie, überzogen gespielt. Die Ranch im Abendlicht. Und plötzlich saß Marleen aufrecht, die Beine angezogen und die Arme drum herum geschlungen, den Kopf auf den Knien. Sie rührte sich nicht. Über den Bildschirm lief der Nachspann:

Titel, Darsteller, Produktion, die Schrift wie von Hand gepinselt, gezackt, flackernd, weiß auf schwarz. Marleen war sechseinhalb. Als die Ansagerin erschien, ließ sie sich fallen, rollte über den Rücken auf die andere Seite, blickte ihrer Mutter in die Augen und wisperte selig:

»Es ist immer genau gleich. Ganz genau gleich.«

Ohne Binde

Petrus gab vor, nicht zu verstehen, oder er verstand tatsächlich nicht, als Oberholtzer den Türrahmen ausfüllte, wo er im Gegenlicht stehenblieb, den linken Arm über dem Kopf angewinkelt, als wolle er den Türsturz aus der Fassung heben. Auf Petrus' Schreibtisch lag so etwas wie ein gynäkologischer Comic, ungeschickt gezeichnet und beschriftet. Oberholtzer kostete seine Verblüffung aus.

»Werbung für Monatsbinden? Da würde ich aber eher auf die poetische Schiene setzen«, wehrte Petrus ab.

»Is' noch nicht so weit. Der Prokurist von der Hahn Kommanditgesellschaft träumt von einer Broschüre, mit der er die fachliche Ärzteschaft erreicht, mindestens, und damit alle Frauen und Mädchen im entsprechenden Alter, die sich dat dann aussuchen sollen.«

»Aussuchen?«

»Binde oder Tampon.«

Fast hätte Petrus gefragt, was das sei, ein Tampon.

Er schwieg für einen Moment. Durch sein gekipptes Fenster brachte eine Brise den Lärm der Wirtschaftsstadt herein, ein Schieben und Poltern, als wären die Gehirne Lochkartensysteme in Bewegung.

»Und die heißen ausgerechnet Hahn?«

»Warum nit?«

»Na besser als Storch.«

»Jung, die machen keine Pariser, die machen Tampons. Lass dir dat zu Haus mal erklären. Und da kannste auch die Jemälde bestellen.«

Am Nachmittag stand Petrus im Buchhaus vor dem Regal mit pädagogisch wertvollen Ratgebern und wunderte sich über die Vagheiten des aufklärenden Schrifttums. Nur der Sexualkunde-Atlas, versehen mit dem Vorwort einer progressiven Ministerin, gab Einsicht in den weiblichen Genitalapparat in einer Weise, dass sogar Petrus sich das ungefähr vorstellen konnte. Er kaufte zwei Exemplare. Eins ließ er im Büro, das andere würde er Lore zeigen, wenn die Kinder im Bett wären, oder wenigstens in ihren Zimmern. Man hatte sich gegen feste Zeiten entschieden, die Mädchen sollten lernen, den Tag und also auch die Nacht selbst zu planen.

Er hatte es nicht eilig, als er den roten Alfa aus Düsseldorf heraussteuerte. Über der niederrheinischen Landschaft lag ein rosa Schimmer, eher der Verdacht einer Landschaft, einer Ausdehnung in die Ferne, die bis zur Nordsee reichen musste. Man sah eigentlich nichts, solange man sich bewegte. Also begann er, das Wolkenbild als Spiegel der Landschaft zu lesen, die sich verbarg, Schafherden, Nebelgeister. Der neue Auftrag verwirrte ihn.

Dass alles abhängt von Marias Blut. Ach, Unsinn, es soll das Blut Jesu sein. Ein Mensch von Fleisch und Blut, von einer Jungfrau geboren. Was dann einer Defloration per Geburt gleichkäme. Die Vermischung des Blutes des Hymens mit dem Blut der Plazenta. Das Blut als Zeichen der Fruchtbarkeit. Des Todes. Der Erneuerung. Der Verwandtschaft. Eine Verwandtschaft nur mütterlicherseits. Kein Wort über die Ächtung Marias. Der Wein als buchstäbliches Blut. Jedenfalls bei uns; bei den Protestanten vielleicht nicht. Die Angst der Frauen vor dem Blut, weil es die Scheide zur Wunde macht. Mit der Lanze reingestochen, um zu sehen, ob Jesus noch lebt. Zerstören diese Tampons nicht das Häutchen? Hatte Lore ihrs damals noch? Nimmt sie überhaupt Tampons? Manchmal? Nie? Nehmen Protestantinnen eher welche als Katholikinnen? – Ein rosa Schwamm im Westen, als er hinter der Pomona von der Stadtautobahn abbog.

Petrus hatte immer schon diese ausladenden Gesten gehabt, das übertriebene Stirnrunzeln, den Gockelgang, den Charme eines Jungen, der seine Anzüge zwei Nummern zu groß trägt. Ein gewisser Stolz befiel ihn in Lores Atelier, mit der kühnen gebogenen Stehlampe, die in einem kleinen Schirm über dem schräggestellten Zeichentisch endete, das Oberlicht jetzt schwarz. Im großen Fenster zeigte sich das Atrium als Nachtszene, in die ein matt leuchtendes Trapez geschnitten war. Das war das Licht vom Atelier selbst. Darin erschien gelegentlich eine riesige Figur mit zwei erhobenen Armen, wandernd, das war Petrus, ein Weißweinglas in der Rechten und eine Camelohne in der Linken. Lore, am Zeichentisch, beugte sich über das Blatt, nahm einen feinen Pinsel, tauchte ihn in schwarze Tusche, tupfte ihn auf dem Schmierblatt flüchtig ab, und schon sprang der Umriss des weiblichen Unterleibs vom Weiß des Blatts dem Betrachter entgegen. Petrus war hinter ihr stehengeblieben. Er sagte dazu nichts, weil er wusste, dass dies noch kein Entwurf war, nur ein Gedanke, aus dem Dunkel gefischt und festgehalten. Es gab Leute, die dachten in Bildern, und Lore war eine von ihnen.

Sie studierte den Leporello aus dem Hause Hahn. »Das ist ja ein ganz hübsches Storyboard.«

»Also, wenn ich das richtig versteh'«, sagte er, »dann richtet sich das an Frauen und erklärt ihnen die Umstände der Regel. Aber ist das nötig?«

»Nötig für was?«

»Für die Frauen, für die Mädchen. Ist das nicht Eulen nach Athen tragen?«

»Mehr als eine Eule kann ja nicht schaden.«

»Sind das nicht Sachen, die besser die Mütter ihren Töchtern erklären?«

»Petrus, das ist ja ein ganz neuer Zug an dir. Wenn es um Autos, Deos, Limonaden und Zigaretten geht, dann glaubst du, dass die Welt Mangel leidet, dann ist dir kein Tätärätä zu viel. Warum nicht für dieses o.b.?«

»Sag mal … Hast du mal so ein … so ein o.b.?«

»Meine Güte, du bist aber aufmerksam. Habe ich nie benutzt. Bisher haben Binden gereicht.«

»Gereicht?«

»Ich meine, ich habe nie drüber nachgedacht. Ich bin nicht einmal darauf gekommen, Tampons auszuprobieren.«

»Das ist ja ideal«, sagte Petrus. »Du bist die moderne Frau überhaupt. Du bist Mutter einer Tochter von acht Jahren. Du kennst nur das eine Produkt, das andere nicht. Du bist die Zielgruppe. Fangen wir an.«

Von den Firmengründern im Jahr 1954 waren nur Brad Kilip und Oberholtzer übrig geblieben, aber auch Erika Beh, die Sekretärin der ersten Stunde. Betriebswitz: »Wofür steht denn B.?« Dafür waren Heerscharen dazugekommen, Art-Directors, Texter, Analysten, Fotografen, Illustratoren; alle fünf Jahre wurden drei neue Berufe erfunden. Man hatte nicht unbescheiden in der Beletage eines halben Altbaus begonnen (die andere Hälfte war im Krieg zerstört worden), dann das vierte Stockwerk für die Grafik gemietet, später den Empfang und die Konferenzräume ins Erdgeschoss verlegt, so dass die Beletage ein Think-Tank wurde. Petrus aber war zufrieden mit »seiner Luke«, wie Oberholtzer das nannte, zwischen Grafik, Lay-out und Retouche. Ambitionen auf ein Chefzimmer hatte Petrus schon deshalb nicht gehabt, weil er es nicht leiden konnte, wenn sich andere bei ihm niederließen, er wollte lieber selbst im Haus unterwegs sein, und das Wachstum der Agentur hielt ihn am Laufen. Zuletzt, aber das war auch schon wieder drei Jahre her, hatte Brad Kilip das Hinterhaus gekauft, einen Nachkriegskasten, den man der Länge nach auf das Gartengrundstück gestellt hatte, von Oberholtzer »Baracke« genannt. Die beherbergte den Nachwuchs, merkwürdige

Menschen mit allerlei Ticks. Eine zwanzigjährige Illustratorin arbeitete nur auf dem Boden sitzend, ein dreiundzwanzigjähriger Art-Director hatte sich das Zimmer mit Silberfolie ausgeschlagen. Ganz hinten, hinter dem Archiv, betrieb ein Fotograf seine Dunkelkammer, die aber nicht nach Chemikalien roch, sondern nach Weihrauch – Petrus wusste, dass es kein Weihrauch war, aber es erinnerte ihn an seine Ministrantenzeit –; und vom Uher-Kassettenband kam die Stimme Jerry Garcias, deren rauer Suggestion der Fotograf, Gerd Roellicke, seine Sprechweise angenähert hatte. »Oh Mann, das ist ja absolut groovy.« In der Baracke nannten sie ihn Grateful Gerd. Ein großer Raum, eigentlich die Kantine der jungen Kreativen, war durch ein Tischfußballspiel blockiert, wobei das Poltern der rotierenden Stangen bei immer offenen Türen im ganzen Neubau zu hören war.

Am nächsten Tag, auf dem Weg zur Agentur, fuhr Petrus einen Umweg über Unterbilk, vorbei an der alten Wohnung, um zu sehen, ob es die Traditionsdrogerie mit dem Holztresen noch gab. Dieser tanngrüne Namenszug, leicht schräggestellt, da war er. Ganz blass die Adresse der alten Inhaberin in der Glastür, aber hinter dem Tresen standen zwei junge Frauen, eine pausbäckige Blonde, der westfälisch-ländliche Typ, und eine Dunkle mit Discotolle und spöttischem Mund, zu grell auf Rot geschminkt. Die Vagina im Gesicht tragen, dachte Petrus. Er sagte:

»Was würden Sie einem Mädchen von vierzehn Jahren empfehlen, um die Menstruation ab…, um, empfehlen bei der Monatsblutung.« Die beiden jungen Frauen sahen sich an. Sie verschwanden im System der Regale und kamen mit der ganzen Auswahl, den Binden von Camelia und Mimosept, dem amerikanischen Tampax und o.b. von Hahn, diversen Baumwolleinlagen und schützenden Slips.

»Und?«

Die Blonde: »Das gibt's alles.«

Die Dunkle: »Mehr ham' wir nich'.«

Petrus: »Und was würden Sie einer Vierzehnjährigen empfehlen?«

Das Landmädchen machte auf Sphinx, die Discoqueen grinste schief: »Sie meinen, im Fall der ersten Periode?«

Petrus: »Ja, und für die Zukunft.«

Die Verkäuferinnen nestelten im Sortiment herum.

Die Blonde: »Am besten wäre eigentlich, sie würde selber kommen.«

Petrus: »Wer?«

»Das Mädchen.«

»Ach, sie ist so unglücklich. Und ihre Mutter ist verreist. Ich möchte ihr wirklich nicht das Falsche geben.«

Das straffte die beiden. Sie standen jetzt grade. Ihre Gesichter wurden milde. Sie begannen, Petrus das Sortiment zu erläutern, die modernen Binden zum Einkleben, zum Einlegen, die isolierenden Höschen (und wie chic sie doch wären, heutzutage), Tampax mit seiner Einführhülse, »das ist hygienischer«, sagte die Blonde, »aber muss gekonnt sein«, sagte die Dunkle.

»Und o.b.?«

»Davon müssen wir abraten«, deklarierte die Blonde.

»Nee, nee«, rief die andere, »die Dinger sind total zuverlässig. Mit dem Finger ziemlich tief reinschieben und am Bändchen wieder rausziehen, das flutscht.« Dann fing sie an zu gackern. Die Blonde errötete und wandte sich ab. Petrus kaufte alles. Die Dunkle sah ihm zu, wie er vor der großen Glasscheibe das Auto röhrend startete, ihr greller Mund offen.

»Was war das denn für einer?«, fragte die Kollegin.

»Einer mit Geld«, antwortete sie.

Oberholtzer hatte zwei Konferenzräume »aalglatt« eingerichtet, mit Eamessesseln und Miró-Grafiken, und dem dritten etwas »Altdeutsches« mitgegeben, damit Kunden wie Ernst Peters, Prokurist bei Carl Hahn, nicht fremdelten. So saß Petrus Schuller mit Ernst Peters und Oberholtzer im Hirschzimmer, wie die jungen Leute aus der Baracke es nannten, obwohl kein Hirsch zu sehen war, sondern ein kleines Gemälde aus dem späten neunzehnten Jahrhundert, das einen Gießer im Schein des Ofenfeuers feierte. Es gab einen Aktenschrank aus deutscher Eiche, einen eckigen Tisch statt eines runden und darüber einen gedrechselten Kranz mit sechs Limburger Gläsern, die geistesabwesend vor sich hin funzelten. Frau Beh hatte Kaffee in der Thermoskanne gebracht, Kaffeesahne, Würfelzucker, und sich zurückgezogen, so dass die Männer unter sich waren.

Ernst Peters war ein Haudegen, ein Fossil aus Nachkriegszeiten, mit einer grauen Gesichtshälfte; wenn er diese zum Licht wandte, bekam sie ein wenig Farbe, und die andere Hälfte wurde grau. Er hatte sich durchgebissen, das sah man, wenn er die Zähne bleckte, durch die sein Atem pfiff. Seine Knochen schlotterten im Stresemann. Peters war der Typ, bei dem man nicht wusste, ob er bei der SS gewesen war oder im Widerstand oder ein anderes Geheimnis hatte, das er nicht preisgeben würde, nicht unter zwei Promille. Aber Petrus hatte die richtige Idee und fragte Peters nach der Geschichte der Firma Hahn.

Hahn war ein Automann gewesen, in der letzten möglichen Nacht vor den Russen geflüchtet, und hatte dann im Westen Trage- und Haltegurte der aufgelösten Wehrmacht zu zivilen Gürteln verarbeitet, sein Wiedereinstieg in Herstellung und Vertrieb. Aus einem Care-Paket hatte er einen Warenprospekt gefischt und diesen nach ihm unbekannten Produkten abgesucht, wobei das auffälligste Tampax gewesen war, ein Baumwollproppen, den Frauen sich mittels eines »Applikators« einsetzen sollten, ein »Ungetüm«, wie Hahn herausfand, als er sich das Original aus Amerika schicken ließ. Halb der Not gehorchend, halb der Intuition, verabschiedete er zunächst »diese Hülse«, schließlich setzten Chirurgen saugende Tampons auch von Hand in blutende Wunden, das hatte er selbst im Lazarett gesehen. 1950 lizenziert, konnte man sich einen kleinen, aber steigenden Marktanteil sichern, und schließlich bekam die Firma im Tausch für eine schwedische Tamponlizenz die Rechte an erstklassigen Binden, Mimosept, so dass Hahn mitten in Europa der Einzige war, der beides herstellte, die Binde und den Tampon »ohne Binde«, den er wegen der Klage eines Konkurrenten, der Name mache die Binde schlecht, »o.b.« taufte. Das war die Idee eines Barons aus dem Bayerischen, der im Krieg Werbung für DKW gemacht hatte. Seit Jahren wohletabliert, scheiterte Hahn dennoch, wenn er versuchte, Anzeigen zu schalten. Die »Verletzung guter Sitten« wurde ihm vorgeworfen.

»Dat is doch Schnee von jestern«, meinte Oberholtzer.

»Das werden wir sehen«, sagte Peters, mit dem Ernst des Prokuristen Ernst.

Wie viele Sorten Kunden gibt es?, sinnierte Petrus auf dem Weg nach Hause. Es gibt die, die mit dir Katz und Maus spielen. Du bist der Reklamefritze, du bist die Maus. Dann gibt es die, die zu einer Agentur kommen, als machten sie einen Ausflug zum Vergnügungspark. Sie wollen unterhalten werden, und dafür zahlen sie auch. Manche denken, wir wären so eine Art obere Behörde, oder Priesterschaft, die wollen ihr ganzes Dingens umkrempeln, mit unserer Hilfe. Und dann sind da eben immer noch Leute wie Ernst Peters, die längst Werbeleiter wären, wenn ihre Firmen richtig Werbung machen würden. Sie werden als Prokuristen alt, bevor es richtig losgeht. Aber was heißt alt, der Mann ist vielleicht zehn oder zwölf Jahre älter als du. Ob er verheiratet ist? Oder schwul? Ist er katholisch; gläubig vielleicht? Schwul und gläubig, oder verheiratet und agnostisch? Trinkt er Schnaps; hat er Angst vorm Fliegen; betatscht er seine Sekretärin? Er lässt nichts raus. Der ist ganz Binden und Tampons und so weiter. Ein Rumpelstilzchen der Hygiene. Niemand weiß, was den umtreibt. Aber was ist, wenn der Tampon wirklich ein Wunderding ist? So etwas wie der VW Käfer der Hygiene?

Lore war begeistert vom Warensortiment, das Petrus mitgebracht hatte. Ohne nachzudenken, arrangierte sie es auf dem schrägen Schreibtisch wie ein Display. »›Mit Einführhülse‹. ›Hygienisches Monatshöschen‹. Klingt leicht gaga, wenn du mich fragst.«

»Wie findest du o.b.?«, fragte Petrus.

»Als Produktnamen?«

»Mhm.«

»Kennen viele. Klingt leicht. Locker. Was heißt das denn?«

»Was glaubst du?«

»Okkulter Brocken?«

»Nee.«

»Onkel Blöker.«

»Silbenverteilung stimmt.«

»Ohne Blöße.«

»Fast.«

»Ohne Binde?«

»Genau.«

»Genial. Und wer ist Dr. Carl Hahn? Ein Frauenarzt – Typ Walter Giller?«

»Ein Forstwirtschaftler. Später Automobilbau.«

»Im Ernst?«

»Ernst hoch zwei.«

Lore klappte den Rock hoch und zog den Slip herunter bis zu den Waden. »Welches zuerst?«

»Tampax.«

»Warum?«

»Da musst du dich … Da musst du deine Muschi nicht anfassen.«

»Und warum soll ich meine Muschi nicht anfassen?«

»Keine Ahnung«, sagte Petrus. »So stellen die Amerikaner sich das eben vor.«

Weltliche Dinge

Als die Ölkrise ausgerufen wurde, hatte Petrus eine Idee. Man könnte doch die stolzen Benzinfresser abschaffen und zwei 2CVs kaufen, eine Ente für ihn und eine für die Familie. So wurde man den brüllenden Volkswagen los und den Alfa mit dem rostenden Unterboden. Das sah gut aus, die beiden lockren Franzosen nebeneinander, mit ihren Klappfenstern und den Scheinwerfern, die herausstanden wie Fühler, wobei Lores Frage unbeantwortet blieb, wie eine sechsköpfige Familie mit einer wankenden Knattermühle würde in die Ferien fahren können.

Die Sommer bis 1968 hatten die Schullers noch in Zandvoort verbracht, als Mieter einer stillgelegten Mühle. Den Sommer drauf hatten sie Brad Kilips reetgedecktes Haus in Kampen bekommen. Weitere Entdeckungen: die Ile de Ré; die Dünen nördlich von Kopenhagen; der Comer See, mit eigenem Steg und Motorboot; zuletzt eine Kate mit Garten auf dem Rücken Cornwalls. Wie weit man auch gefahren war, schnell folgten Krethi und Plethi, wie Petrus den wachsenden Stamm der Konsumenten zu bezeichnen pflegte. Nicht, dass ihn das gestört hätte. Es durfte gern Trend werden, was man selbst bereits kannte. Die Skiferien hatten die Schullers aufgegeben, als Linus geboren wurde; eine Neujahrsmesse im Kölner Dom war stattdessen Ritual geworden.

Im November 1973 – sonntags Totenstille hinter dem Lärmschutzwall aufgrund eines Fahrverbots – schwärmte Petrus von einer amerikanischen Kampagne für Olivetti. Es war das erste Mal, dass Brad Kilip & Partner eine New Yorker Agentur ausstechen konnten, und dafür waren Petrus und Oberholtzer alle zwei Wochen »drüben«.

»Wieso«, sagte er zu Lore, »ein Flugzeug braucht kein Öl, das tankt Kerosin.« Am dritten Advent kam er wieder einmal zurück, die Pomona 133 erleuchtet wie Bethlehem, und ließ wissen, dass die amerikanische Kampagne eingetütet wäre, als Sahne auf dem Kuchen eine Einladung des stellvertretenden Vertriebsdirektors von Olivetti in dessen ungenutztes Haus bei Miami.

»Haben die nicht schrecklich heiße Sommer?«, fragte Lore.

»Nicht im Sommer, Darling. Jetzt!«

Der Tannenbaum bei Miami war dann künstlich eingeschneit, und eine Kette winziger Lichter blinkte in metallischen Farben. Er fand sich etwas verloren in der Ecke eines hölzernen Wohnzimmers einer kleinen Villa in einer Sackgasse, die am Strand endete, mit sieben weiteren, eng aneinandergerückten Villenminiaturen, die sich ähnelten. Linus stand so still vor dem blinkenden Baum, dass man hätte glauben können, er gehöre zum Arrangement. Marleen und Cristina verbrachten den ganzen Tag am Strand, Johanna hatte sich gleich am 24. einen Sonnenbrand geholt. So blieb sie in ihrem Zimmer und las ein drittes Mal *Momo*. Am langen Esstisch hatte sie sich den Platz gegenüber von Papa ausgesucht, wo sie kerzengrade saß und alle Anwesenden strafte, indem sie ihren Anspruch auf Rudelführerschaft plötzlich aufgab, ausgedrückt durch hartnäckiges Schweigen.

Ihre Eltern hatten keinen Grund gesehen, sie in die Katechismuslehre zu geben, bevor sie danach fragte, so dass sie schon im zehnten Lebensjahr war, als sie angemeldet wurde. Petrus, der einst das Katholikentum für ein Lebensschicksal gehalten hatte, sprach nun von der »K-Religion«; er war wenig geneigt, Johanna dem »ollen Popen« mitzugeben. Wie alle anderen Dinge des Lebens – das Zähneputzen, die Schönschrift, das Puppenhausdekor – nahm Johanna die katholische Lehre ernst und, soweit es möglich war, wörtlich, und damit sie nicht ein Wort in der Zwischenzeit vergaß, hatte sie sowohl den Katechismus als auch das Neue Testament in Florida dabei, wo sie, weil es keinen Nachttisch gab, ihr Königinnenbett mit den Büchern teilte, die *Momo*-Lektüre morgens und abends gerahmt von den Todsünden.

Das Fehlen dreier Neusser Gottesdienste allein an den Weihnachtstagen sowie der Neujahrsmesse im Kölner Dom stellte Johanna als Fall von Deprivation dar, auch wenn sie das Wort nicht kannte. Man hatte ihr das Kostbarste genommen und durch anderes ersetzt: Strand, Kino, Vergnügungspark. Da stand sie vor der Raketenschleuder und zog einen Flunsch, während Marleen und Cristina zum Mond fuhren und sich vor Lachen nicht mehr halten konnten, indem sie sich unaufhörlich zuriefen: »Nicht im Sommer, Darling, jetzt!«

Petrus merkte es erst in diesem Winter, aber Lore war schon früher aufgefallen, wie Johanna frömmelte. Sie fragte sich, ob Johanna dem Papa damit gefallen wollte, schließlich war es seine Konfession. Es zeigte sich jedoch, dass Petrus' Versuch, auf das Kind Einfluss zu nehmen – routiniertes Interesse, unterlegt von Spott –, zu dem unerwünschten Ergebnis führte, dass Johanna ihrer Sache nur noch sicherer wurde. Sie fieberte ihrer Erstkommunion entgegen, ein Ereignis, das ihr Vater »Kinderkommunion« nannte, aber die Tochter belehrte ihn, mit der Erstkommunion sei man kein Kind mehr, sondern ein vollgültiges Mitglied der heiligen römischen Kirche. Das sollte im April stattfinden, und es klang so, als wollte Johanna sich danach zurückziehen von allen weltlichen Dingen. Die Pomona 133 aber war voll davon: Citroëns und Super 8, Mikrowelle und Whirlpool, Donna Summer und Fred Feuerstein. Ihr Expansionsdrang unterschied die Schullers von anderen Familien. Das Neue war immer besser als das Alte, das Ferne besser als das Nahe. Quirlige Ferienbekanntschaften waren nörgelnden Verwandten vorzuziehen. Das Neusser Schützenfest blieb ein Kuriosum, gewiss nicht der Höhepunkt des Jahres wie für viele Bürger dieser Stadt. Die Pomona 133 war eine Hochburg des Fortschritts. Es gab dort keine Pokale und keinen in Holz geschnitzten Sinnspruch. Und wenn, dann hätte er gelautet: *Don't look back!*

Niemand wurde gezwungen mitzuziehen, aber die Verlockungen waren beträchtlich. Marleens Einführung in den Luxus und die Moden erfolgte noch in der Grundschulzeit. Das ganze zweite Schuljahr hatte sie eine Brille tragen müssen, die auf der rechten Seite mit einem Milchglas blind gemacht worden war. Nur schwer hatte die Mama sie hinwegtrösten können über das, was andere Kinder ihr hinterherriefen. Im Herbst 1973, nach der Rückkehr aus Cornwall, war das Ende der Maßnahme gekommen. Eine letzte Fahrt mit Papa im rostigen Alfa zur Augenklinik in Düsseldorf, danach in die Altstadt: eine vornehm erleuchtete Halle, ausschließlich brillentragende Optiker mit vornehmen langen Händen, die immer neue Gestelle auf ledergepolsterten Tischchen präsentierten. Dort ließ man sie die durchsichtigen und die silberdrahtgerahmten Brillen probieren, mit denen sie aussah wie die kleine Ausgabe einer Sekretärin. Erst vorsichtig, dann bestimmter lenkte sie der Optiker zu den rehbraunen Gestellen, von den zarten zu den kräftigeren, von den rehbraunen zu den perlmuttschimmernden und anthrazitfarbenen, bis sie die tropfenförmige Rodenstock im Gesicht hatte, eine Brille, die ihr etwas Eulenartiges gab und dabei lustig aussah, und um die Entdeckung zu feiern, hatte Petrus plötzlich die alte Kassenbrille parat, die sie noch einmal aufsetzte, ein Auge verdeckt durch das Milchglas, den Tränen nahe, und dann wieder die Rodenstock, da war die Sache klar; Abholung mit Ultraleichtgläsern, nämlich aus Plastik, übermorgen. An jenem Tag, nach der Schule, nahm sie die S-Bahn, vom Düsseldorfer Hauptbahnhof die Straßenbahn, ganz allein. In der

Agentur wurde sie als Früchtchen aus der Pomona launig vorgeführt. Im Anschluss mit dem Taxi in die Altstadt. Anpassung der Brille am lederbezogenen Tischchen, ein halbes Dutzend Komplimente vom Optiker, 135 Deutsche Mark aus Papas schwerem Lederportemonnaie, danach ins Carschhaus, einmal hoch und wieder runter, über die Heinrich-Heine-Allee zu US-World, wo Petrus ihr eine knackige Levi's verpasste und dazu ein weinrotes Sweatshirt von Fruit-of-the-Loom.

In der Schule saß Marleen an ihrem Pult und tat so, als bemerkte sie nicht, wie ihr neuer Banknachbar sie anstarrte. Ingolf hieß der. Am Ende der Stunde verschwand die Brille in einem violetten Kästchen mit dem rennenden Männchen in Gold, das eigentlich ein »R« war. Sie nahm sich, während die Schulkameraden an ihr vorbei in die Pause strömten, durchaus Zeit für diese Prozedur, inklusive Putzen der Gläser, das sollten die ruhig mal sehen.

Ingolf war ein stämmiger Bursche mit apfelroten Wangen und dunklen Locken, die ihm bis über die Ohren wuchsen. Die ersten acht Jahre seines Lebens hatte er in einer Stadt verbracht, die sich Marleen als Blumenstadt in ewiger Blüte vorstellte.

»Du kommst aus Astora, nä?«

»Nee, aus Hamburg, wieso?«

»Du hast zu Relindis gesagt, du kommst aus der Astora. Oder Dastora.«

»Aus der Diaspora.«

»Wo ist denn die Diastora?«

In Hamburg-Winterhude waren die Häuser hoch und grau gewesen, die Straßen dunkel, meistens war es Nacht. Immer regnete es. Auf den Straßen waren Banden unterwegs, Protestanten mit blondem Haar und dicken Fäusten. Man konnte kaum von der Schule bis nach Hause kommen, ohne verprügelt zu werden. Sie zwangen einen, in Hundescheiße zu treten, und riefen dann, »Iiih, kock ma, 'n Kathole, der stenkt!« Der Zahn, der Ingolf fehlte, hatte wohl auch damit zu tun. Das deutete er so an. Diaspora.

Schließlich war sein Vater, Flugzeugingenieur, nach Düsseldorf »gerufen« worden – das »Rufen« stellte Marleen sich vor als eine Durchsage per Lautsprecher –, und die Familie hatte sofort ein Haus in Neuss gekauft, eine Stadt, in der es zwar auch Protestanten gab, wie Ingolf wusste, aber »hier könn' die ei'm nichts anhaben«. Den Katecheseunterricht in Hamburg zu beginnen hatte »sich nicht mehr gelohnt«, und seine Eltern fanden, er solle es nicht überstürzen. So würde er damit im folgenden Jahr in St. Pius beginnen. Die Kirche hatte er sich schon einmal angesehen. Sie gefiel ihm nicht wirklich, weil sie zu lutherisch aussah. Später, nach der Erstkommunion, als Mini in St. Quirinus zu dienen war sein eigentliches Ziel. Dort wolle er sich dann vom Weihbischof firmen lassen. Marleen wusste nicht genau, was er meinte, wagte aber nicht zu fragen. Wollte er so eine Art Priester werden?

Johanna und ihre Kombattantinnen wurden getreue Katecheseschülerinnen der Pfarre Heilige Dreikönige, deren Kirche so alt war wie der Pfarrer selbst, doppelt weltkriegserprobt, während die nächste Welle aus der Pomona nach St. Pius schwemmte, wo Marleen, Ingolf und die anderen in einem modernen Gebäude vom Kaplan Valentin empfangen würden als die, die sie waren, nämlich Kinder. Die Kinder flochten Kränze zu Erntedank. Sie bastelten Kometenlaternen für den herbstlichen Umzug. Sie würden die Geschichten aus der Bibel so nacherzählen, wie sie ihnen in Erinnerung geblieben waren. Wenn Kaplan Valentin vom Papst erzählte, würde dieser leuchtend erscheinen wie der Weihnachtsmann, weise wie Paulus und demütig wie ein Samariter. Die Kinder bewunderten den Kaplan, weil er den Papst so gut kannte, er hatte mit ihm selbst Abendbrot gegessen oder so.

In der Schule gab es keine böse Bemerkung über die Eulenbrille, was vielleicht daran lag, dass Marleen jetzt so ganz anders wirkte, und das konnte durchaus zu tun haben mit diesem Ingolf, dem Neuen, den man auf gut Glück neben sie gesetzt hatte. Dem fremden Jungen war sein Haar zu einer gewaltigen Wattekugel gewachsen, mit einem kastanienbraunen Schimmer. Marleen war überzeugt, dass nur sie ihn sah, den Schimmer, begünstigt durch die neue Brille.

Aus der dritten Reihe gab es Beschwerden. Ein kleiner bebrillter Ömmes, Sohn eines Innenstadtnotars, behauptete, ihm sei die Sicht auf die Tafel durch Ingolfs »Zottelhaar« versperrt. Am nächsten Tag wiederholte er das, in gestelzten Worten. Ingolf bestand darauf, er habe nicht vergessen, zum Friseur zu gehen. Schließlich konnte man ein Duo aus der letzten Reihe bewegen, in die zweite zu ziehen, so dass Ingolf und Marleen sich im hintersten Winkel des Klassenraums wiederfanden.

»Was ist das für eine Hose?«, flüsterte er.

»Pluh-Tschiens.«

»Woher?«

»Ju-Ess-Wörld in Düsseldorf.«

»Teuer?«

»Weiß nicht.«

Die Woche drauf trug er auch Pluh-Tschiens. Marleen verlor darüber kein Wort. Sie mochte ihn und alles, was er besaß. Er trug einen Winteranorak mit Pelzkranz in der Kapuze. Seine Schuhe waren aus rotbraunem Leder. Sein Schulranzen hatte Verschlüsse, die im Dunkeln leuchteten. Sein Schreibwerkzeug ordnete er nicht einzeln in ein Etui, sondern warf alles in einen länglichen Lederbeutel. Sein Radiergummi war ein wässrig weißer Block, der nach Früchten roch. Darauf abgebildet war ein Dackel in Orange, Korngelb, Grasgrün, Lila und Himmelblau, auf der Rückseite die Spirale der Olympischen Spiele aus dem Jahr zuvor. Den Gummi lieh Marleen sich beim Rechnen jeden Tag, zehnmal in der Stunde, und schnüffelte dran. Dann lag er zwischen ihnen wie ein Talisman. Die tragischen Spiele, aber die Farben der Zukunft. Schließlich hatte Ingolf ein Einsehen.

»Kannste haben.«

»Nee.«

»Warum nicht?«

»Weiß nicht.«

»Stell dich nicht so an!«

Jetzt besaß sie etwas, das roch, und es hatte mit Ingolf zu tun. Wenn niemand in der Nähe war, durfte sie ihm sogar in die Haare fassen. In diesen Tagen wachte sie auf und fand sich schwebend. Zum Glück war aus dem Scharnier der Brille eine Schraube verschwunden, so dass der Papa sie noch einmal nach Düsseldorf kommen ließ:

»Kann ich mit Ingolf?«

»Wer ist denn Ingolf?«

Die Aufmerksamkeit im Kleinen war noch nie der Väter Stärke; ein Mann wie Petrus kümmerte sich lieber um große Kampagnen. Am nächsten Tag würde er ein Flugzeug nach Amerika besteigen.

Um eins saßen die beiden auf hohen roten Hockern und teilten sich eine Pizza, im Rücken die Altstadt und vor sich das große Fenster, vor dem die Straßenbahnen spektakulär um die Ecke bogen, eine nach der anderen. Sie zählten die Passanten mit Pluh-Tschiens und fanden, das wären aber ganz schön viele. Sie waren nicht allein in dem Gewimmel und Getöse.

Marleen bemühte sich, ihren Stolz zu verbergen, als sie den Jungen mit dem Wattehaar über die riesigen Zebrastreifen der Königsallee unter der aufgebockten Straße hinweg in den offenen und lauten Teil der Schadowstraße lenkte, wo sie dann vor einem Haus aus Marmor und Glas standen. An der Rezeption der Agentur wurde Marleen als »Funkemarieschen« begrüßt.

Ganz vorsichtig durften sie die großen Rollschubladen des Archivs durchsehen, in denen Entwürfe, Andrucke und Plakate aufgehoben waren. Falls sie etwas mehr als zweimal fanden, konnten sie ein Exemplar mitnehmen. Ingolf entschied sich für die Seite aus einer Illustrierten, die ein vornehmes Stadthaus zur blauen Stunde zeigte, in dem ein einzelnes gelbes Licht brannte. Vor dem Haus, fast Schatten, ging ein Junker im Frack vorbei. Marleen sicherte sich ein Plakat, auf dem hinter einer vereisten Scheibe drei todschicke Nonnen zu sehen waren, die den Eindruck erweckten, sie würden aus einer Raumfähre ins Weltall schauen.

Wieder in der Pomona, hängte sie sich das Plakat übers Bett, vier Reißzwecken und ein bisschen angeschrägt. Mit einer gewissen Spannung erwartete sie die Reaktion ihrer Mitbewohnerin. Johanna tat so, als bemerkte sie das Bildmotiv gar nicht, und las still, dann laut den Slogan: »sexy mini ... super flower ... po pop cola – was soll das denn heißen?«

»Keine Ahnung«, antwortete Marleen. »Hat Brad Kilip erfunden.«

Johanna stopfte ihren Katechismus in ein Wildledertäschchen und maß, bevor sie das Zimmer verließ, ihre Schwester mit dem Blick der Wissenden.

»Ich glaub', du hast wirklich ein Schräubchen locker.«

Jugendstil

Nach Florida hatte Petrus verkündet, so solle man es wieder machen, Sonne mitten im Winter, »Das ist doch sehr erholsam.« Von einem Sommerziel, einst sein Ehrgeiz als Trendscout, war nicht mehr die Rede. Petrus reiste jetzt viel, nach London, New York, Tokio, nach Delhi, man müsse die Agentur verinternationalisieren, sonst gehe sie unter. Wenn er verreist war, sah Lore in der Pomona 133 herunter auf die beiden 2CVs, die im Hof standen, und überlegte, ob sie eine Gefangene sei, eine Gefangene an einer langen Kette.

Zu Johannas Erstkommunion war Petrus übernächtigt aus Asien zurückgekehrt, geistesabwesend, beglückt, unzugänglich, die Haare immer noch dunkel, herausgewachsen, aber für die Kirche warf er sich in einen nagelneuen Smoking aus Hongkong, das ließ er sich nicht nehmen. Johanna war sehr ehrgeizig, was den Weißen Sonntag betraf, den Tagesplan, die Gäste, und sie war stolz, ihre Eltern so festlich gekleidet zu sehen, die Mutter im grauen Kostüm, eine Bluse wie Wüstensand, uralte Klunker um den Hals.

Johanna, inspiriert durch die Lehre in Dreikönige, hatte sich bisweilen im Atelier festgesetzt und Lore religiöse Geschichten vorgetragen, die alle darauf hinausliefen, dass jemand den Glauben wiederfand, trotz widriger Umstände nicht verlor oder zum ersten Mal die Gute Botschaft vom Opfertod Christi hörte. Ihre Fähigkeit, wörtlich abzuspeichern und dennoch sinngemäß zu betonen, war allerdings bemerkenswert. Sie setzte sich kerzengrade auf einen birkenhölzernen Hocker, warf ihren dunklen Pferdeschwanz nach hinten und sprach:

»Eine Frau wird in einen tiefen, schauerlichen Kerker geworfen. Sie hat keine Hoffnung, aus dem Verlies zu entkommen. Dort wird ihr Kind geboren. Von der Welt sieht es nicht mehr als kalte Mauern und Dämmerlicht. Seine Mutter aber erzählt ihm, dass es dort draußen eine Welt gibt, die schön ist, Sonne und Mond, Blumen und Vögel. Das Kind hört zu. Und obwohl es diese Herrlichkeiten nie gesehen hat, so glaubt es doch daran, denn die Mutter hat es ja gesagt, und die Mutter sagt die Wahrheit. So lernt das Kind kennen, was es erst später in der Freiheit schauen darf.«

»Und wird es das schauen?«, fragte Lore.

»Ja, wie jedes Kind Gottes, aber es kann davon noch nicht wissen.«

»Offensichtlich nicht, denn es ist ja mit der Mutter eingesperrt.«

»Aber die Mutter weiß von der Herrlichkeit.«

»Sie erinnert sich.«

»Es ist ein Gleichnis: Die Kirche ist die Mutter und Hüterin unseres Glaubens. Was sie uns zu sagen weiß, ist größer und schöner als alles, was wir uns vorstellen können.«

Das sind die Kammern der kindlichen Seele, runde, ovale, zapfenförmige Kammern, im Dämmerlicht reichlich geschmückt, mit samtenen Vorhängen und halb erblindeten Spiegeln versehen. Darin sind alle Geschichten ausgemalt, von der Schöpfung bis zur Apokalypse, die Dogmen in Gold auf knorrige Balken geschrieben, die Verheißungen funkelnd hinter Altären, die den buddhistischen ähneln, Stück für Stück selbstgemacht.

Johanna mit ihrem strengen Scheitel, ihrem bohrenden Blick, ihren zu großen Füßen.

»Maria ist unsere Königin.«

»Sie ist die Mutter Gottes«, sagte ihre Mutter.

»Sie stand bei ihm und nahm an seiner Opferung teil. Das Schwert des Schmerzes durchdrang auch ihre Seele.«

»Natürlich.«

»Sie war nicht natürlich. Denn ihr Leib war ohne Sünde.«

»Niemandes Leib ist ohne Sünde, Johanna.«

»Aber Marias schon. Deshalb blieb ihr Leib vor der Verwesung bewahrt.«

Lore überlegte einen Moment, ob es klüger sei zu widersprechen oder Johanna gewähren zu lassen.

»Deshalb blieb ihr Leib vor der Verwesung bewahrt«, wiederholte Johanna, immer noch gerade auf dem Hocker sitzend, die rechte Hand an der linken Brust.

»Im Himmel thront Maria als Königin aller Engel und aller Heiligen. Sie herrscht mit Christus über die ganze Welt. Mit barmherziger Mutterliebe umfängt sie sämtliche Brüder und Schwestern ihres Sohnes.«

»Hatte Jesus Schwestern?«

»Die Schwestern Jesu sind wir.«

Lores eigene katechetische Bildung war holterdipolter vonstattengegangen, Kommunion und Firmung in einem; dass der katholisch groß gewordene Gatte sie führen und festigen würde, war vorausgesetzt worden. Außerdem war die Leidensgeschichte Jesu in beiden Religionen die gleiche. Die Marienlegende hatte sie nie internalisiert, schlecht gelernt, wie sie jetzt dachte.

»Mama, du bist doch auch getauft?«

»Ja.« Sie verschluckte das »natürlich«.

»Ich meine katholisch getauft?«

»Die Taufe ist universal. Ich bin gefirmt, wenn du das meinst.«

»Es sind beides Sakramente.«

»Das mag sein, mein Schatz.«

»Es ist gewiss so.«

Gern hätte Lore Petrus gefragt, was er davon hielt. Ob es richtig war, Johanna in Dreikönigen zur Messe gehen zu lassen. Ob man sie in ihrem Wissen bekräftigen oder ihren Eifer bremsen sollte. Oder beides. Und wie. Aber sie und Petrus hatten über Dinge des Glaubens nie gesprochen, nur über die Wahl der Konfession. Sie wusste gar nicht, was er wirklich glaubte, ob er glaubte; und so wenig, wie sie ihn danach fragen wollte, wollte sie gefragt werden. Man hatte sich eingerichtet im Zwischenreich, kurz vor dem Bekenntnis zum weltlichen Leben, das man führte, in der Absicht, alles richtig zu machen oder nichts auszulassen, was bis vor kurzem als dasselbe erschienen war. Jetzt aber nicht mehr. Es war offensichtlich, dass Johanna sie missionieren wollte. Es schien Lore, sie hätte besser am Protestantismus festgehalten, ein Terrain des Glaubens, das sie gegen Johanna und ihre Mariengläubigkeit verteidigen könnte. Etwa so: »Liebe Johanna, wir Reformierten sprechen selbst mit dem Lieben Gott, wenn es uns danach drängt, und wir hauchen, was uns quält, nicht in das Ohr eines Priesters.« In der Tat fragte sich Lore, ob Johannas Pfarrer eine tiefere Einsicht in die Familie Schuller hatte als diese in sich selbst.

Eine Weile fand sie Gefallen daran, große Sommerpläne auf eigene Faust zu schmieden, mit vier Kindern ins Flugzeug und ab nach Alicante. Oder alle mit dem Nachtzug nach Rimini. Marleen und Cristina, immer wieder: »Das ist doch sehr erholsam.« Noch aber zögerte Lore, ein Leben ohne Petrus zu beginnen, und sei es nur im Kleinen. Die Jugendstilvilla in Gruiten war weit genug weg für einen Schauplatzwechsel im Sommer 1974, doch nah genug an Neuss, so dass es keinen Grund für Petrus gab, sich nicht blicken zu lassen. Lore hatte beschlossen, auf Petrus zu warten um den Preis, dass sie die Stricke der Familie spürte, und keine Frage, die Mädchen ahnten Böses. Sie alle machten Halt, was den Gespenstern Gelegenheit gab, nach ihnen zu greifen, manche bald, manche später.

Es war nicht weit von Neuss nach Gruiten, aber Petrus war früher immer findig darin gewesen, so zu tun. An einem Freitagabend hatte er geglaubt, die Autobahnen seien mit Sicherheit dicht. Ein anderes Mal war ihm eingefallen, man müsse sich dringend um sein eigenes Haus kümmern. Stand Gruiten wieder auf dem Plan, erinnerte er an all die Zecken im letzten Jahr, obwohl es nicht mehr als zwei Zecken pro Kind gewesen und schon drei Sommer seitdem ins Land gegangen waren. So hatte sich selbst in Lore das Gefühl festgesetzt, ihre Eltern wohnten an einem entlegenen Ort, wie auf einer Hallig, die von Booten kaum bedient wurde. Sie ahnte aber, dass darin auch ein Kompliment lag, ein unablässiges Werben von Petrus' Seite, sie in seine Welt zu ziehen, viel Laisser-faire mit Sprengseln von Weihwasser. Um der Gerechtigkeit willen, aber auch nicht öfter als zweimal im Jahr, war man die Grand-Grand-Tour gefahren – wie Petrus das nannte – zu seinen Eltern ins fachwerkgeschachtelte Bacharach, wo es selbst am Samstag sonntäglich zuging, und weiter nach Gruiten, wo man das Unkraut sprießen ließ, das Haus der Großeltern Fleck riesig, aber kein Fernseher, das fanden die Kinder sonderbar.

Marleen hatte es schon als Kleinkind entzückt, dass die Mutter in »Lolland« geboren worden war, und noch als Zweitklässlerin wollte das Gefühl sie nicht verlassen, dass Gruiten in Holland lag. Obwohl einiges dagegen sprach. Man musste den Rhein passieren, an Düsseldorf vorbei, und tauchte dann ab in ein Labyrinth von Senken und Engführungen, die einen vom Himmel entfernten, irdisch machten, man glaubte Eisenstaub im Haar zu haben, wenn man wieder zu Hause war. Später stellte sich heraus, dass der Neusser Sonnenuntergang in Holland stattfand. Gruiten aber – in der anderen Richtung – gehörte zu einer Landschaft, für die niemand so recht einen Namen fand, diese Mischung von plötzlichen Wäldern und schnaufenden Fabriken; klapprige viergeteilte Fenster entlang dunkel schimmernder Asphaltstraßen; die Störrigkeit von Dächern und Fassaden aus Schieferschindeln.

Petrus: »Das hat schon die Struktur des Ruhrgebiets.«

Lore: »Unsinn, es ist überhaupt nicht proletarisch, sondern rheinisch-mittelständisch.«

»Wir sitzen hier am nordwestlichen Ende des Bergischen Lands«, hatte Lores Vater bei jeder Gelegenheit wiederholt, bis er im Jahr zuvor gestorben war. Dennoch war es für die Pomos verwirrend, wie die Großmutter allein in der Einfahrt stand, um sie zu begrüßen. Wegen der Ente war jedem nur kleines Gepäck erlaubt. Das sah lustig aus, Lore und vier Kinder in dieser wackelnden Muschel, die Türen aufspringend wie bei einem Adventskalender.

Was Haus und Garten betrifft, ist die Anwesenheit eines Ehepaares günstig. Man nimmt Mann und Frau wie Statuen wahr, links und rechts, die einen Ausschnitt rahmen, der als Bild gelten darf. So hatten die Schullerkinder über Jahre in aller Ruhe das Gruitener Haus betrachtet. Es gab einen kleinen Speisesalon mit dunklem Parkett, die Fenster wie Eisblumen, teils mit farbigen Scheiben; eine Bibliothek hinter einer zweiflügeligen Schiebetür, leicht laufend wie ein Vorhang; eine mit Efeu bewachsene Kaminwand; einen Brunnen, den man sorgsam mit einem Eichenholzdeckel verschlossen hatte. All das war als unabänderlich betrachtet worden. Nun trat Klärchen Fleck selbst in dieses Bild, das prompt begann, sich zu bewegen. Sie hatte den schweren, schwarzen Kohleherd entfernen lassen und durch einen »modernen« Elektroherd ersetzt. Die Türen zur Bibliothek standen jetzt offen, durch Zierpflanzen in Porzellantöpfen blockiert. Im Garten waren zwei marode Kastanien gefällt worden. Nicht, dass es wirklich anders war. Es lagen auch in dem großen Bad mit dem hellen Steinboden Handtücher und Waschlappen bereit (zwei Waschlappen für jeden, einen für »oben« und einen für »unten«), rot für Johanna, grün für Marleen, blau für Cristina und weiß für Linus. Es schien, als wäre ein Licht auf Klärchen gerichtet worden, das sie näher rückte, größer erscheinen ließ. Sie war aus ihrer Geschichte gesprungen wie ein Küken aus dem Ei.

Marleen und Cristina waren unterwegs im Garten, jetzt hier und plötzlich dort, aber dann segelte Cristina weiter und Marleen blieb sitzen bei den Liegestühlen, auf denen Klärchen und Lore still miteinander sprachen.

»Das ist ja auch gar nicht unser Stil«, sagte Klärchen, der Plural Gewohnheit. Marleen wartete ab, was ihre Mutter sagen würde, die zu wissen schien, was gemeint war.

»Was ist nicht euer Stil?«, fragte Marleen.

»Dieses Haus«, antwortete Klärchen. Marleen sah zum Haus, dessen rückwärtige Fassade im Schatten lag, kleinteilig und verspielt, wohlmeinend und düster zugleich: ein perfektes Haus, das es in ihrer Erinnerung schon immer gegeben hatte.

»Aber das ist doch euer Haus«, sagte Marleen.

»Nein, ist es nicht«, sagte Klärchen.

Und während Cristina weiter durch den Garten der Kindheit taumelte und Johanna, unansprechbar, auf ihrem Bett lag und *Krabat* las, tauchte Marleen ein in die eigene Zukunft. Es dauerte einige Tage, bis sie das Gröbste geordnet hatte.

Am schwersten zu begreifen war, dass die Deutschen einst böse gewesen waren, die Holländer aber gut. Die Holländer wollten Häuser mit großen Fenstern, die Deutschen bauten Panzer. Die Holländer hatten nichts gegen die Deutschen, sie holten ja den Großvater, um die Kunstgewerbeschule in Schoonhoven zu leiten. Und die Großmutter zeigte holländischen Mädchen, dass man Tischdecken auch ohne Blümchenmotive weben konnte. Dann kamen die Deutschen mit ihren Panzern. Die Großeltern dachten, nun wäre alles aus, aber die Deutschen ratterten weiter nach Frankreich. Hannelore und

Gustav waren ganz klein gewesen, damals, Marijke noch nicht auf der Welt. Die Holländer hätten die deutsche Familie auch zum Teufel jagen können, wie Klärchen sagte, aber sie taten es nicht.

»Wir waren alle vereint in der Idee der Moderne«, sagte sie. Die Moderne, dachte Marleen, ist das Gegenteil von Krieg.

Das Haus, das sie schon lange kannte, war nach dem Krieg eine Schule geworden, Holland in Deutschland, und dafür hatte die Gemeinde Gruiten das Jugendstilhaus zur Verfügung gestellt. Marleen verstand nicht gleich, dass mit »Jugendstilhaus« dieses gemeint war, weil es zwar, wie sie sich dachte, sehr gemütlich war, aber doch eher etwas für alte Leute. Nur offensichtlich nicht für Klärchen, die dort mit dem Großvater eher zufällig wohnen blieb, als die Schule geschlossen wurde, nachdem er, Erwin Fleck, zum Leiter der Grundlehre an die Folkwangschule berufen worden war.

»Hat das was mit dem Garten zu tun?«

»Dem Garten?«

»Die Grundlehre?«

»Oh nein, Lenchen. Im Atelier findet das statt. Das bedeutet, die einfachen Sachen zu lernen, Zeichnen und Drucken.«

»Ist das denn so einfach?«

»Wenn man's kann!«

»Und wo ist hier die Schule gewesen?«

»Ach, fast im ganzen Haus. Was meinst du, warum wir da oben acht Schlafzimmer haben, und sogar große.«

»Das waren alles Schulzimmer?«

»Werkstätten, meine Süße.«

»Und was war in meinem Zimmer? Ich meine, wo ich jetzt drin schlafe?«

Die Großmutter überlegte. »Das weiß ich nicht mehr so genau. Entweder das Fotoatelier oder die Werkstatt für Typografie.«

»Was ist denn das?«

»Das kann ich dir zeigen.«

Der Witwenstand Klara Flecks mochte zu ihrer plötzlichen Beliebtheit beigetragen haben. Aber vielleicht war es auch Solidarität mit Lore, der Ältesten, die ihre beiden Geschwister dazu brachte, an diesem Juliwochenende nach Gruiten zu kommen. Angereist war Gustav, Internist in Unna, mit seinem Sohn Jörg-Uwe, der als Einzelkind die schwierige Aufgabe hatte, dem Ehrgeiz seines Vaters und dem Phlegma seiner Mutter zu entsprechen. Marijke kam mit zwei Koffern aus Amsterdam, in denen, wie sie – etwas müde und doch verführerisch – sagte, sie alles habe, was man braucht. Im einen der Silberschmuck, den sie selbst herstellte und verkaufte, im anderen einige eher kurze Sommerkleider sowie dreißig Gramm Marihuana. Das erwähnte sie allerdings nicht in Gegenwart des Bruders.

Zur gleichen Zeit kam Ingolf aus Düsseldorf, der es sich nicht hatte nehmen lassen, allein zu reisen, eine halbe Stunde mit der Bahn in die Pampa. Er war kurz zuvor neun geworden. Seine ersten Jeans hatte er inzwischen auf der Mitte des Schenkels gekappt und dann mit der Schere Fransen geschnitten, so dass daraus hot pants mit halbtransparenten Beinkleidern wurden, was Marijke entzückte. Sie überschüttete den Jungen mit Komplimenten, eifersüchtig beäugt von Marleen und Jörg-Uwe, aus unterschiedlichen Gründen. Den Pseudoafro hatte Ingolf für den Sommer stutzen lassen, aber der Junge schien immer noch größer, als er war, und kräftiger auch, der breite Kopf und die roten Wangen.

Da es bei Gruiten keinen guten Schwimmplatz gab, fuhr man halb nach Düsseldorf zurück, um den Tag am Unterbacher See zu verbringen. Im Jahr zuvor hatte man aufgehört, ihn auszubaggern. Schnell waren die Schwimmer und die Ruderer angerückt. Johanna, die eine gute Schwimmerin war, kam von der anderen Seite des Badesees zurück und berichtete, dort würden Leute nackig baden und sogar nackig auf der Wiese liegen. Sobald ihr langweilig wurde, erzählte sie es noch einmal. Und dann hatte sie Glück, weil ein Mädchen aus Erkrath ihre Philippika mithörte und ihr am Eisstand etwas zuflüsterte, was Johanna das Herz erwärmte und was sie alsbald vor den Schwestern, dem Cousin und Ingolf als eigene Einsicht ausgab, dass nämlich »das alles Protestanten sind«, denn »Katholiken machen so etwas nicht«, denn »wir wissen, dass die Unkeuschheit ein großes Unglück ist, und um keusch zu bleiben, müssen wir schamhaft sein«. Jörg-Uwe, der einzige Protestant in der Gruppe, tat so, als ginge ihn das nichts an, während Ingolf, der mit Marleen ein Handtuch zum Liegen teilte, dieser ins Ohr nuschelte, dass das alles Quatsch sei und sie auf Sylt früher immer nackt baden gegangen waren, das nenne man Freikörperkultur und es gebe sogar Schilder dafür.

Johanna hatte gedrängt, dass man rechtzeitig zurückfuhr, weil sie um sechs am Abend in Haan in der Messe sein wollte, worauf sie sich festgelegt hatte in dem Moment, als ihre Großmutter verriet, dass Gruiten hauptsächlich protestantisch und Haan hauptsächlich katholisch war. Auf diesen Kreuzzug begab man sich mit Lores Ente, Johanna im Beifahrersitz. Glaubensritter Ingolf hielt auf dem Rücksitz die Hand seiner Marleen. Lore folgte dann den Ritualen der Messe penibel, blieb aber während der Kommunion doch sitzen, so dass Johanna das bekam, was sie wollte, einen bewunderten Auftritt als fremdes Kind unter gläubigen Erwachsenen; und den Triumph, dass sowohl Ingolf als auch Marleen nicht mitmachen durften, selbst wenn sie gewollt hätten, weil die Erstkommunion noch vor ihnen lag.

Während Lore die Gangschaltung reindrückte und rauszog wie Orgelregister, nutzte Ingolf den Rückweg von Haan nach Gruiten, um sich auszumalen, wie er nach der Erstkommunion Messdiener werden würde, nicht so ein Schussel wie der, den sie soeben gesehen hatten. Nein, er, Ingolf, würde ein »Mini« sein in makellosem Ornat, dem Sinn der Handlung in jedem Moment verpflichtet, sein Haar leuchtend wie eine Fackel der Verheißung, eine perfekte Show heiligen Ernstes. Er sprach das so nicht aus, aber der Ton seiner Stimme reichte, um mitzuteilen, wovon er träumte. Auch wiederholte Ingolf, er gedenke, dieses Amt in St. Quirinus auszuüben, was immerhin das Neusser Münster war, wo er auch die Firmung durch den Weihbischoff später erfahren würde. Es könne aber auch im Kölner Dom sein. Marleen sah ihn von der Seite an, wie er mit dem Auto in Kurvenlage ging, ein Engel, und phantasierte laut, dass sie das auch gern tun würde; dass auch sie gern Mini wäre; dass sie glaube, wenn man inständig drum bitte, zuerst die Jungfrau Maria, dann den Herrn selbst und schließlich den Pfarrer, dass es möglich sein werde, und natürlich stellte sie sich vor, dass sie den Dienst gemeinsam mit Ingolf versehen würde, gleiche Pracht und gleicher Ernst, Bluejeans unter dem Rock. Sie waren fast bei Großmutter Flecks Haus, als Johanna sich im Beifahrersitz umdrehte, Marleen fixierte und verkündete:

»Das wird niemals so sein, weil Frauen unrein sind. Sie können solche Dienste nicht versehen. Die Ordnung der Kirche ist gottgewollt, und du kannst es nicht ändern.«

So führte Johanna das Schwert gegen ihre Schwester. Die Bewunderung der Waffe überstieg die Bedenken gegen deren Einsatz. Was sie dekretierte, war bei weitem merkwürdiger, als Ingolf, heimgekehrt aus der Diaspora, ahnen konnte. Denn Johanna und Marleen teilten ein Geheimnis, das als »Erste-Regel-Set« zu ihnen gekommen war, bestehend aus der instruktiven Broschüre zur Menstruation, die ihre Mutter illustriert hatte, und diversen Beigaben der Firma Carl Hahn aus Düsseldorf. Die Idee war, Mädchen vor der ersten Blutung Binden und Tampons ausprobieren zu lassen. Johanna und Marleen hatten in diesem Fall als Testpersonen gedient, und Lore, die inzwischen selbst zu Tampons gewechselt hatte, konnte dem Talk der Mädchen so viel ablauschen, dass sie wusste, dass es – hi, hi – geklappt hatte, abgesehen von den eindeutigen Hinterlassenschaften im Badezimmer.

Am Sonntag erscheint Petrus. Er hievt Linus auf die Schultern, der seinem Papa in die Haare greift und »Hüh!« ruft. Ansonsten ist die Stimmung in Gruiten etwas gedrückt. Ingolf und Jörg-Uwe spielen Tischtennis, verbissen um Punkte kämpfend. Cristina will nicht spielen, nicht einmal Schiedsrichter sein, schaut aber stundenlang zu. Marleen hat sich von Großmutter Fleck die Bauhausbücher zeigen lassen und studiert sie mit Lupe in Zeitlupe. Johanna hat sich in ihr Zimmer verkrochen. Sie antwortet nicht, als Petrus klopft. Er öffnet also die Tür zunächst nur um einen Spalt und findet sie auf ihrem Bett, Kissen überm Kopf. Auf dem Boden liegen vier Ausgaben der *Brigitte*, Klärchens Abonnement. Aufgeschlagen sind Seiten mit Werbung von Carl Hahn in Sachen o.b., Petrus' eigene Kampagne. Er überfliegt die Motive und ist wieder hingerissen von seiner eigenen Idee, die Mädchenfotos ganzseitig zu platzieren und auf der gegenüberliegenden Seite den Text einspaltig dranzuhängen, so dass er wirkt wie redaktionell erstellt. Petrus hört schon das Klötern der Goldmedaille vom Art Directors Club. Auch wenn ihn das alles jetzt schon nicht mehr interessiert.

Ein fünftes Heft hat Johanna auf dem Bett begraben. Petrus entdeckt es, als er sich zu ihr setzt. Aufgeschlagen ist die Krönung der Kampagne, die Werbung für das »Erste-Regel-Set«. Das Foto zeigt ein nacktes zwölfjähriges Mädchen, das in einem altertümlichen Spiegel seine knospenden Brüste betrachtet. Petrus legt das Heft auf den Boden zu den anderen und streichelt Johanna, oder eigentlich das Kissen, was ungehaltenes Schluchzen zur Folge hat. Petrus wechselt zum Schreibtisch und liest im Katholischen Katechismus der Bistümer Deutschlands. »Für mein Leben: Ich will meinen Schutzengel lieben, ihn alle Tage andächtig anrufen, seinen Ermahnungen treu folgen und daran denken, dass er mich überall sieht.« Sehr trickreich, denkt Petrus, dieses »Für mein Leben«. Die haben schon auch sehr gute Texter. Er liest laut:

»Ich will meinen Schutzengel lieben, ihn alle Tage andächtig anrufen … und daran denken, dass er mich überall sieht.«

»Sei.. ahnung.. eufolgen«, kommt von unter dem Kissen zurück.

Johannas Gesicht ist aufgequollen, die Augen sind rot unterlaufen, die Haare offen. Die Kindernarbe auf der Stirn tritt hervor. Sie schmollt, sie heult, sie tobt. Sie hat ihre Sprache verloren. Es reicht nur noch bis zum Fragezeichen. Sie will alles wissen über das Foto, über dieses Mädchen aus Kalifornien, umso lauter schluchzend, als Petrus es ihr erzählt. Er träufelt ihr die Geschichte ein wie bittre Tropfen, die einzigen, die helfen. Falls sie helfen. Kampagnenklatsch, letztendlich, mehr nicht. Da ist sie wieder schniefend unter dem Kissen, dann trommelt sie gegen das Kopfstück ihres Bettes, und später reißt sie sich das T-Shirt vom Leib, Beweinung Christi, Tränen wie gemalt. Sie ist wirklich noch ein Kind, sagt sich Petrus, aber sie fühlt wie eine Frau. Er nimmt es, lallend und halbnackt, in die Arme und streichelt das Mädchen, bis es wieder sprechen kann. Den Rest des Abends weicht Johanna nicht mehr von Papas Seite, empfänglich für jede Sorte von Schmeichelei.

Nachts, Petrus und Lore gemeinsam in einem Bett, das ist lange nicht mehr vorgekommen. Es ist Lores Mädchenzimmer von einst. Er flüstert:

»Als Nächstes hätte ich den Exorzisten rufen müssen.«

»Was war denn eigentlich los?«

»Da haben die Mauern gewackelt. Alles.«

»Wegen einer nackten Laura aus Beverly Hills?«

»Das war der Auslöser, glaub' schon.«

»Eifersucht.«

»Mmh. Die Kampagne macht sie eifersüchtig. Als hätte sie ›o.b.‹ erfunden.«

»Eifersüchtig auf die Kampagne!«

»Auf das ganze Ding eben.«

»Das ganze Ding.«

Sie kichern.

Lore: »Auf den Papa.«

Petrus: »Den Papa oder den Papst. Keine Ahnung.«

Sie dreht sich zu ihm und lässt ihre Hand in seine seidene Pyjamahose gleiten. Die lockere Hand der Hannelore Fleck. Im nächtlichen Garten hört man die Gräser lispeln.

»Ihr werdet ein Fleisch sein«, flüstert Lore, und Petrus raunt:

»Aber subito.«

Wandlung

An einem Donnerstag im September nahm Marleen ihr Fahrrad, verließ die Pomona über das Nadelöhr und strampelte entlang der großen Straße in Richtung Pius. Alles war zum Stillstand gekommen. Die Buchen und Birken waren noch grün, aber nicht mehr frisch. Die Vögel hatten längst ihre Nester aufgegeben. Ruhig und stolz stand die Spätnachmittagssonne über Holland. Was geschehen sollte, war geschehen, und was geschehen würde, gehörte in eine andere Zeit, eine andere Saison. Marleen war spät dran, aber sie beeilte sich nicht, wofür es Gründe gab. Die Kette hätte abspringen können. Sie mochte nicht verschwitzt im kirchlichen Unterricht sitzen. Vielleicht hatte sie einfach keine Lust.

Als sie in den Hof einbog, standen Fahrräder da, zwanzig oder mehr, die besten mit den Vorderrädern an die Stahlträger angeschlossen, manche frei herumstehend, eines – dem der Ständer abhandengekommen war – einfach auf die Kieselsteinplatten gelegt. Sie erkannte auch Ingolfs blauen »Schlitten« mit dem umgedrehten Rennlenker. Der Gemeindesaal grenzte an den Fahrradhof, aber ohne Fenster. Marleen war abgestiegen. Sie sah sich um. Sie fragte sich, ob der Hof sie traurig machte. Obwohl die Katechesezeit vor mehr als einem Monat begonnen hatte, war es überhaupt das erste Mal, dass sie ihn sah, mit den Betonschränken für die Mülltonnen gegenüber, ein wenig gepflegtes Beet dahinter. Oder ob sie so traurig war, dass sie deshalb den Hof betrachten musste. Sonst hatte sie immer ihr Fahrrad abgestellt, mit der einfachen Hinterradblockade gesichert und war weitergelaufen in den Gemeindesaal, den sie sich jedes Mal vorgestellt hatte, mit seinen Holzstühlen und seinem Geruch, bevor sie eingetreten war.

Marleen dachte eine Weile nach, obwohl sie nicht genau wusste, worüber. Sie hatte sich mit dem rechten Ellbogen auf den Fahrradsattel gestemmt, was zum Nachdenken besser passte, als gerade zu stehen. Nur so viel war klar, sie würde über kürzer oder länger entscheiden müssen, ob sie hineingehen würde oder nicht. Nicht, dass die anderen Kinder schon wieder herauskämen, während sie hier noch stand. Dann müsste sie sagen, sie hätte sich in der Uhrzeit geirrt. Im Vergleich dazu war es leichter, jetzt hineinzugehen und sich beim Kaplan Valentin für die Verspätung zu entschuldigen. Missmutig beschloss Marleen schließlich, die Katechesezeit ein einziges Mal auszulassen, dieses Mal, und die verbleibende Zeit in der Neusser Innenstadt zu verbringen. Ist ja schließlich nicht verboten, dachte sie.

»Nicht verboten!«, rief sie laut, als der Gemeindesaal außer Hörweite war. Ein Mann mit Hut schaute die kleine Radfahrerin verwundert an und sein Dackel ebenfalls. Marleen dachte, was sie nie zuvor gedacht hatte, dass es besser wäre, woanders zu sein. In Köln vielleicht oder in Paris. Sie hatte in einer Bildstrecke geblättert, die ein griechisches Inseldorf zeigte, alle Häuser weiß unter tiefblauem Himmel. Den Bericht dazu hatte sie allerdings nicht gelesen, so dass sie nicht sicher war, ob das weiße Dorf für sie das Richtige wäre. Sie las überhaupt nicht sehr viel, nicht wie Johanna, nicht einmal einen Bruchteil davon. Immer hakte sie irgendwie fest; manche Worte verwechselte sie mit anderen. Am Vortag war sie zu einem Test bestellt worden. Möglicherweise habe sie eine Leseschwäche, hieß es. Sie fand nicht, dass man das erst testen musste, sie hätte es denen gleich gesagt. Aber es waren keine Lehrer, sondern Psychologen, und die hatten sogar ein Wort dafür. Sie war eine »Legali…«, eine »Leganstisch…«, sie hatte sich das nicht gemerkt. Noch stand es nicht fest. Nächste Woche würde man es wissen. Haha.

Das wichtige Wort aus Gruiten aber hatte sie parat.

»Haben Sie ein Buch über das Moderne?«, fragte sie in der Stadtbücherei.

Der Mann bündelte einen Stapel Karteikarten mit einem Gummiband, legte ihn beiseite, nahm seine Brille ab und sah sie an. Marleen schaute durch ihre Eulenbrille zurück. Ihre Haut hatte das Glühen des Spätsommers. Mit einem leichten S-Schwung stand sie da, fliederfarbener Nicki, Levi's, ein Buch in der linken Hand, das unschwer als Katechismus zu erkennen war.

»Setz dich«, sagte der Bibliothekar. Sie setzte sich auf die vordere Kante eines hölzernen Freischwingers. Den Katechismus legte sie hinter sich.

»Es gibt sicher nicht nur *ein* Buch über die Moderne.«

»Kann man die ausleihen?«

»Das meiste kann man ausleihen. Was willst du genau wissen?«

Marleen starrte ihn an.

»Interessiert dich moderne Architektur? Modernes Theater? Moderne Malerei?«

»Nicht das Theater«, sagte Marleen. Sie verschaffte sich etwas mehr Platz auf dem Stuhl. Dabei fiel der Katechismus hinten runter.

»Hast du denn Zeit?«, fragte der Mann.

Das hatte sie noch nie jemand gefragt. Kein Erwachsener jedenfalls.

»Bis sechs«, sagte Marleen.

»Dann schließen wir sowieso. Das reicht für einen Überblick. Den Katechismus kannst du auf meinen Schreibtisch legen. Ich zeige dir erst mal das Schlagwortregister.«

Am Freitagmorgen kam sie auf die Sekunde neben Ingolf zu sitzen, was ihn aber nicht davon abbringen konnte zu zischeln:

»Wo bist du gewesen gestern?«

»In der Bücherei.«

»Der Bücherei?«

Sie nickte, während die Klassenlehrerin einen Guten Morgen wünschte und ein Brummeln, Quietschen und Stöhnen zur Antwort bekam. Der Junge sah Marleen mit riesigen Augen an, immer wieder. Zur Pause duckte sie sich weg. Den Rest des Vormittags tat er, als wenn nichts wäre. Als sie mit dem Fahrrad einbog in die Pomona, stand er da vor dem Haus des Architekten, der sich vor die Siedlung gesetzt hatte wie ein Pförtner. Um die Bremszüge seines Rads hatte Ingolf blau-weiße Schmuckverkleidung gewickelt. Er streichelte sich durchs Haar, das er wieder hatte wachsen lassen. Sie hielt an, weil sie wusste, vorbeizufahren hätte geheißen, seine Freundschaft zu verlieren, vielleicht für immer. Sie kannte die Schwierigkeit, jemandem in die Augen zu sehen, wenn man etwas nicht sagen will, dieses blöde Grinsen, hündisch, obwohl Hunde nicht wirklich grinsen. Dabei wusste sie noch nicht einmal, was es war, das sie nicht sagen wollte.

»Der Kaplan Valentin hat gefragt, was mit dir is.«

»Hat dich gefragt?«

»Hat mich gefragt.«

»Und …?«

»Ich habe gesagt, dass ich mich kümmere. Wir wollen unseres Bruders Hüter sein.«

»Ich weiß. Aber Mädchen zählen nicht.«

»Bruder oder Schwester, wir sind alle Kinder Gottes.«

»Du wirst Messdiener, und ich darf nicht.«

»Woher hast du das. Aus der Bücherei?«

Sie sah Ingolf an. Sie nahm die Brille ab, um sich mit dem Handrücken eine Träne aus dem Auge zu wischen. Das kam vom scharfen Wind der niederrheinischen Ebene. Da tränen die Augen manchmal.

»Indschie …«, nur sie durfte ihn so nennen. »Ich hab's mir überlegt.«

Was sie selbst überraschte, denn sie hatte überhaupt nicht überlegt.

»Wir sollen das Blut Christi teilen«, hauchte Ingolf.

Lore, die mit der Ente vorbeifuhr, tat so, als würde sie das Paar nicht sehen. »Liebesdrama mit neun«, dachte sie. »Schöner Scheiß.«

»Ich hab mir's überlegt«, sagte Marleen.

»Und wat?« Man hörte noch, dass er nicht aus dem Rheinland kam.

»Ich komm nicht mehr. Ich will keine heilige Kommunion.«

»Biste jeck?«

Das Bild, das sie jetzt abgab, hätte Marien alle Ehre gemacht. Die Tränen und dieses Lächeln, beides zugleich.

»Vielleicht bin ich jeck«, sagte sie. »Kann schon sein.«

Petrus, unterdessen, war nach der Stippvisite in Gruiten wieder in Amerika unterwegs und flog dann von Los Angeles nach Sydney, nochmals nach Hongkong und wieder nach Delhi, das alles, um seinen Aufgaben gerecht zu werden, einerseits Brad Kilip in der Welt bekannt zu machen und andererseits Oberholtzer von »Inspirationen« zu berichten, wozu alles gehörte, was in Düsseldorf fremd war, exotische Drucktechniken, Nachrichtenwege, Artefakte und Riten. In Los Angeles hatte er den Grateful Gerd dabei, in Sydney die junge Art-Direktorin aus der Baracke; »Indien kannste machen«, hatte Oberholtzer beschieden, aber »dat wird erst mal kleine Münze bleiben, da kannste sischer sein«. Es konnte durchaus sein, dass es Petrus nicht nach Delhi und Goa trieb, um Brad Kilip bekannt zu machen, sondern weil er dort jene Leute wiedertraf, die er, ganz für sich, den »Jet-set des Abseitigen« nannte, durchgebrannte Manager aus New York, müde Filmleute aus der Cinecittà, schwülstige Popmagnaten aus London und jede Menge einzelreisender Frauen, die unbedingt nicht mehr Norwegerinnen oder Australierinnen sein wollten, Inderinnen aber auch nicht. Von ihnen gedachte Petrus etwas zu lernen, das Verharren im Genuss, die Liebe zum Augenblick, er würde die Worte dafür schon finden. Vor allem erwartete er mit einer gewissen Erregung das Wiedersehen mit dem Team vom *stern* in einer Stadt namens Poona, die er noch nicht kannte, die aber mehr Freaks zog als alle anderen zusammen, »ungeheure spirituelle Kräfte«, hatte der Redaktionsfotograf gesagt. Die Verbindung zu den Journalisten war es, die Petrus das Gefühl verschaffte, auf einer höheren Ebene der Erfahrungskunde angekommen zu sein, ohne den Makel des Reklamefritzen, aufgenommen von den Cogniscenti, eine Plattform, von der aus zweierlei möglich war, entweder die Werbung zu verlassen oder sie zu veredeln. Auf jeden Fall war Indien die Pforte zum Neuen, und dass er nicht wusste, was das Neue war, machte ihm keine Angst oder nur ein bisschen. Es tat ihm gut mit 41 Jahren, nachdem fast alles, was hatte gelingen können, gelungen war.

Lore, im August und September Empfängerin zweier handgeschriebener Briefe, las darin nicht das, was sie später darin lesen sollte. Sie wunderte sich zunächst über die Verwandlung ihres Reklamegigolos in einen Sinnsucher, eine Verwandlung, die umso rätselhafter war, als sie in ihrer unmittelbaren Nähe stattgefunden haben musste.

Es war plötzlich noch einmal warm geworden. Das Atelierfenster war so weit wie möglich geöffnet, das eine große Glas über das andere geschoben, und Lore sah auf das Atrium hinaus, mit seinem in die Jahre gekommenen Sandkasten und dem veralgten Teich, an dem sich der Reiher schon lange nicht mehr gezeigt hatte. Plötzlich wurde sie des Lärms gewahr, ein Rauschen an der Schwelle zum Dröhnen, ein unterirdischer

Wasserfall oder ein Flugzeug über dem Haus. Es ließ nicht nach. Sie rauchte eine Zigarette, die einzige verbliebene am Tag, Camel Filter. Marlboro, hatte Brad Kilip herausgefunden, rauchten Leute, die sich Ziele steckten, und Camel jene, die sie schon erreicht hatten. Sie blies den Rauch durch die türhohe Öffnung ins Atrium. Es war kurz vor Mittag, Linus noch nicht aus der Schule zurück; noch nicht einmal sechs Jahre alt, hatte er darauf bestanden, allein zu gehen. Der Lärm blieb. Der Lärm, gegen den sie sich mit dem Erdwall hatten schützen wollen, war über die Jahre offenbar um ein Mehrfaches angewachsen, lauter als die Luft selbst, wie Lore dachte. Sie horchte eine Weile, ob er nachlassen würde, aber er lag über der Pomona wie eine Glocke.

So hätte sie fast das metallische Däng-Dong nicht gehört. Sie eilte zur Sprechanlage, es war nicht Linus, es war der Kaplan Valentin, ob sie einen Moment Zeit hätte, und auf dem Weg zur Tür dachte sie: Diese verklemmten Kirchenheinis – Oh Gott, der kommt jetzt wegen Marleen – Ich werde nicht sagen, dass ich konvertiert bin – Petrus müsste sich dem stellen – Vielleicht hat Johanna den geschickt, Quatsch, die ist doch in Dreikönigen – Oder ich beichte, ob er will oder nicht, »wissen Sie, ich habe da so gewisse Phantasien, die mich verfolgen …« – Dann wird er schon wieder abziehen.

Der Kaplan reichte ihr jovial die Hand. Man kenne sich schon seit dem Beginn von Marleens Katechesezeit, aber Lore konnte ihn nicht zusammenbringen mit einem Mann in schwarzer Kutte, dem sie einmal flüchtig die Hand gereicht hatte. Sie sagte, sie sei Marleens Mutter, obwohl das nicht weiter fraglich war. Er strebte auf eine Weise ins offene Haus, dass man meinen mochte, die Tasse Kaffee am Esszimmertisch, vielleicht sogar Wohnzimmertisch mit Kaffeesahne und Zucker wäre ihm sicher, aber Lore leitete den fremden Mann in ihr Atelier, wo das Fenster noch offen stand. Der Geruch der kalten Zigarette kam aus dem Ricard-Aschenbecher, der auf dem Hocker abgestellt war. Sie bugsierte den Ascher auf den Boden, deckte ihn mit einem kleinen Zeichenblock ab und schob dem Kaplan den Hocker hin, der ihn mit klösterlicher Bescheidenheit annahm. Selbst setzte sie sich auf ihren drehbaren Arbeitsstuhl, der lustig aussah, wenn man dafür ein Auge hatte, mit seinen Armlehnen, die nach vorne hin anstiegen, als wollten sie Hallo winken. Auf dem Tisch lagen Serienentwürfe eines Männleins mit zu großem Kopf in schwarzer Tusche; Lore illustrierte jetzt Kinderbücher.

Der Kaplan hatte einen frischen Teint, braune Augen und mittelblonde Haare, die er hinten kurz trug und vorn lang genug, um sie sich gelegentlich aus der Stirn zu wischen. Lore glaubte, er sei jünger als sie selbst, zumal sein Gesicht, etwas gepolstert, kaum Zeichen des Alters zeigte. Er kenne mittlerweile viele Kinder aus der Pomona, bemerkte er, aber sei noch nie in der Siedlung gewesen, was gleich zu Marleen – der Abtrünnigen, wie Lore dachte – hätte führen können. Stattdessen machte er eine Pause. Und schon erzählte ihm Lore von dem Lärm, dessen Unablässigkeit ihr eben erst aufgefallen war, und von der Bauzeit, Johannas Sturz in die Grube und dem siegreichen Kampf um den Lärmschutzwall, dessen Vergeblichkeit sie nun einsah.

Er hatte sich vorgebeugt und die Ellbogen auf die Knie gestemmt, den Kopf in die Hände gestützt, die er zu einer Schale geformt hielt. Erst jetzt bemerkte Lore, dass er keine Amtskleidung trug, sondern schwarze Cordhosen und eine karierte Jacke, weiß gefüttert, und Schuhe, die eher zum Country- und Westerngenre gehörten.

»Ach …«, sagte er etwas gedankenverloren. Sie sah ihn erwartungsvoll an. »Das würde ich nicht ins Metaphysische heben.«

»Ins Metaphysische?«

»Den Lärm, meine ich. Sehen Sie, es mag ja etwas laut sein, aber wenn es den Wall nicht gäbe, dann wäre es viel lauter. Insofern würde ich auch jetzt noch sagen, dass der Feldzug gelohnt hat.«

»Wissen Sie, was ich manchmal gedacht habe ... Dass wir die Sache gewonnen haben, hat zu unserer Abkehr von der Politik geführt. Der lokalen, meine ich. Hätte die Stadt uns länger warten lassen, säßen wir heute vielleicht im Gemeinderat.«

»Das würde ihm guttun.«

Für einen Moment dachte Lore, er meine Petrus.

»Wem?«

»Dem Rat der Stadt.« Sie lachten, aber nicht laut.

Während er nun wieder gerade saß und die Arme ausfliegen ließ, betonend und deutend, lenkte er das Thema unversehens auf das, was er seine kleine politische Schulung nannte, die Begegnung mit Theologen in Südamerika, die sich gegen gewalttätige Regime stellten, Priester zu jener Zeit interniert, gefoltert, plötzlich unauffindbar in Argentinien.

Dabei sei es ja nie die Absicht der Kirche, die staatliche Obrigkeit zu ersetzen, zumal sie, die Kirche, ohnehin ein Paralleluniversum darstelle.

»Es geht nur darum, die alten Fehler gutzumachen.« Er strahlte von innen heraus, ohne zu lächeln. »In Mexiko hat die Kirche die Leute dumm gehalten, absichtlich, die Eingeborenen von jeder Bildung, von jeder Partizipation abgeschnitten, und das über mehr als ein Jahrhundert. Ich war in Peru, aber nicht für die Kirche.«

»Sondern?«

»Als Arzt.«

»Können Sie da nicht mehr helfen als ... als ...«

»Das dachte ich eben auch! Und ich habe meinen Teil getan, zwei Jahre lang. Aber es waren die Priester, die den Leuten die Brücke gebaut haben in ein anderes Leben. Nicht umsonst nennt man das ja die Theologie der Befreiung.«

»Dann sind Sie umgeschwenkt?«

»Milde ausgedrückt, ja. Es gab dort auch einige Ärzte-Priester, deren Weisheit und Voraussicht mir großen Eindruck gemacht haben. Dann bin ich erst einmal zurück nach Deutschland, um meine Kirche kennenzulernen. Mit der ich eigentlich nichts zu tun gehabt hatte, bis dahin.«

Der Kaplan Richard Valentin war bei Breslau als Sohn eines mittelständischen Tuchfabrikanten zur Welt gekommen. Zu seinen ersten Erinnerungen gehörten brennende Dörfer und Städte. Die Mutter, verwitwet, flüchtete mit dem Kleinkind nach Holstein und zog später, als man sich frei bewegen durfte, nach Fulda, wo sie ein Kurzwarengeschäft betrieb, »ihre Tapferkeit vergoldet durch Lastenausgleich«. Lore schätzte seine Geburt auf 1941 oder zwei Jahre früher. So viel jünger als sie wäre er nicht.

»Ich habe alles normal durchlaufen, Taufe, Kommunion, Firmung, aber ich wollte, ja was wollte ich. Ich wollte wohl in weißen Sachen auf dem Tennisplatz stehen, mit dem Mercedes-Cabrio vor der Tür.«

Lore zögerte einen Moment.

»Vor welcher Tür?«, fragte sie in dem Moment, als jemand schellte.

Sie lachten. Sie bat den Kaplan sitzen zu bleiben. Als sie wieder im Atelier erschien, brachte sie Cola und Bahlsenkekse und zwei Gläser, alles auf einem Tablett, das vor dem erstaunten Kaplan plötzlich Beine bekam und dann als Teetisch zwischen ihnen stand. Linus, der früh Schulschluss hatte, schaute herein, grüßte nicht und machte kehrt.

»Wer ist das?«

»Linus.«

»Wie bei den *Peanuts*?«

»Sie kennen die *Peanuts*?«

Es stellte sich heraus, dass der Kaplan nicht nur die *Peanuts* kannte. Er kannte auch Kalle Blomquist, das Sams, die kleine Hexe und *Die Legende vom Schwarzen Mann*, die Lore illustriert hatte. »Das spielt zwar in der Katechesezeit selbst keine Rolle, aber in den Kindergruppen nach der Erstkommunion durchaus.«

Womit er bei Marleen angekommen war.

Lore sah ihn ernst und schweigend an. Sie schaute in das Fach der richtigen Worte, und es war leer.

»Was glauben Sie«, fragte er, »hat Marleen dazu bewogen, die Katechesezeit zu unterbrechen?«

»Das hat sie Ihnen nicht gesagt?«

»Sie war ganz kurz in meinem Büro. Als würde sie eine Presseerklärung verlesen. Das klang so: ›Wenn ich zur Erstkommunion gehe, nützt mir das gar nichts, dann kann ich trotzdem nicht Mini werden.‹«

»Na ja, so etwas Ähnliches hat sie hier auch gesagt.«

»Und haben Sie nicht … Ich meine, das ist doch überraschend, finden Sie nicht? Ein Mädchen möchte offensichtlich Messdiener werden. Bis zu dem Zeitpunkt hat sie … hat es darüber aber nichts gesagt. Marleen zieht eine Verbindung von der Eucharistie zu dieser Frage, obwohl doch der Sinn der heiligen Kommunion niemals darin liegen kann, Ämter auf sich zu ziehen.«

Lore sah ihm zu, wie er sprach, und fragte sich, ob er stehend größer war als sie selbst. Da hatte sie, als er kam, nicht drauf geachtet. Andererseits, was ging es sie an.

»Sie orientiert sich da wohl an ihrem Freund.«

»Ihrem Freund!«, rief der Kaplan, den Ausdruck von Überraschung schon bedauernd.

»Ihrem Schulfreund, Ingolf. Der seine Kirchenkarriere bis

zur Firmung schon geplant hat. Da fühlt sie sich, wenn ich das recht verstehe, zurückgesetzt.«

»Wissen Sie«, sprach er leise, wobei seine Stimme dabei an Timbre gewann, »die Kirche ist zweitausend Jahre alt. Sie ist dennoch im Wandel. Erst seit wenigen Jahren sprechen wir wirklich mit unseren Gemeindegliedern, also in der Sprache ihres Landes. Vorher war es Latein. Es wird noch viel passieren. Sie hat natürlich recht … Ich kann es nicht bestreiten, wenn Marleen mich fragt, ob sie Ministrantin werden darf, nächstes Jahr, dann muss ich dem Bischof folgen und Nein sagen. Ich würde versuchen, ihr die Gründe zu nennen …«

»Die, soweit unsere Tochter Johanna als Quelle in Frage kommt, darin liegen, dass Frauen ›unrein sind‹, was heißen soll: menstruieren.«

Der Kaplan lächelte.

»So etwas ist vielleicht früher gesagt worden oder wird an mehr oder weniger geeigneter Stelle noch heute wiederholt. Andererseits sah die Kirche früher hinter jedem Ofen eine Hexe sitzen, heute gibt es keine mehr. Will sagen: Mit den Ansichten werden auch die Gründe blasser, und bisweilen gibt es eine gründliche Revision. Die Kirche bewegt sich schon, aber sie ist hierarchisch und international. Was niemals gefährdet werden darf, ist ihre Einheit. Deshalb leben bisweilen Traditionen fort. Eher weil man vergessen hat, sie zu befragen, nicht weil sie unabänderlich wären.«

»Sie meinen, wenn Marleen dabeibleibt, kann sie hoffen, dass ihre Tochter irgendwann einmal Ministrantin sein darf?«

»Das fragen Sie mich?«

»Ja, das frage ich dich. Ich meine, Sie.«

Er ließ sich nichts anmerken.

»Ich glaube ja. Wissen Sie, diese Kirche ist groß, aber nichts ist unmöglich. Wir predigen ja auch nicht die Gewissheit, sondern den Glauben.«

Sie kehrten über das Fernsehzimmer, wo Linus Werbung schaute, zum Eingang zurück. Der Kaplan ging neben Lore die breite Treppe hinunter.

»Ich möchte sie nicht bedrängen. Es wäre nur gut, wenn Marleen mit mir das Gespräch suchen würde.«

»Ich bezweifle nicht, dass sie bei Ihnen etwas lernen kann.« Als sie an der Haustür waren, fand sich auf ihrer Schulter seine rechte Hand, die, als er sie zurücknahm, ihre Schulterblätter streifte wie der Ast eines Baumes, vor dem man sich duckt.

»Auf Wiedersehen.«

»Ganz bestimmt«, sagte er.

Lore schloss die Tür. Sie hatte diesen nagelneuen Patent-BH, den man mit geringem Druck auf den flach gezogenen Verschluss öffnen konnte. Jetzt war er offen.

»Was wollte der?«, fragte Linus, als sie aus der anderen Richtung vorbeikam.

»Nach dem Rechten sehen«, antwortete Lore und schloss die Tür hinter sich.

Im Atelier war ein schwenkbarer Spiegel aufgestellt, um Vorlagen seitenverkehrt betrachten zu können. Und auch, weil sie gelegentlich sich selbst als Modell brauchte. Sie zog sich ihren Rollkragenpulli über den Kopf. Der BH kam mit. Sie sah ihre Brüste im Spiegel an, volle Brüste, die etwas fragend aufschauten, von vier Kindern keine Spur.

»Du bist das Mauerblümchen der Pomona«, dachte sie. »Das kann ja noch was werden.« Dann zog sie sich wieder an und widmete sich dem Männlein, das dabei war, sich in einen glatzköpfigen Lufttroll zu verwandeln, dem sie in der Viertelstunde bis zum Mittagessen mit den Kindern einen geflügelten Tornister verpasste.

In der Pomona wurde Petrus nur noch selten gesichtet, ein beseelter Handelsreisender, aus dessen Koffern fremde Stoffe und Gerüche kamen, die sich im Haus ausbreiteten, und schon war er wieder unterwegs. Im November vergaß er gleich drei Geburtstage – Lores, Johannas, Linus'. Zu Beginn der Adventszeit raspelte er süße Worte von einem »Familientreffen« in Florida, er würde von Indien nach Amerika fliegen, hatte aber noch keine Zusage für das Haus dort; und bat Lore am 19. Dezember, die Kinder wie auf heißen Kohlen, zu erfragen, was es koste, »mit der ganzen Bagage am 24. rüberzusetzen«. So drückte er sich aus. Es kostete, wie Lore herausfand, so viel wie ein neues Auto. Er bedauerte das sehr: »Es wird hier jetzt erst richtig interessant. Die ganze Sache ist in Gründung, mit Hand und Fuß, davon können Leute wie wir eine Menge mitnehmen.« Diese Worte, Petrus' Handschrift, kamen aus dem Fernkopierer, den Lore angeschafft hatte, um bei Auftraggebern Eindruck zu machen, ein kühlschrankgroßes Gerät im Hausflur, auf dem das Telefon stand. Die Absender-Kennung verriet eine Werbeagentur in Delhi, obwohl Petrus vorgab, in Poona zu sein. Nicht, dass es im Haus keinen Weltatlas gegeben hätte.

Über die Feiertage sollte die 133 ergänzt werden durch Ingolf, der jetzt weinrote Feincordhosen trug, das ausgestellte Bein den Schuh verdeckend. Seine Eltern hatten sich in der Adventszeit zerstritten. Der Vater war in ein Düsseldorfer Penthouse gezogen, das er schon Monate zuvor heimlich gemietet hatte. Die Mutter hatte einen Skiurlaub im Zillertal, der Vater in Sils Maria gebucht, beide den Jungen bedrängend mitzukommen, während sie miteinander schon nicht mehr sprachen. Zufällig hatte Ingolf den Anwalt des Vaters am Telefon, den er in aller Ruhe belehrte, eine Scheidung seiner Eltern sei »aus kirchenrechtlichen Gründen« ausgeschlossen.

Nun sah man, dass ein großes Herz zu haben nicht schaden konnte. Marleen, die er einfühlsam hatte wissen lassen, die heilige Kirche stünde ihr immer offen und außerdem habe sie in der Messdienerinnenfrage eigentlich recht, entging Ingolfs

Verzweiflung nicht. Als er auf dem Pausenhof verlegen stotterte, half sie ihm weiter.

»Bei uns wackeln auch die Wände.«

»Ja?«

»Und ob. Wenn ich mir meine Mama angucke. Mein Daddy turnt seit einem halben Jahr in Indien rum.«

»Aber der kommt ja zurück.«

»Glaub' ich nich'.«

»Was?!«

In den nächsten Tagen sah man sie immer zusammen, so wie am Anfang. Nach einer fünften Schulstunde blieben sie einfach sitzen, legten, als alle gegangen waren, die Köpfe aufs Pult und flüsterten sich ihre Geheimnisse zu. Marleen durfte wieder ihre Hand in Ingolfs Haar legen, wo sie liegen blieb wie ein Ei im Nest. So entstand der Plan, dass er sich dem Streit seiner Eltern vorerst entziehen sollte. Er solle, ersann Marleen, dem Vater andeuten, dass er mitkommen werde in die Schweiz, und der Mutter, dass Österreich klarginge,

»Das merken sie ja nicht, wenn sie nicht miteinander reden.«

Ingolf grinste unter der getrockneten Spur seiner Tränen. Am letzten Schultag vor Weihnachten, so Marleen, würde er mit seinem Fahrrad in der Pomona 133 auftauchen und von dort aus zwei Anrufe tätigen, deren Folge doch mit großer Wahrscheinlichkeit sein würde, dass die Eltern jeweils allein abreisten und Ingolf zurückbliebe.

Ingolf: »Du musst nur vorher deine Mama fragen.«

Marleen: »Och.«

Als es dann so weit war, log er gegenüber dem Vater, er fahre jetzt doch mit der Mutter. Die aber war nicht so leicht zu überzeugen. Er bemühte sich, es so klingen zu lassen, als wäre Weihnachten bei den Schullers zu verbringen die natürlichste Sache von der Welt; keinesfalls durfte bei seiner Mutter die Furcht aufkommen, Ingolf könne ihr verlorengehen. Schließlich erschien sie in der Pomona mit ihrem schwarzen Mini, ein Paar Skier auf dem Dach, im Kofferraum Geschenke, und besprach sich mit Lore, die so tat, als würde Petrus zu Weihnachten zurückkommen, was sie selbst einen Moment lang glaubte. So fuhr Ingolfs Mutter davon, in der festen Überzeugung, der Junge suche für den schlimmsten Augenblick die Geborgenheit einer intakten Familie. Während er in Wirklichkeit, auf seine Weise, ein aparter Ersatz für Petrus sein würde, ein Mann im Haus. In Vorahnung dessen, und sei sie noch so schemenhaft, trafen sich, ohne darüber miteinander zu reden, Lore und Marleen in kleinen Lügenmanövern.

Ein richtiger kleiner Prinz war er. Marleen schenkte Ingolf ein Stehkragenhemd mit zwei vertikalen Bändern glitzernder Pailletten, das ihr Petrus mitgebracht hatte, von Cristina bekam er dänische Clogs, und Johanna hängte ihm ein hölzernes Kreuz um, an einem schwarzen Lederband, so dass Ingolf mit seinen weinroten Cordhosen und seiner Haarpracht in den modernen Räumen der 133 wirkte, als wäre er soeben aus Haight-Ashbury eingeschwebt. Er umschwärmte Marleen und betete heimlich mit Johanna, war in väterlicher Weise zärtlich zu Cristina, die ihn mit ihren florentinischen Augen still bewunderte, und trug Linus auf dem Rücken, der begeistert war von dem Wunder, plötzlich einen älteren Bruder zu haben. Was die Messen betraf, waren alle mal dran, Pius, Quirin und Dreikönige. Pius beehrten sie am Silvesterabend um sechs, wo die Messe vom Kaplan Valentin gelesen wurde. Lore nahm diesmal teil an der Kommunion, und als der Kaplan ihr den Becher reichte und ihr in die Augen sah, trank sie vom Blut Christi mit der ungeahnten Folge, dass sie den Kopf senkte und die Augen schloss und etwas im Licht einer Kerze vor sich sah: sich selbst und den Kaplan in vollständiger

Vereinigung. Sie spürte, wie ihr der Kopf rot anlief, und es war ihr gerade recht.

Am ersten Geschäftstag des Jahres 1975 saß Lore, vom Betrieb im Foyer abgeschirmt durch eine graue Stellwand, beim Filialleiter der Deutschen Bank, mit einer kniffligen Frage. Wie konnte sie, als Ehefrau, es verhindern, dass ihr Mann einen Teil des gemeinsamen Vermögens einer Sekte vermachte; und war es möglich, sein monatlich aus Düsseldorf überwiesenes Gehalt vor Abbuchungen aus der Ferne, die schon in erheblichem Umfang stattgefunden hatten, zu schützen? Der Bankmann las, nur gelegentlich sich räuspernd, die Unterlagen und gab dann Entwarnung. Das Haus, weitgehend abbezahlt, sei auf beider Namen eingetragen und mit einer Unterschrift allein nicht zu veräußern. Noch ausstehende Kredite müssten selbstverständlich weiter bedient werden, sonst drohte Gefahr. Er schlug vor, den Dispositionskredit des gemeinsamen Kontos auf null herunterzufahren und das Gehalt am Tag seines Eingangs – er versprach, darauf in den nächsten Monaten persönlich ein Auge zu haben – auf ein anderes Girokonto zu überweisen, das sie jetzt unter eigenem Namen, gesichert gegen Zugriff »einer anderen Person«, eröffnen würde.

»Kann es da rechtlich Probleme geben?«

»Womit, gnädige Frau?«

»Mit dem Transfer des Gehalts.«

»Nein. Sie haben die Vollmacht über dieses Konto, und Sie nutzen sie. Das ist alles. Das Problem könnte nur mittelfristig sein, wenn – ich meine falls – das Gehalt von … wie heißen die jetzt noch mal … Kilip und Partner nicht mehr überwiesen würde.«

»Ich bin selbstständig«, sagte Lore.

»Gewiss«, antwortete die Deutsche Bank, sich ein flüchtiges Lächeln erlaubend.

Am selben Nachmittag gab Lore die beiden Enten beim Citroën-Händler ab, im Tausch für einen himmelblauen CS Break, ein Automobil von ungewöhnlicher Heiterkeit.

Tempi Novi

Paris ist keine Stadt, sondern eine Maschine. Der Motor brummt bei Tag und bei Nacht. Er betreibt den Stoffwechsel von Energien. Entzogen werden Artigkeit, Bescheidenheit und Mamastoffe, zugeführt werden Heldentropfen, Widerstandsbläschen, Egozucker. Wille und Wirklichkeit spiegeln sich wie der Bizeps rechts und der Bizeps links. Auf den großen Plätzen stehen Obeliske, die in den Himmel zeigen, und auf den weniger großen Pferde samt Reitern.

Alles geht mit doppelter Geschwindigkeit. Man geht ins Bett und denkt, man hätte nur die Hälfte erledigt. Währenddessen dröhnt die Stadt, Deckel drauf und man liegt im Topf gefangen. Man wird bebrütet und gegart. Man springt am Morgen beim Hupton durch eine sich von rechts und links gleichzeitig schließende Tür, während der Boden, auf dem man landet, sich in Bewegung setzt. Leider steht man auf dem Fuß des Nachbarn. Man sagt hier gnadenlos »Pardon«, zwanzigmal am Tag, wenn es sein muss.

Irgendwo in dem Koffer oder in einer der beiden Taschen ist auch der Langenscheidt, noch aus der Schulzeit, aber Marleen kommt nicht dazu, ihn auszupacken. Sie ist so schrecklich müde, von den Fahrten, dem Geplapper, dem Büro, von den kleinen Kindern der Jaccottets am Abend, die sie sogar anstrengen, wenn sie schlafen. Sie geht zwei Wochen lang hungrig ins Bett, bis sie das Angebot annimmt, sich in der Küche zu versorgen. Das tut sie, wenn von den Kindern nichts mehr zu hören ist. Sobald die Jaccottets wieder zu Hause sind, schleppt sie sich hoch in die Mädchenkammer unter dem Dach, wo ein altes, zu kurzes Metallbett mit einer zu weichen Matratze steht. »Défense« würde sie nachschlagen. Das könnte mit der Verteidigung zu tun haben, der Kriegszeit. Oder mit der Feuerwehr. Wenn sie nur nicht so müde wäre.

Solange sie unterwegs ist, am Morgen, taucht es immer wieder auf, überall. Sie weiß auch wo und erwartet es schon: An der Brandmauer um die Ecke steht es, fast unlesbar in bröckelnden, pechschwarzen Buchstaben. Am Bauzaun vor der Metro ist es mehrfach zu lesen, in Abständen von sechs Metern, gesprayt. Am Gerichtsgebäude ist es auf Messingschilder graviert, für jeden Gebäudeflügel einmal. Hoch über dem Eingang des Gymnasiums bemerkt sie es an einem späten Nachmittag, auf dem Rückweg, wegen der Schatten. Die Buchstaben stehen in riesigen steinernen Versalien über dem Portikus, als sei dies der Name der Schule: DEFENSE D'AFFICHER.

Kaum war Franz aus ihrem Leben entschwunden, stellte Marleen fest, dass sie in Kassel jeden kannte und dennoch einsam war. Alle hatten großen Spaß »an der Schule«, aber niemand schien ein Ziel zu verfolgen. Die einen wollten erst mal ihr kreatives Potenzial ausschöpfen, die anderen vielleicht »was in der Werbung« machen; einer wechselte zu den freien Malern und sprach danach nicht mehr mit den Illustratoren; die Filmleute tuschelten fortwährend über größenwahnsinnige Projekte, die in störrischen Fünfminutenfilmchen endeten. An denen hatten sie dann ein Jahr lang gearbeitet. Marleen aber verfolgte sehr wohl ein Ziel, nämlich die Schrift zu verstehen. Esme hatte gesagt, bevor sie nach zwei Wochen wieder auszog, dass es das gar nicht gebe, »die Schrift«, es gebe nur Schriften und die könne man lernen wie das Rechnen, anfangs nicht leicht, aber letztlich kein Geheimnis.

Mit diesem Ziel vor Augen, hatte Marleen in Kassel ihre Aufgaben erledigt, ihre Leistungsscheine eingesammelt. Sie las einige Standardwerke zur Geschichte der Schrift und wurde dann bei Tomas Weingart HiWi, obwohl sie mehr Hilfe war als Wissenschaftlerin, die Instruktion im Blei- und Fotosatz übernehmend. Am Anfang des Sommersemesters wurde Weingart krank, und weil er keinen Assistenten hatte, wurde sie gebeten, die Grundlehre zu beginnen. Wie jung die Neuen waren, unvoreingenommen, frisch, noch ganz Abitur und Lagerfeuer. Natürlich reizte das strenge Mädchen mit dem rheinischen Akzent ihren Widerstand, und einer, Beamtensohn aus Wiesbaden, fragte sie heiter und boshaft, was man in einer Typografieklasse denn lernen könne. Bei Weingart hatte sie sich abgeschaut, mit Verzögerung zu antworten. Während sie überlegte, überfiel sie ein Rauschen, ein wohliger Grusel. Sie antwortete dem jungen Studenten:

»Die Schrift bestimmt den Sinn all dessen, was wir tun. Wir lernen mit sechs oder sieben Jahren zu schreiben, danach sind wir keine Analphabeten mehr. Schrift ist überall, und je mehr wir lesen, desto weniger sehen wir sie. Wenn wir uns also hier der Schrift zuwenden, dann befragen wir unsere Alphabetisierung. Wir versuchen, uns in den Zustand des Analphabeten zurückzuversetzen. Wir betrachten den Buchstaben, aber nicht seinen Sinn und auch nicht seinen Laut, sondern seine Gestalt. Wir verwandeln etwas, was bis dahin passiv war, in etwas Aktives. Seht euch die Ordnung des Setzkastens an, die nicht alphabetisch ist. Und warum ist sie das nicht?«

Das war eine mögliche Antwort auf die Frage; in den Augen der jungen Leute hatte sie bestanden. Dabei war der Moment des Grusels nicht weniger wahrhaftig als die wohldosierte Antwort. Marleen ahnte, warum Weingart so vorsichtig gewesen war. Es gab da ein Reservoir der Empfindung, wie ein Atem, der einem in den Nacken blies, und wenn man sich umdrehte, war nichts zu sehen.

Und wieder Buchstabenverlosung, Peh und Ceh und Ypsilon, Buchstabe im Feld schwebend, Buchstabe die Einfassung berührend, Buchstabe in Perspektive und so weiter. Jetzt, indem Marleen zusah, begriff sie: Der Buchstabe tendiert zum Lebendigen. Die Erstsemestler wiegen ihre eigenen Blätter mit Abscheu und Wehmut. Sie lieben ihre Buchstaben wie Teddys oder Puppen. Aber die Buchstaben erwidern ihre Liebe nicht.

Dann kam Weingart zurück, blass, aufgeschwemmt. Er sah ihr zu, wie sie unterrichtete. Als sie allein waren, sagte er:

»Also, es geht.«

»Ja, es geht.«

Man beginnt pünktlich im Atelier von Passeraub, nämlich um halb neun, und selten ist vor sechs Uhr abends Schluss. Marleen eilt zur Metro, sprintet durch den Tunnel, um den Anschluss zu erreichen, obwohl die Bahnen mit drei Minuten Abstand fahren. Wenn die Jaccottets Abendkonzerte geben, müssen sie vor halb sieben aufbrechen, um pünktlich zu sein, zwei-, drei- oder viermal die Woche. Die Kinder drehen schon auf, bevor die Eltern aus dem Haus sind. Es geht immer etwas zu Bruch in den ersten Minuten, in denen Marleen mit den Kindern allein ist. Anfangs hat sie es mit Strenge probiert, aber das macht es nur schlimmer. Das liegt vielleicht an der Sprache, denn David, der Kleine, spricht nur Schweizerdeutsch. Katie geht in die französische Vorschule, aber wenn die Luft dick ist, wechselt sie in das Idiom des Bruders. Marleen gewöhnt sich: Man muss sich willenlos stellen. Wenn die Jaccottets nach Hause kommen, liegt Katie in ihrem Bett und ratzt wie ein Murmeltier. David liegt auf Marleen wie eine Raupe, schlafend, Marleen im Sessel, die Fernbedienung in der Hand, der Fernseher stumm, Tierfilme, Hollywood, MTV. Die Jaccottets übernehmen sofort, David wird in seinem Gitterbett versenkt, und Marleen, die den Fernseher ausgeschaltet hat, bekommt ein Glas Côtes du Rhône, bevor sie nach oben geht. Der dicke Sonyverstärker brummt und kratzt ein Cellosolo, das ist für Ann und Pierre die Nachtmusik. Da können sie sich selbst vergessen.

Und dann fällt das Einschlafen schwer. Marleen versucht es mit Listen: Die Franzosen haben den Film, den Eiffelturm, die DS und Monet. Die Deutschen haben Bach, Helmut Kohl, C. Bechstein und Christian Klar. Unsinn. Wir haben Bach, Hermann Zapf, C. Bechstein und den Volkswagen. Die Schweizer haben die *Helvetica*. Die Schweizer haben Max Frisch. Sie haben den Franken. Aber darauf kommt es nicht an. Nicht in Paris. Der Boulevard ist kaum zu hören von der Mädchenkammer aus, die eigentlich eine Dienstmädchenkammer ist.

Marleen muss schlafen, aber der Kopf läuft weiter. Die Franzosen haben die Garamond, Truffaut, Toulouse-Lautrec und Défense d'afficher. Die Schweizer haben Emil und … Godard. Emil zählt nicht wirklich. Aber Godard schon. Oder ist der doch Franzose? Wir haben … Marleen schläft.

Eine Woche lang ist die Kutsche unterwegs, die Fenster verdunkelt. Ihr gegenüber sitzt Weingart, der sie bewacht, schweigend. An der Poststation Neuss, als die Pferde gewechselt werden, hört Marleen die Stimme ihrer Mutter, die ihre Herausgabe fordert. Weingart ruft, er leugne nicht, dass Marleen Schuller hier drinnen sei, aber er bestehe darauf, dass sie auserwählt sei, höheren Aufgaben zu dienen. Wieder setzt sich die Kutsche in Bewegung. Schließlich, als die Tür von Uniformierten geöffnet wird, ist Marleen geblendet. Sie sieht nur Weiß. Aber sie kennt die Technik. Sie kann, was weiß ist, als schwarz sehen. Schwarz auf Grau ist das Kreuz der Nation, das sie empfängt. Das Tor, es entgeht ihr nicht, ist dem kleinen »m« nachgebaut, von Bodoni vielleicht, sehr delikat. Deshalb hat die Kutsche gehalten, weil sie da nicht durchpasst. Während durch den linken Torbogen Leute entgegenkommen, wählt sie den rechten, nachdem sie Weingart, dessen Gesicht im Negativ erscheint, die Hand gereicht hat. Sie ist nun angekommen in der Hauptstadt Helvetiens, in Paris.

Es ist gut, vor dem Piepen des Weckers aufzuwachen. Das macht einen weniger empfindlich für die Mühen des Tages. Marleen steht auf. Das Licht ist rosarot. Die anderen Dachgauben, die sich zu ihrer eigenen im rechten Winkel als Flucht darbieten, sind bleigrau und taubenblau: als wären die Mädchenkammern die Mädchen selbst, die Gauben ihre Hauben. Sie stehen in Reihe, bereit, gerufen zu werden, die Gesichter leer. Das frühe Licht umfängt sie und überstrahlt nun ihre schlichten Gewänder, die aus Drahtwolle gehäkelt sind. Es verspricht gute Geschäfte und einen prächtigen Tag. Der rötliche Schimmer lässt die leeren Gesichter der Mädchen schön erscheinen. Sie geben sich, wenige Minuten nur, der Hoffnung hin. Sie sind bereit, ihre Hände auszustrecken nach dem Apfel. Aber dann sind die Dächer wieder blau und grau. Der Dienst beginnt in fünfzehn Minuten. Man muss bis dahin gewaschen sein.

Marleen kommt ins Atelier, gepeitscht von Tatendrang. Schnell hat sie erkannt, dass es für den Satz kein technisches Hindernis mehr gibt. Gewöhnliches Layout wird an der Maschine sofort erledigt. Anderes wird außer Haus gegeben und kommt als Rolle oder großer Umschlag per Boten innerhalb von zwei Stunden zurück. Das Atelier ist groß und sauber. Es ist nicht wirklich hell, es ist nur gut beleuchtet. Man sieht den silbrigen Schopf von Titus Passeraub. Sein Körper erscheint als unwirklicher Schatten hinter einer gefrosteten Glaswand. Ihm gehört der letzte und der größte Raum, und wenn er vorgeht in die Werkstatt – so nennt er die Arbeitsplätze der anderen –, sieht man ihn zuerst auf dem Gang, die gefrostete Glaswand nun hinter sich, im Profil. Er neigt zum Watscheln. Man hält ihn zunächst für korpulenter, als er ist. Titus Passeraub ist nicht in seinem Körper, er ist in Gedanken. Seine Gedanken sind bei der Schrift.

»Es ist mir gegeben, Formen wie Architekturen zu betrachten, in jeder Weise sie wenden zu können. Das ist bei mir schon immer so gewesen. Um dann zu einem Ergebnis zu kommen, muss man mathematische Definitionen anwenden. Diese zu beherrschen, habe ich gelernt. Erst in der Kombination beider Mittel – oder Fähigkeiten – kann eine Schrift entstehen, die ihrer Zeit gewachsen ist, visuell und technisch, beides in einem.« Der junge, schmale Mann mit dem schütteren Haar und der riesigen Brille schreibt mit. Zunächst glaubt Marleen, der Meister spreche zu seinem Schüler. Dann stellt sich heraus, dass er der Mitarbeiter einer Fachzeitschrift ist. Er berichtet über die *Tempi Novi*, Passeraubs neue Schrift. Dass Marleen von der nie etwas gehört hat, ist kein Wunder, denn sie ist noch nicht auf dem Markt.

Der erste Eindruck, wie immer, trügt. Passeraub erklärt sich nicht stündlich und nicht täglich, er erklärt sich fast nie. Furrer und Stüssi, seine Teilhaber, herrschen über die Werkstatt. Fränzi Lüthi nimmt Anrufe an. Eine Mademoiselle Monique sitzt vor einem Klotz von einer Maschine mit einem gläsernen Auge und schreibt auf der Tastatur, die davor auf einem fahrbaren Tischchen liegt, mit zehn Fingern fliegend. Im Labyrinth des Ateliers, mit seinen semitransparenten Scheiben, arbeitet ein halbes Dutzend Assistenten. Davon ist die Hälfte mit Anwendungen beschäftigt, Signets werden entworfen, komplette Erscheinungsbilder für mittlere Betriebe, das Layout für einen Jahresbericht. Die anderen arbeiten wirklich an Schriften. André, ein großer Junge aus dem Basler Land, verbringt den Montag über Entwürfen zu einem »e«. Fast hätte sie zu ihm gesagt, dass dies *ihr* Buchstabe sei. Am Abend, die Aktentasche unter dem Arm, sieht Passeraub sich Andrés Arbeit mit zusammengekniffenen Augen an. Er legt seinen

Finger auf das Papier und ruft: »Den Auslauf leicht verstärken!« Dann ist er weg.

Kein Radio im Atelier, keine Musik, kein Wort zu viel. Marleen ist glücklich. Noch macht sie Krümelarbeit, aber das ist allemal besser, als zuzusehen. Kaum ist sie wieder auf der Straße, läuft ihr die Zeit davon. Sie bemerkt, dass die Pariserinnen sich schnell bewegen. Frauen flanieren nicht.

Ende September fragt Pierre, ob sie am Sonnabend mitkommen wolle in die Oper. Die Kinder seien dann bei einer befreundeten Familie auf dem Land. Marleen zögert. Sie sollte jetzt besser nicht sagen, dass *L'incoronazione di Poppea* für sie im Moment nicht so wichtig sei. Pierre sagt, »Du musst nicht, Marleen.« Sie sagt danke. Kaum sind die Jaccottets aus dem Haus, geht sie hoch in ihre Kammer. Die Kraft reicht noch so eben, um sich auszuziehen, dann schlüpft sie unter die Steppdecke und zieht die Filzdecke drüber. Die ist braun und trägt am unteren Ende ein rotes Feld, in dem ein quadratisches Kreuz ausgespart ist.

Rien

Es gibt einen langen Tisch für die Arbeit im Kollektiv und für betriebsinterne Präsentationen. Es gibt zwei Arbeitsplätze, in denen Schreib- und Zeichentisch kombiniert sind, die gehören Stüssi und Furrer. Auf einer Konsole steht jenes große, kastenförmige Gerät, an dem abwechselnd oder gemeinsam Monique und Alain arbeiten. Sie nennen den Kasten zärtlich »la Citronique«. Alain sagt, es sei Moniques saure Schwester. Die Arbeitsflächen der Assistenten sind groß genug, um mehrere Entwurfsbögen nebeneinander zu legen. An einem großen Leuchttisch sitzt ein dicker junger Mann mit einer dicken Brille und schneidet Folien wie ein Graveur. Das ist Wendelin. Der Platz, den man für Marleen freimacht, hat einer Simone gehört, die das Atelier von einem Tag auf den anderen verlassen hat. Liegengeblieben sind Vorstudien einer modernen Schrift, und zwar ein fetter Schnitt, das sieht Marleen, während Niklas Furrer das Material mit den Händen zusammenfegt und im Papierkorb versenkt.

»Das brauchen wir nicht mehr«, stellt er fest, mit der Unverrückbarkeit der Schweizer Diktion.

Zurück bleibt das Werkzeug: Stifte, Pinsel, Messer, Papier, Folien, Lineal, Zirkel. Tabula rasa.

Marleens Nische liegt jenseits des Flurs mit mattem Tageslicht von einem Fensterfries her, der auf den Hinterhof hinausgeht. Es gibt vier solcher Nischen ohne Türen. Drei davon sind belegt vom Archiv. Täglich wachsend, wird es irgendwann den Raum brauchen, der jetzt Marleens Arbeitsplatz ist. Ein fünftes Zimmerchen hat eine doppelte Tür, eine Lichtschleuse. Kaum zu begreifen, wie der dicke

Wendelin sich in diese Zelle quetscht mit den Filmen aus der Citronique, Negative, die er entwickelt, im entlegensten Winkel des Ateliers. Am Ende des Flurs gibt es nur noch zwei Türen, Femmes und Hommes. Sie bemerkt die Schatten derer, die vorbeikommen, auf ihrem Zeichentisch. Es hat aber keinen Sinn aufzuschauen, weil niemand stehenbleibt. Da der Flur in der oberen Hälfte verglast ist und ihre Nische keine Tür hat, erreicht sie das Mischlicht aus der Werkstatt. Wie um sie zu testen, gibt Furrer ihr vier Großbuchstaben, Weiß auf Schwarz, die das Logo einer Boutique namens RIEN werden sollen. Furrer ist ein Mann von sanfter Ironie, seine Augenbrauen immer fragend. Er ist doppelt so alt wie Marleen.

»'s sind jungi Lüüd, wo … Das sind junge Leute, die alles selbst nähen. Sie haben es auch mit einem Männerparfum probiert, das ein wenig zu streng geraten ist. Hier, sehen Sie das Bild. Ein schmales Ladengeschäft, in der Nähe vom Boul' Mich', auf dem Weg zur Universität.«

»Ist das … Ist das für hier ein normaler Auftrag?« Besser kommt es erst einmal nicht raus. Es ist ja erst ihr fünfter Tag.

Furrer wundert sich, wie forsch sie ist: »Ob er nicht zu klein ist, meinen Sie?«

»Ja, ich dachte …«

»Er ist klein, das stimmt. Aber wenn wir einen Auftrag annehmen, meinen wir es immer ernst. Da ist jeder Kunde gleich. Ob Condé Nast oder Rien, der Entwurf muss überzeugen. Nur bin ich selbst noch nicht überzeugt. Die Versalien habe ich so entworfen, dass sie aussehen wie schmale Figuren, die soeben zum Leben erwachen. Das gefällt mir. Das ganze Ding aber flattert. Bitte kümmern Sie sich um die Stände. Oder lösen Sie es, wie Sie wollen. Sie sind frei.«

»Schwarz-weiß?«

»Ich finde schon. Die haben ja kein Geld. Dieses Logo soll

übrigens universal verwendet werden, für Preisschilder, Rechnungen, Korrespondenz. Let's keep it simple.«

Es dauert einige Stunden, dann hat sie's, das E um 180 Grad gedreht, nach oben geschoben – Paternoster – und alle vier Buchstaben negativ in einen schwarzen Block gestellt. Furrer korrigiert daraufhin sein N, dass es eine Spur mehr auslädt, gibt es ihr zurück zur Montage. Am Ende des Arbeitstages hängt es in stechender Präzision auf Folie gedruckt am »Aushang«, ein Korkbrett in der Werkstatt, an dem man den Stand seiner Arbeit zeigen kann, wenn man möchte.

»Es ist ein Blitz«, sagt Stüssi.

»Es ist nichts«, sagt Furrer. Marleen wird bleich. Dann begreift sie das Wortspiel. Passeraub steht als guter Hirte lockig im Hintergrund und nickt. Am nächsten Morgen um neun erreicht sie die Nachricht, dass sie zu ihm »an den Platz« kommen soll.

Titus Passeraub sah man sein Genie nicht an. Zwar hatte er diesen ins Silbrige changierenden Haarschopf und ein ernstes, aufgeräumtes Gesicht. Aber er war nicht sehr groß und beugte sich, sitzend wie stehend, leicht nach vorn, was einen servilen Eindruck hinterließ. Das aber hatte nichts zu tun mit seinem Selbstbild. Er war der entschiedenen Ansicht, den lesbaren Schriften im 20. Jahrhundert den wesentlichen Schub gegeben zu haben. Mit dreißig Jahren hatte er die *Kosmos* fertiggestellt, eine in jeder Richtung ausgearbeitete Systemschrift, die man nur noch, Detail für Detail, in die Vorlagen des Fotosatzes einspeisen musste, und schon hatte man alles, von den feinsten kursiven Minuskeln bis zu den ultrafetten Versalien, englaufend, weitlaufend, ein Kosmos in der Tat für den Typografen im Einsatz. Seiner Sache sicher, hatte Passeraub bei dieser Gelegenheit Bezeichnungen wie »mager«, »halbfett« und »fett« abgeschafft und stattdessen die Schriftstärken durch Zahlen wie 55, 65, 75 angezeigt, denn wer sich in seinem

Kosmos bewegte, war kein Handwerker mehr, ja vielleicht schon Ingenieur. Ob sie auf Katzenpfoten daherkam oder mit Pauken und Trompeten, die *Kosmos* war für jeden Schriftgrad in jeder Stärke bis ins Detail dieselbe Schöpfung im Kern, modern, aber nicht borniert; klar, aber nicht kalt; serifenlos, aber beseelt. Und das war nur der Anfang gewesen, Passeraubs Einstand bei Terreau & Racine, deren Boom mit dem Fotosatz er überhaupt erst ermöglicht hatte. Marleen war im Jahr zuvor auf die *Kosmos* gestoßen, zunächst glaubend, dass es sich um eine ganz neue Schrift handelte. Dabei war diese älter als sie selbst.

Marleen, wie sie in Titus Passeraubs Atelierraum erschien, war mittlerweile zweiundzwanzig Jahre alt. Sie saß da in ihren Stuhl gegossen und hörte ihm zu. Der Straßenlärm kam hoch vom Boulevard. Es war Herbst. Sie wunderte sich über Passeraubs Zuwendung: Warum sollte er ausgerechnet ihr, der Neuen, seinen jüngsten Schriftentwurf vorstellen, der längst fertig war und dessen Markteinführung soeben begonnen hatte? Marleen aber hörte von den inneren Stimmen auf die mächtigste, die ihr sagte, dass sie hier am richtigen Platz sei. Es war ihre Aufgabe, Passeraub dabei zu lauschen, wie er die *Tempi Novi* erläuterte; sein letzter Versuch – daran ließ er keinen Zweifel –, dem Drängen der Moderne nachzugeben und diese mit Umsicht rückzubinden an die Traditionen der Schrift, von denen Passeraub zu wissen glaubte, dass sie nicht technisch, sondern menschlich waren.

»Also, was denken Sie?«, fragte er.

Marleen hatte ein schmales Gesicht, eines, das die Luft teilt. Hörte man ihr zu, war man versucht sich umzudrehen, also ihrem Blick zu folgen. Was sie sagte, hatte nicht zwingend mit dem zu tun, wohin sie schaute.

Naheliegend war es, Passeraub beizupflichten und die *Tempi Novi* als Lösung aller Probleme auszurufen, als Vollendung der modernen Schrift überhaupt. Nur, wie sollte sie das begründen; »Gefühl« oder »guter Geschmack« war hier bestimmt nicht gefragt. Außerdem war klar, dass Passeraub die Vorteile seiner Schrift besser kannte als ausgerechnet sie. Gab sie seine Selbstbeschreibung zurück wie ein Papagei, hielt er sie für schwach im Kopf. Erwähnte sie einen Vorteil, den sie selbst darin spürte – deren Unauffälligkeit –, fühlte er sich womöglich verkannt oder, schlimmer noch, belehrt. Die andere Möglichkeit bestand offensichtlich darin, ihm zu widersprechen, auf die Mängel der Schrift hinzuweisen. Die *Kosmos* war bereits minimalistisch gewesen, aber dennoch dynamisch, ein Résumé, die letzte in der Reihenfolge der Generationen, alle Vorteile in sich versammelnd, die *Futura* und die *Helvetica* als die älteren Schwestern. Die *Tempi Novi* dagegen schien keine Verwandten zu haben; ihre Ähnlichkeiten waren die eines Klons. Ihren Namen konnte man ebenso als Verheißung begreifen wie als Drohung. Marleen dachte an ihren Plan, der ihr jahrelang vor Augen gestanden hatte: eine Schrift ohne Signatur zu schaffen, bereinigt von den Resten der in Stein gehauenen Sprache. Erst jetzt begann sie zu ahnen, dass es nicht dasselbe war, Traditionen auf ihren kleinsten gemeinsamen Nenner zu reduzieren oder sie zu schleifen wie lästiges Dekor. Sie war sich auch nicht ganz sicher, ob sie den Unterschied zwischen der *Kosmos* und der *Tempi Novi* richtig erkannte, und sie müsste Passeraub – und das wollte sie auch gleich tun – danach fragen, er war schließlich beider Erfinder, gar nicht zu reden von einer dritten und gewiss nicht unwichtigen Schrift, die irgendwie in der Mitte der beiden anderen stand, für einen Pariser Flughafen geschaffen worden war und später, weil sie für die allgemeine Markteinführung einen Namen brauchte, *Passeraub* genannt wurde. Sollte es aber stimmen, dass die *Kosmos* die eine Möglichkeit darstellte und die *Tempi Novi* die andere – zwei Enden des Spektrums, wenn man sich vornimmt, eine Schrift zu schaffen, die kein Eigenleben führt –, dann gäbe es nichts mehr zu tun. Das konnte überhaupt der Grund sein, dass sie hier saß, vorbestimmt durch geheime Mächte; dann wäre Passeraub als Moderner ein Gott der Gottlosigkeit, nicht im wirklichen Leben, sondern im Reich der Schrift, und sie wäre die Ketzerin, die nun gezwungen war anzuerkennen, dass den Kult der Gottlosigkeit zu begründen nicht mehr möglich wäre, weil es ihn längst schon gab. Sie müsste ihm hier und jetzt ohne großes Aufheben beitreten, um danach für immer zu schweigen.

Dies war es, was Marleen durch den Kopf ging. Sie bemerkte kaum, wie das Licht auf dem Boulevard diffus wurde. Sie hörte nicht das Rufen und nicht das Schreien. Sie wunderte sich, dass ihr Geruchssinn schmelzenden Kunststoff meldete, während sie über die Zukunft der Groteskschrift nachdachte. Sie glaubte, das Brodeln von Konfusion und Unheil, das in Waben zu ihr vordrang, hätte zu tun mit ihren eigenen Gedanken.

Der Alltag des Typografen mochte auf Laien wirken, als würde eigentlich gar nichts geschehen. Erwachsene Menschen saßen den ganzen Tag lang vor Buchstabengebilden. Anders als die Bildhauerei, die auch ihre Zeit brauchte, machte das Schriftzeichnen nicht einmal Lärm. Ein Typograf wusste von seinem schneckenhaften Fortschritt und war wahrscheinlich deshalb so gewissenhaft wie ein Uhrmacher. Ein Tag war aus seiner Sicht nicht lang, sondern kurz. Man vertat nicht viel Zeit mit Geschwätz, man dehnte keine Mittagessen und trank auch keinen Weißwein dazu. Für eine wirkliche Unterbrechung des Arbeitstags musste die Citronique ausfallen oder überhaupt der Strom, aber auch das war noch nicht wirklich ein Grund, die Arbeit am Zeichentisch ruhen zu lassen. Da draußen war wohl wirklich etwas geschehen.

Die erste Frage lautete, ob man hinuntergehen sollte, um

zu helfen. Aber in ein rauchendes Kaufhaus zu laufen, vor dem Feuerwehrautos und Rettungswagen parkten, schien wenig vernünftig. Die zweite Option war, das Büro zu räumen, denn wenn es einen Anschlag gegeben hatte, konnte ein weiterer folgen. Es konnte auch der Kaufhausbrand außer Kontrolle geraten. Stüssi tastete die großen Fenster zum Boulevard alle paar Minuten ab, um zu prüfen, ob sie sich erhitzten.

Marleen war nun, als wäre sie ein Laufbursche, vergessen. Ihr fiel auf, dass Fränzi und sie in diesem Augenblick die einzigen anwesenden Frauen waren, wobei Fränzi gerade besonders beschäftigt war, weil sie am Telefon versuchen musste, die Zeit anzuhalten. Die Männer – in der heutigen Besetzung acht, und sieben von ihnen Schweizer – standen dicht beisammen in der Werkstatt. Wie eine Gruppe Pinguine sahen sie aus in ihrer schwarzen und weißen Kleidung, mal in der Mitte des Raums, dann wiederum am Fenster, dann um den Arbeitsplatz Fränzis gedrängt.

Da war er, der Krieg, mitgebracht aus Algerien oder sonstwoher, im Koffer, unsichtbar, und vor ihren Augen aufgeflammt. Die Gegenwart wurde als Geisel genommen, der Schmerz per Zufall verteilt, der Stillstand erzwungen. Der Stillstand im Atelier Passeraub, Furrer und Stüssi fiel unter dieses Gebot der Verhältnismäßigkeit, dass man nicht weiterbaut an den Bögen und Pfeilern der zivilen Gesellschaft, um sie solider, stimmiger, offener und schöner zu machen, Ziele, die sich die Schweizer Typografen auf ihre Fahnen geschrieben hatten. Es konnte nicht richtig sein, einem Buchstaben seinen letzten Schliff zu geben, während da unten Menschen mit Verbrennungen aus dem rauchenden Gebäude getragen wurden, und keineswegs alle lebend.

Marleen lernte damals das Schweizerdeutsch von David Jaccottet, einem Dreijährigen, und war über den Bueb und das Bärli noch nicht weit hinausgekommen. Sie verstand also fast nichts von dem, was seit zwei Stunden gesprochen wurde. Es wurde geraucht, was sonst nicht erlaubt war. Das Haus gegenüber war inzwischen mit Flatterband abgesperrt; man hatte nur den Gehweg auf der Seite des Atelierhauses offen gelassen, wie Alain wusste, der sich mit Monique davongemacht hatte und gegen Mittag allein mit einem Dutzend daumennagelgroßer Törtchen zurückgekehrt war. Sieben Tote habe es gegeben. Die Stunde der Mittagspause war gekommen, und die Gruppe wurde stiller, flüsternd, rückte enger zusammen. Als Marleen begriff, dass sie beten würden, drehte sie sich auf ihren Mokassins schnell und leise zum Gang, an dessen Ende sich die Toiletten befanden.

Das Staunen

Nach Paris kam man als armer Migrant, als namenloser Künstler, als Spross des Mittelstands mit Ambitionen. So war es auch bei Marleen gewesen, die ihr Studium in Kassel nach dem sechsten Semester abgebrochen – oder, wie sie ihrer Mutter erklärt hatte, »unterbrochen« – hatte, um für viertausend Francs im Monat als typografische Assistentin zu arbeiten. Sie würde Proben ihrer Arbeit nach Kassel schicken, von Weingart Seminarscheine bekommen und dann, in ein oder zwei Jahren, am Ende eines Semesters eilig die Prüfungen absolvieren. Dies war der Part, den Lore Schuller, die selbst brav ihr Diplom gemacht hatte, nicht glauben wollte.

Passeraub hatte Marleen in einem zweiten Anlauf erläutert, dass der Auftraggeber der *Tempi Novi* darauf bestehe, der Schriftfamilie den ultrafetten Schnitt hinzuzufügen. »Glauben Sie, dass eine Leseschrift eine Anwendung von Ultrafett braucht?«, hatte er gefragt und sie, wie zuvor, in die Klemme gebracht, Zustimmung und Ablehnung gleichermaßen verdächtig.

»In einem Katalog, zum Beispiel, um einen Slogan herauszuheben. Oder den Produktnamen.«

»Also schon!«

»Schon« hieß offenbar »doch«.

»Doch«, sagte sie kleinlaut.

»Na gut«, sagte Passeraub, väterlich. »Dann machen Sie für mich den Entwurf. Prägnante Beispiele, so wie Sie wollen.«

»*Tempi Novi* ultrafett.«

»Jo-ho.«

Jede Schrift ließ sich irgendwie aufblasen. Aber Passeraubs Ideal einer Leseschrift war, dass man jedes Wort gegen dasselbe Wort in einer anderen Schriftstärke austauschen konnte, ohne viel Platz zu verlieren oder zu gewinnen. Am besten keinen. Das schien nahezu unmöglich. Andererseits lief der halbfette Schnitt, wie Passeraub ihn entworfen hatte, in der Tat kaum weiter als der magere. Sie ließ sich den gesamten Alphabetsatz auf Papier ausbelichten, vergrößerte das »H« und das »o«, halbfett, am Fotokopierer, schwärzte die Buchstaben nach, zeichnete sie von Hand mit Tusche ab – dies waren die Techniken, die sie kannte. Man soll eine Schrift, hatte Weingart gesagt, wie einen Menschen kennenlernen, nach und nach. Man kann sie sogar, hatte er leise ergänzt, für ihre Schwächen lieben.

Die *Tempi Novi* war serifenlos, aber keine dogmatische Schrift mit einem Kreis für ein »o« oder einem Kreuz für ein »t«. Das »a« war mit Dach gehalten wie in der *Helvetica*. Passeraub feierte die Bäuche von »b« und »p«, indem er die vertikalen Striche nur zart anlegte. Das »y« hatte seinen Tanzfuß, das »i« hatte einen runden Punkt. Die Strichstärken waren in geheimnisvoller Weise minimal variiert.

Was für eine Anfängerin sie doch war! Noch nie hatte sie einen kompletten Schriftschnitt selbst entwickelt. Entweder gab es einen fetten Schnitt oder eben nicht. Hatte eine Schrift zu wenig Varianten, nahm man eine andere. Die Anwendungen, die Designerspielchen hatten alle Kräfte aufgesaugt, und eine gewisse kalligrafische Routine half jetzt nur insofern, als Marleen einen Strich zu Papier zu bringen wusste, wie sie es wollte – nicht so ähnlich. Natürlich wusste sie, dass der fette Buchstabe nach außen wie nach innen wächst, während er höher nicht werden soll. Ein bisschen wie die breiten Reifen eines Rennwagens. Am Mittag wartete sie, schüchtern, bei Furrer, bis der seine Aufgabe beendet hatte und sie bemerkte. Er betrachtete das »o« und sagte, »sehr schön. – Ach so, die *Tempi Novi*. Haben Sie denn nicht die originalen Entwürfe?

Wenn Ihnen der Innenpunzen beim ›o‹ schon fast zuläuft, was machen Sie dann erst beim ›e‹? Sie tappen ja noch im Dunkeln!«

Marleen verdrückte sich in die Mittagspause. Sie fragte sich, ob dies eine Prüfung sei, die man nur bestehen konnte, wenn man resignierte. Wahrscheinlich warteten alle darauf, dass sie die Unmöglichkeit des Unternehmens einsah. Und erst wenn sie es zugeben würde, wäre sie eine von ihnen.

Als sie zurückkam, standen drei Schuber auf ihrem Schreibtisch. Sie enthielten, wie die Kürzel ahnen ließen, Passeraubs gesamte Zeichnungen der *Tempi Novi* im letzten Zustand, mager, halbfett und fett. Es waren nichts anderes als Bleistiftnotizen auf einem transparenten Träger, zwanzig Zentimeter hohe Konturen auf einer Linie. Sie begriff sofort, dass ihr dies zuvor gefehlt hatte. Sie nahm das »o« aus allen drei Registern und legte sie übereinander. Das hatte etwas vom Querschnitt einer Zwiebel. So konnte sie sich zumindest vorstellen, wie es in die Breite gehen würde. Am Abend hatte sie schon die erste Reinzeichnung für »Hono«. Mit dem Silberblick der Naharbeiter sah sie von ihrem Schreibtisch zur Türöffnung, in deren Gegenlicht jemand stand, die Locken überstrahlt, das Gesicht kaum zu entschlüsseln, wie fotografisches Korn. Das musste Passeraub sein. Er trat an ihre geneigte Arbeitsfläche, legte seinen Zeigefinger auf das »n« und sagte: »Den Einschnitt betonen!« Er lachte über sein eigenes Ungeschick, und weg war er.

Die Stadt ließ sich anschauen wie Kino, sie sah nicht zurück. Männer mit schmalen Gürteln über expandierenden Bäuchen. Frauen im Galopp auf klappernden Schuhen. Kinder in Schuluniformen, sich zum Abschied küssend. Bustüren, die sich zischend öffnen. Bäume mit Eisenkragen im Asphalt. Metropolitain. Tabac-Presse. Défense d'afficher. Da war ein Fuchteln und ein Schmatzen, ein Rufen und ein Augenzwinkern. An der Concorde stieg sie nicht um wie sonst, sondern ließ sich mit den anderen nach oben treiben. Die merkwürdige Lust, Männern in Anzügen zu folgen. Die sahen so aus, als wüssten sie, wo es hingeht. Es wurden immer mehr, je näher sie der Börse kam.

Marleen fragt sich, warum es Männer sind, denen man das Geld anvertraut. Warum es Männer sind, die sich Frauen kaufen, und nicht umgekehrt. Sie fragt sich, ob es Dinge gibt, die ganz für sich und unabänderlich sind. Oder ob alles beweglich ist. Und wenn alles beweglich ist, ob alles mit allem zusammenhängt. Sie ist so sehr in Gedanken, dass sie in der Konditorei nicht entscheiden kann, welches Gebäck sie nehmen soll. Monsieur le Confiseur bedient selbst mit weißer Haube. Die Konfusion der jungen Ausländerin mit diesem Blick, der durch die Dinge durchgeht, stört ihn gar nicht.

»Ein Himbeertörtchen steht für das Verlangen«, sagt er.

»Und das da?«

»Ein Blaubeertörtchen besiegelt die richtige Entscheidung.«

»Die da oben?«

»Das sind Madeleines, Madame. Die Madeleine küsst die Erinnerung wach.«

Hinter ihr stehen zwei Kundinnen. Sie amüsieren sich.

»Was ist mit dem Zitronentörtchen?«

»Das Zitronentörtchen meint den Augenblick. Es öffnet ein Fenster in den Tag.«

»In welchen Tag?«

»In diesen, jetzt … Mademoiselle.«

Das nimmt sie und setzt ihren Weg in Richtung Marais fort. Und dann ist da einer, an den sie ihren Blick geheftet hat. Der ist soeben aus der Bibliothek gekommen, glaubt sie. Er streckt den Körper und den Geist. Er kehrt zurück ins materielle Leben. Wie macht er das, dass er so kräftig ausschreitet, es aber aussieht, als schlenderte er?

Marleen hängt sich dran, geht ein bisschen schneller, holt auf. Bügelfalten, gestreiftes Hemd, Janker. Es könnte ja. Es könnte ein Landsmann sein. Wäre da nur nicht dieser Rucksack. Der spricht dagegen. Sonst könnte es Franz sein. Franz drei Jahre weiter. Mein Gott, wie hat sie ihn vermisst. Anfangs. Dann versucht auszulöschen. Später wieder zugelassen. Wenn nicht sogar verehrt. Einmal hat sie ihm eine Postkarte an die Adresse der Mutter geschickt, aber ohne Absender und ohne Text. Zwei Wochen Pein, weil nichts zurückkam. Der aufgeschobene Abschied. Ein gutes Wort. Sie spricht nicht sehr laut, aber er ist zum Greifen nah,

»Franz?«

Er bleibt auf der Stelle stehen, sie fällt in ihn hinein. Das Zitronentörtchen stürzt zu Boden. Sie tun sich nicht weh und sie küssen sich nicht, aber beides beinahe. Sie sehen sich in ihre erschreckten Gesichter.

Plakatieren verboten

Marleen war nicht ganz bei ihren Buchstaben dieser Tage. Sie war entweder mit Franz oder nicht mit Franz, und wenn sie nicht mit ihm zusammen war, dachte sie zumindest daran, schmückte es sich aus, verglich es mit früher. Das plötzliche Treffen an der Börse war das Schwierigste gewesen, fünf Minuten aufgeregtes Starren auf beiden Seiten, diese Dummheit, sich nicht zu umarmen, das Suchen nach Worten, die nicht weh tun. Schließlich hatte Franz gesagt, nach der Arbeit in der Bibliothek begehe er den Marais wie seinen eigenen Garten, und ob sie mitkommen wolle. »Was heißt denn *das* eigentlich?«, hatte sie ihn gefragt und auf die blassgrauen Buchstaben gezeigt, DEFENSE D'AFFICHER, die einst pechschwarz auf eine Hauswand geschrieben worden waren, unterlegt von einem weiß getünchten Band, von dem nur noch ein Hauch geblieben war.

»Plakatieren verboten!«, antwortete Franz.

»Ach!«

Sie malten sich das alte Paris aus, wie es einst gewesen war. Die Plakate vom Circus und von den Revuen auf Montmartre. Akkordeonspieler; Kinder, die mit Kreide die Straße markierten; hungernde Katzen in Rudeln. Bürger mit Melonenhüten, Herren im Frack. Schaufensterauslagen: Spitzen. Korsetts. Der Eingang zu einem Club, dekoriert als geöffneter Schlund eines Monsters. Die Strickerinnen, die Milchmädchen, die Tänzerinnen, die Huren, rauchend. Eine haushohe Wandbemalung: ein Mann im Profil, der ein Cognacglas zum Trinken neigt.

»Und es roch«, rief Franz.

»Es stank!«, brüllte Marleen.

Vor ihnen war ein alter Pudel an der langen Leine zurückgeblieben. Er hob das Bein. Auf dem Bürgersteig, dessen Neigung erst in diesem Moment sichtbar wurde, breitete sich eine Pfütze aus, während der Pudel davonlief. Franz und Marleen blieben stehen. Die Pfütze ging zunächst in die Breite, Zacken und Zinnen, schloss sich nach unten und verlief dann in einem Rinnsal.

»Kennst du den Rorschachtest?«, fragte Franz.

Er war Stammgast in der Brasserie Au Vide Gousse, ein ältliches Lokal im Gewirr der Straßen jenseits der Bibliothek, düster und verraucht. Sie wurden an einen kleinen, quadratischen Tisch gesetzt. Sie sahen einander an, sie sahen aneinander vorbei; sie beäugten sich, zwischendurch brachen sie in nervöses Lachen aus. Marleen dachte, wie unklug sie sei, ihr Herz an jemanden zu hängen, der sich für die Einsamkeit entschieden hatte, die Grübelei, für den Zweifel als Prinzip. Sie war versucht, ihn zur Rede zu stellen, warum er sie plötzlich und ohne Nachricht verlassen hatte,

»Ich bin so einsam gewesen, so furchtbar allein, von dir und von mir selbst und von allen guten Geistern verlassen. Die Küche, weißt du, die grüne Küche, habe ich rot gestrichen, blutrot, und am liebsten wäre ich gestorben in dieser Küche, ich bin nicht einmal mehr zu Weingart gegangen, ich wollte nichts mehr, nichts, bis Esme in der Tür stand und ...«

Sie studierte stattdessen den vergilbten Zeitungsausschnitt in einem mattschwarzen Rahmen an der Wand über dem Tisch oder die erhabenen weißen Buchstaben, PERNOD 51 PERNOD 45, die auf einem meerblau lasierten Aschenbecher rund liefen. Wenn sie zu Franz hinsah, traf sie seine Augen, die ihr auswichen. Er schien sich zu fragen, wer sie war. Und sie selbst wollte gern wissen, wer sie sei und warum sie eine andere war in seiner Gegenwart, Gefühle bis in die Zehenspitzen, ein Kitzeln auf der Kopfhaut, das unbegreifliche Rasen der Zeit. Vielleicht hatte sie versäumt, es ihm zu sagen, und nun war die Stunde gekommen:

»Es ist doch so, mein lieber Franz, dass du geflüchtest bist vor meiner Liebe. Erst bist du zu mir ins Nest gekrochen, und dann bist du entwischt. Ich weiß nicht, was du tust und getan hast und mit wem du deine Tage und Nächte verbringst und all das. Nein, ich will dich nicht davon abbringen. Du sollst nicht in einem Doppelbett mit mir liegen in einer Doppelhaushälfte. Aber wir gehören zusammen – stimmt das, Franz – gehören wir nicht zusammen?«

»… ein Klecks, der mechanisch verdoppelt wird …«, hörte sie ihn sagen.

»Wir sollten uns Ringe kaufen oder uns die Adern aufschlitzen und unser Blut trinken …«

»… und das Bild, mehr oder weniger symmetrisch …«

»… oder uns heimlich trauen lassen, von einem Priester, um Mitternacht …«

»… wird dem Patienten vorgehalten mit der Frage ›Was ist das?‹«

»… und dann kannst du zurückschleichen in deine Bibliothek, weil ich dann nicht mehr fürchten muss, ohne dich zu sein …«

»Und wenn er dann sagt: ein Ei, eine Spinne, ein Huhn, ein Auge oder so, dann ist er verrückt.«

»Warum das?«, fragte Marleen, die keine Ahnung hatte, wovon er sprach.

In dieser Nacht lag sie wach in ihrer Kammer, in der Gaube Restlicht wie Kohlestaub. Wie würde sie es machen? So würde sie es machen:

Sie würde ihn den Jaccottets vorstellen, bevor diese das Haus verließen, die Kinder wären natürlich aufgeregt, aber Franz würde mit ihnen sanft sein und duldsam. Katie war immer leichter ins Bett zu bringen als David. Sie würde Franz bitten zu flüstern, bis sie sicher sein konnte, dass die Kinder schliefen. Händels Violinen striegelten die Bläser, während sie in der Küche Käse essen und Rotwein trinken würden, nicht viel. Das Concerto grosso aus dem Wohnzimmer ginge automatisch zu Ende mit einem fast unhörbaren vierfachen Klicken, weit weg das Schnaufen Davids. Ihre Blicke wären bis dahin zur Ruhe gekommen, schweigend sähen sie einander an. Das würde sie nutzen für den Übergang, ihre Hand in seinem Haar, ihr Mund auf seinem. Die Sofalandschaft, im L gebaut, wäre der Schauplatz, ein wohliger dritter Ort, nicht seins, nicht ihrs. Keine Kerzen, kein Laken, keine Verhütung. Er wäre der andere Franz, der leibliche, Franziskus Maria, nicht sprechend, in jungenhafter Weise überwältigt, jenseits seines Verstands. Sie würde beide Hände auf seinem Po haben, um ihn ganz zu besitzen, ein Teil ihrer selbst. Das nahm sie sich vor: beide Hände, wenn es so weit wäre.

Müde war sie am nächsten Tag, aber es war nicht die Müdigkeit der Gewohnheit, sondern die großer Erwartung. Die Gesichter der Kollegen schienen heller zu sein als sonst. Die Geistesgegenwart Stüssis wie vom Schöpfer in seine Stirn geknetet. Alain mit seinem langen Kopf, seine Wimpern schwarze Quasten. André wie von innen ausgestopft mit Pappmaché, der Marzipanmund offen stehend, Augen wie ein Labrador. Es war durchaus angenehm, ihm nah zu sein. Sie müsste sich nicht überwinden, wenn er zärtliche Regungen zeigen würde. Er wäre der Richtige in dem Sinne, als er wahrscheinlich nicht der Falsche wäre. Er wäre recht wie aufrecht. Er wäre von allen Typografen, die sie mochte, der, den sie am liebsten mochte. Ein guter Entwurf. Ein Lebensentwurf wie die *Kosmos*, gut sichtbar, leicht zu entziffern, haltbar, uninteressiert an Sperenzien und Sensationen. Solche Gedanken verfolgten

Marleen in ihrer Nische, während sie die Versalien K, Q und B aufblies, die *Tempi Novi* ultrafett, das ungeliebte Kind. Am Mittag traf sie Franz.

Sie drückte ihn an ihren Busen. Sie küsste ihn auf den Mund. Er grinste ein bisschen schief. Das war neu an ihm, eine Andeutung vorsichtigen Bedauerns um die Mundwinkel, ein Hauch von Vergeblichkeit.

Von der Metro gingen sie die Rue du Bac hoch – »weil die so herrlich laut ist«, wie Franz sagte –, bogen am Quai Voltaire ein und nahmen die Rue des Saints Pères zurück zum Boulevard St. Germain. Sie deuteten auf Straßenschilder, Einbahnstraßenschilder, die Namenszüge der Bäckereien, der Juweliere, der Antiquare; die Rauten der Tabak- und Presseläden. Eine Plakette an einer Postfiliale: Défense d'afficher.

»Und nun«, sagte Franz, der stehenblieb, »tun wir so, als wenn es all das nicht gäbe.«

»Was nicht gäbe?«

»Die Beschriftung der Stadt.«

Sie beschrieben einander nun die Häuserfluchten, die Höhe und die Farbe der Fassaden, die Fensterreihen, das zufällige Ornament der offenen und der verschlossenen Fensterläden.

Marleen: »Siehst du das rosa Haus, vor dem der weiße Lieferwagen …«

Franz: »Kein Lieferwagen! Es gibt noch überhaupt keine Autos!«

»Ach«, staunte Marleen. »Keine Autos! Briefkästen?«

»Ja.«

»Mülleimer?«

»Nein.«

»Telefonzellen?«

»Nein.«

Nachdem sie gründlich versucht hatten, sich eine Stadt reiner Baukörper vorzustellen, waren die bewegten Objekte dran. Lieferwagen ohne Beschriftung, Taxis ohne Taxizeichen, Busse ohne Werbung.

»Ziemlich trist«, sagte Marleen.

»Nicht weit von Irrenhaus«, sagte Franz. Sie lachten.

Sie holten sich Thunfischbaguettes, die sie auf der Straße aßen.

»Jetzt umgekehrt«, schlug Franz vor.

»Umgekehrt wie?«

»Es gibt nur die Beschriftung. Alles andere ist unsichtbar.«

Marleen blieb stehen; eine Olive rollte ihr davon, der eine Taube nachjagte.

Es dauerte eine Weile, bis das Bild erschien, die Stadt gläsern, die Beschriftungen schwebend, frontal und in ihren Fluchten, still und in Bewegung.

»Und Menschen?«, fragte Marleen.

»Keine Menschen«, sagte Franz.

»Kein Geräusch, stimmt's?«

»Absolute Ruhe.«

So standen sie da und sahen, was sonst niemand sah. Später blickten sie sich in die Augen; Franz ließ einen Finger über ihre Stirn laufen, die Nase herunter und über den Mund. Manche Passanten drehten den Kopf nach ihnen um.

Sie liegen auf dem Eisenbett im Mädchenzimmer, das Plumeau über ihre nackten Leiber gezogen, und gucken zur Decke auf, die gruselige Fissuren zeigt. An der Wand hängt eine Zeichnung, zwei Studien eines männlichen Gesichts. Franz hat kein Wort darüber verloren.

»Beschreib mir das Alphabet!«, sagt er.

»Wie das?«

»Ich bin Japaner und habe noch nie ein lateinisches Alphabet gesehen.«

»Das a ist eine Hohlform, aus deren hinterem Stamm …«

»… rückwärtigem …«

»… aus deren rückwärtigem Stamm ein Dach entsteht, das umgekehrt zur Schreibrichtung läuft.«

»Was ist denn die Schreibrichtung?«

»Von links nach rechts.«

»B.«

»Das b ist eine vertikal gestellte halbe Schleife. Wenn der Strich die Linie berührt …«

»Was für eine Linie?«

»Franz!«

»Wir haben in Japan keine Linie!«

»Die Linie trägt alle Buchstaben, so dass deren Unterseiten genau gleichauf liegen. Sie ist aber nur für den Gestalter da, im Buch ist sie nicht zu sehen.«

»Okay.«

»Der aufrechte Strich berührt die Linie. Die Ausbuchtung, der Bogen, reicht nur bis zu seiner halben Höhe und deutet in die Schreibrichtung. Das ist also nach rechts …«

»Der Japaner ist nicht blöd!«

Marleen gackert leise. »In der Handschrift sieht es etwas anders aus.«

»C.«

»Woher kann der Japaner denn unser Alphabet?«

»Hat ihm mal jemand aufgesagt. Der Japaner merkt sich alles. Also Vorsicht!«

»Das c wird auf halber Höhe begonnen. Man muss für die Breite eines Buchstabens Platz lassen, denn der Strich wird gegen die Leserichtung geführt.«

»Platz lassen?«

»Zum vorhergehenden Buchstaben!«

»Ach so.«

»… wird entgegen der Leserichtung nach links geführt, im Bogen nach unten, berührt die Linie und steigt dann wieder auf, aber wird nicht vollendet.«

»Das kann ich mir vorstellen«, sagt Franz. »Das a ist eine hohle Nuss mit Sonnenschirm. Das b ist eine Geisha, die auf dem Rücken ihr Öfchen trägt. Das c ist der geöffnete Mund eines kleinen Kindes.«

»Wie leicht das klingt«, sagt Marleen. »Und wie schwer es in Wirklichkeit ist.«

Schoß der Familie

Das Wochenende hatte sie mit den Kindern verbracht. Marleen war Teil des Haushalts der Jaccottets geworden, eingeweiht in die Vorlieben von Katie und David, in die Rituale von Pierre und Ann. Bald bediente sie auch die Waschmaschine, darin ihre eigene Wäsche und die der Familie. Sie kannte die Besitzstände im Badezimmer, Anns Duftfläschchensammlung, die Pierre für überflüssig hielt, und Davids Badewannenente, die Katie nicht anfassen durfte. Gelegentlich bediente sie sich bei den Tampons aus dem Schränkchen im großen Bad.

Kassel war ganz von ihr abgefallen, der Stundenplan, die Pfennigfuchserei, die Langeweile und die Einsamkeit. Paris war jeden Tag wie eine Reise, vom Dachversteck in die Brutkammer der Familie, von dort in die scheppernden Kolonnen der Pendler – das Atelier wie eine Lichtung im Wald. Immer machte sie zuerst eine Runde durch die Werkstatt und begrüßte Fränzi oder wer schon da war und noch nicht in die Arbeit versunken. Sie wollte Alain in eine Programmiererfrage verwickeln, aber an diesem Tag war Monique um halb neun allein mit der Citronique, deren kleiner Bildschirm in seiner Tiefe »Befehle« zeigte, irgendwelche unbegreiflichen Kürzel. Monique starrte in dieses kleine Aquarium der Zeichen, als sie sich zu Marleen wandte, die neben ihr stand; zwar erkannte sie Marleen, schien aber für einen Moment vergessen zu haben, wer sie selbst war.

»Hm, hm, … du weißt ja, ich bin an der *Tempi Novi* dran. Es geht um einen noch fetteren Schnitt.«

»75.«

»Nein, fetter.«

»85.«

»Ja, so wird er wohl heißen.«

»Okay-i.«

»Meinst du, dass man den Schnitt auch errechnen kann? Rein mathematisch, meine ich.«

»Ganz im Prinzip schon. Eine elektronische Matrix kann eigentlich alles. Allerdings sage ich dir jetzt schon: Es wird Passeraub nicht gefallen.«

»Dass wir das programmieren.«

»Nein, das ist dem egal. Ich meine die Belichtung, die dabei herauskommt.«

»Das kann sein. Aber du sollst die auch nicht *ihm* geben, sondern mir.«

»Okay-i. Am besten ist, du nennst mir eine Buchstabenfolge, die dir etwas bringt. Meistens arbeiten wir mit ›Rafenduks‹.«

»R-a-f-o-?«

»Nein, R-a-f-e-n-d-u-k-s.«

»Es wäre gut, wenn ein großes H und ein kleines o dabei wären.«

»Kein Problem. Ich finde etwas. Aber ganz auf die Schnelle geht das nicht.«

Marleen beschloss, nicht auf Monique zu warten. Sie zeichnete »Hono« neu und klopfte kurz vor Mittag an Passeraubs Tür. Er beugte sich über ihre Buchstaben, als gäbe es etwas zu essen. Es hätte nicht viel gefehlt, und er hätte daran geleckt. Er blickte nur kurz zu ihr auf, verschmitzt, nahm eine Schere und schnitt jeden Buchstaben aus. Es sah so aus, als führte er die Schere nicht ganz exakt, denn er nahm winzige Partikel mit, die als schwarze Sichelmonde, Halme und Haare auf seinen Schreibtisch fielen. Die ausgeschnittenen Buchstaben legte er in eine Schale, die er ihr gab:

»Das lassen Sie den Wendelin in Folie schneiden.«

Wendelin schnitt Folien mit einem Messer, das aussah wie

ein Stift. Um die Vorlagen nachzuschneiden, beugte er sich sitzend vor, seinen Bauch am Arbeitstisch quetschend, und korrigierte fortwährend den Sitz der Brille im schwitzenden Gesicht. Das Original, wie es von Passeraub gekommen war, klebte er auf eine weiße Unterlage. Die Folie, in die er die Form schneiden würde, fixierte er darüber. Es kamen eine ganze Reihe von Kurvenlinealen zum Einsatz, die er jeweils für Zentimeterstrecken nutzte; manches erledigte er freihändig, keuchend. Die rote Folie überreichte er Marleen schließlich mit einer galanten Geste. Dann versank er wieder in seinem Stuhl und schwitzte über dem nächsten Auftrag.

Als Marleen am frühen Abend ging, war Monique nicht mehr da und Alain belagert von Furrer und Stüssi.

Auf der Straße spürte sie ein Schaudern. Im Au Vide Gousse begrüßte sie der Kellner wie einen Dauergast. Er brachte ihr, ohne dass sie ihn bestellt hätte, den kleinen Milchkaffee. Unter die Untertasse schob er einen Umschlag. Darauf stand »M«. Marleen riss ihn auf. Sie fand eine beschriebene Seite mit einer Adresse als letzte Zeile: Franziskanerkonvent, Wohnheim, Sedanstraße 23, Hamburg. Die Postleitzahl fehlte. Darüber stand:

»Marleen, ach Marleen. Was man nicht darf, steht an den Wänden. Aber was man darf, was einer wie ich darf, ich weiß es nicht mehr. Deshalb fliehe ich vor Dir, ich muss das tun. Vergib mir. Ja, es gibt etwas, das uns verbindet. Das war von vornherein so, ich weiß. Für einen Augenblick, mit Dir, war die Zukunft zum Greifen nah. Ob Gott es so will? Ich bin ohne Zeichen und ohne Rat. Franziskus«

Sie wollte zahlen, aber der Kellner nahm das Geld nicht an.

Marleen behielt den Kopf aufrecht. Wie ferngesteuert lief sie von der Bibliothek bis nach Hause. Zu Hause, das war jetzt die Wohnung von Pierre und Ann, Dämpfe aus der Küche, wohltemperiertes Klavier. Der Schoß der Familie. Die Kinder löffeln dein Herz aus. Sie war schlaflos bis weit in die Nacht und wachte noch vor der rosa Stunde auf.

Sie verwarf ihre Bedenken und wühlte in den Papieren unter dem Bett, wo sie Simones Entwürfe gelagert hatte, unter dem Koffer, um sie wieder plan zu bekommen. Sofort sah sie, dass ihre Vorgängerin gescheitert war. In der Verstärkung war die Schrift ihr plump geraten. Sie hatte kein Auge gehabt für den graziösen Anteil der Geometrie. Die *Tempi Novi* war eine Schrift, die atmete. Das war es, was nicht verlorengehen sollte.

Marleen legte sich wieder ins Bett, fror, schlief schließlich dennoch ein, verschlief, bekam von Pierre einen Kaffee in der Küche und machte sich, anders als an anderen Tagen, zu Fuß auf den Weg. Es war weit nach Montparnasse. Schlierenhimmel, vage gelbliche Lichter, von beweglichen Blenden verschlossen zu Grau. Ein Herbstwind wie eine unsichtbare Wand, die gegen die Laufrichtung schiebt. Sie hatte sich angewöhnt, stolz zu gehen, Bauch und Brust raus, Schultern grade, lässig und flott ausschreitend. Über die Brücke, die Seine ein quecksilbernes Band, durch das dröhnende Saint Germain, mit Pauken und Trompeten nach Montparnasse. Aber sie nahm kaum etwas wahr von der Stadt. Vor ihren Augen standen sämtliche Zeichen der *Tempi Novi*, als wären es Teile eines gigantischen Mobiles, das sie durchschritt. Sie war angekommen im Labyrinth der reinen Form. Man musste wiederum das Lesen verlernen und nur die Buchstaben fixieren. Kratzte man den Sinn weg, erschien die reine Gestalt. Wendelin brachte vom Labor die belichtete Computerschrift, das Positiv. Er ließ das Blatt auf ihren Arbeitstisch wehen wie eine Feder. Marleen aber sah nicht, wie sie hätte sollen, die Schrift. Sondern sie las: Hamburgerfonts.

Wendelin sah, wie sie gefror: »Das hätte ich dir gleich sagen können, dass man ein Schriftmuster am Computer nicht errechnen kann.« Er stand noch eine Weile neben ihr, aber sie rührte sich überhaupt nicht mehr. In der Tat hatte Marleen Wendelin vergessen. Sie war mit ihren Gedanken in Hamburg, und da hing sie fest.

Es war schon Nachmittag, und Marleen flüchtete aus dem Atelier, sobald sie konnte. Am Abend musste Pierre nur fragen, wie es ihr ging, und sie sackte dort, wo sie gerade stand, zusammen. Er schleifte sie halb, halb trug er sie zum Sofa. Sie weinte, erst ganz still und später lauter, während Pierre sie unbefangen zuerst im Haar und an der Schulter streichelte, dann drückte, aufrichtete; Ann sah es von der Küche aus. Das war Pierres Stunde. Etwas im katholischen Urgrund, möglicherweise, Beichte, Segnung, Trost.

Der Rest der Woche war eiserne Routine. Marleen zeichnete zwanzig Zentimeter große Buchstaben auf eine Schriftlinie und dachte an nichts anderes mehr. Sie machte sich Schablonen, Doppel, Varianten. Sie vergrößerte den Computerausdruck dreifach am Kopierer und dekorierte damit die ganze Wand ihrer Nische. Sie würde den Hamburgerfonts anstarren, bis er nichts anderes mehr wäre als das, was er sein sollte, ein Beispiel. Sie würde eine Buchstabenmönchin werden, Konvent Passeraub, Paris.

Am Freitagnachmittag zeigte sie Passeraub die Entwürfe. Er nahm einige Korrekturen in den Bleistiftzeichnungen vor.

»Ja, so ist es richtig. Aber braucht es das?«

Marleen zögerte. Das hatte er, glaubte sie, schon einmal gefragt. Aber was hatte sie geantwortet? Sie schaute unwillkürlich auf das Kaufhaus gegenüber. Aber es brannte nicht. Sie sagte:

»Nicht unbedingt.«

»Eben«, sagte Passeraub. »Vollenden Sie es auf jeden Fall.«

Marleen sah ihn ungläubig an.

»Wissen Sie, die jungen Leute, Neu York, das Marketing, die machen einen einfach verrückt.«

Team Hamburg

Vier Personen in einem Raum, italienisches Mobiliar, Parkett dunkel und glatt. Zwei Männer von hinten gesehen, zwei von vorn, alle sitzen. Zwischen denen, deren Gesichter zu sehen sind, steht ein milchiges, randloses Gegenlicht, das von einem Fenster herrühren muss. Der Teetisch in der Mitte des Quartetts hat zwei große Speichenräder auf der einen Seite und einen Griff auf der anderen, die Karikatur eines bäuerlichen Vehikels. Von den zweien, die man erkennen kann, ist einer bärtig, ergraut, mit einem Krakelee im Bereich von Nase und Stirn: Weisheit und Amusement. Der andere ist blond und schmal, mit einem energischen Mund, der im Vergleich mit seiner beginnenden Kahlheit umso ungewöhnlicher wirkt. Er trägt eine randlose Brille. Der Kahle ist sehr viel jünger als der mit dem Bart. Es liegt eine gewisse Spannung in dem schwarzweißen Foto dieser Viererrunde.

Auf der Doppelseite, es ist ein Interview, ist dieses Bild oben links platziert. Ein weiteres, kleines Foto ist auf der rechten Seite in den Text eingelassen. Es zeigt grau und verschwommen einen Mann beim Meditieren oder jedenfalls am Boden sitzend in einem einfachen Kostüm, um den Hals eine Kette mit dem Portrait eines Mannes, der ihm ähnelt, langhaarig und bärtig. Die Bildunterschrift verknüpft beide Fotos, die hochglänzend gedruckt sind, über die Doppelseite hinweg: »Schuller, van Turnhout: Wer sagt, dass es nicht möglich ist, Werbung … / … als immateriell zu betrachten«.

»Kennen Sie den?«, fragt Furrer und legt das Magazin, aufgeschlagen, auf Marleens Arbeitstisch. Sie betrachtet das Bild links, dann das Bild rechts, liest die Bildunterschrift.

»Kennen wäre vielleicht zu viel gesagt.« Furrer grinst wie ein Lausbube und überlässt ihr das Magazin.

Herr Schuller, Sie verunsichern die Werbebranche. Sie halten sie für bequem und veraltet.
Schuller: Sie ruht sich auf ihren Pfründen aus, das ist richtig. Die Agenturen sind zu groß geworden, zu unbeweglich, geldgierig. Wir wollen zweierlei: Uns den Kunden öffnen und gleichzeitig Öffentlichkeit herstellen. »Tricks« interessieren uns nicht.
Herr van Turnhout, mit Team Hamburg sind Sie, mit zweiunddreißig Jahren, zum ersten Mal Mitinhaber einer Agentur. Wie sieht Ihre Zukunft aus?
Van Turnhout: Rosig. Wir haben geringe Kosten und viele Ideen. Außerdem sind wir zuversichtlich, was Hamburg betrifft.
Warum sind Sie, als shooting star der Branche in Düsseldorf, nach Hamburg gegangen?
Van Turnhout: Wir wollten raus aus dem Klüngel. In Düsseldorf ist Werbung zum Showgeschäft geworden. Frankfurt wäre schon realistischer gewesen. Aber Hamburg ist größer und hat die besseren Gestalterschulen. Es braucht immer junge Leute, wenn es vorangehen soll.
Deshalb ist Ihre Partnerschaft mit einem zwanzig Jahre älteren Werber erstaunlich.
Van Turnhout: Ja, Petrus … hat den richtigen Ansatz. Er ist eigentlich gar kein Werber, er ist ein Denker.
Obwohl Poona nicht gerade als Schule des Denkens bekannt ist.
Schuller: Weil wir griechisch gepolt sind, instrumentell, rhetorisch, fixiert auf den Staat. Es gibt nur wenige Versuche im 20. Jahrhundert, Gesellschaft neu zu begründen, und der Aschram von Poona war der interessanteste, ein west-östlicher Divan, schwebend.

Eine Erfahrung, die Sie, Herr van Turnhout, nicht teilen. Haben Sie etwas verpaßt? Steigen Sie demnächst aus?
Van Turnhout: Gewiß nicht. Ich wollte immer schon Werbetexter sein und sonst gar nichts.
Sie, Herr Schuller, haben offensichtlich nicht mit dem Bhagwan Shree Rajneesh gebrochen, obwohl Sie den Namen, der Ihnen gegeben worden war, nicht mehr führen. Ist Ihre Vorgeschichte für Ihre Kundschaft nicht ein wunder Punkt?
Schuller: Meine Vorgeschichte ist die, daß ich kurz vor Kriegsende in eine Eliteschule der Nationalsozialisten aufgenommen wurde. Dort zwang man uns, während Deutschland rundherum zusammenbrach, in einen Lügenkult. Niemand war so hilflos bei Kriegsende wie wir, die Jüngsten, aus einem pechschwarzen Nest gefallen, gebrochen.
Sie wollen doch nicht sagen, daß Sie dreißig Jahre später Ihre Agentur, Ihre Familie, Ihr Land verlassen haben, um in Poona »Demokratie zu wagen«?
Schuller: Es gibt Dinge, die die Demokratie nicht lösen kann und auch nicht soll oder muß.
Nämlich welche?
Schuller: Alle eigentlich, die die Persönlichkeit betreffen. Sehen Sie, mir ist das widerfahren, der Nazikrempel, ich habe es mir nicht ausgesucht. Das kam über einen Onkel von mir, der zweiter oder dritter Mann im Gau war; mein Vater war ganz und gar dagegen, aber ein aufrechter Katholik konservativer Prägung hatte nicht viel zu sagen im letzten Kriegsjahr. Deshalb war die Erfahrung doppelt schmerzlich und hat zu einem Schweigen in der Familie geführt. Ich habe, wie viele, aber nicht alle in der Bundesrepublik, versucht, durch Aufstieg und gute Laune zu kompensieren. Erst im Aschram bin ich zu mir selbst gekommen.
Sie mußten 92 Rolls-Royce vor Ihrer Nase geparkt bekommen, um dem Materiellen zu entsagen?

Van Turnhout: Gerade das leuchtet mir ein. Es ist die Gegenüberstellung von Marke und Image. Der Ashram ist keine Marke, Rolls-Royce aber schon. Intelligenter hätte man nicht ausdrücken können, daß erstens Geld da ist, das zweitens nicht gebraucht wird. Wer sagt, daß es nicht sogar möglich wäre, Werbung als immateriell zu betrachten?
Schuller: Sie ist es.
Das Image von Poona war sicher sehr wirksam. Die Übersiedlung des Aschram in die USA scheint jedoch nicht vollends zu glücken. Wird der Bhagwan bald Kunde Ihrer Agentur?
Van Turnhout: Warum nicht?
Sind Sie, Herr Schuller, ein Poona-Dissident?
Schuller: Es war ein Lebensabschnitt, eine Lehrzeit, im Modus der Selbstfindung. Jede Reise hat einmal ein Ende. Tatsächlich bin ich zum katholischen Glauben – zum Glauben meines Vaters, der allerdings nicht mehr lebt – zurückgekehrt.
Was war in Ihrer Düsseldorfer Zeit Ihre wichtigste Kampagne?
Schuller: Die wichtigste, aber eben auch enorm erfolgreiche Kampagne war die für *o.b.* Sie müssen heute niemandem, auch keinem Mann erklären, was das ist. Die Schwierigkeit der Durchsetzung lag aber nicht bei den Männern, sondern bei den Frauen, den Müttern, die selbst an Binden gewöhnt waren und den Mädchen den Umgang mit Tampons nicht vermitteln konnten. Deshalb haben wir eine Beratungskampagne gestartet, mit sehr viel Text, aber wir haben auch bewegende Bilder gebracht, um Mütter und Töchter gleichzeitig zu erreichen. Das hat geklappt.
Mußte man dafür Katholik sein?
Schuller: Vielleicht schon. Es gibt einen gewissen Kult um das Blut, und diesen galt es zu überwinden.
Herr van Turnhout, da müssen Ihnen als Protestant mit niederländischem Hintergrund doch die Ohren schlackern.
Van Turnhout: Sie haben ein zu enges Konzept von Werbung.

Man muß auch kein Kriegstreiber sein, um in einer Broschüre die Vorzüge des Leopard II darzustellen.

Was wäre denn ein weniger enges Konzept?

Van Turnhout: Werber müssen wissen, in welcher Gesellschaft sie leben. Diese Gesellschaft verändert sich, und wir als Werber sind mittendrin. Wir sollten uns als Agens begreifen und nicht als reine Dienstleister, glückliche Parasiten oder Selbstdarsteller mit gigantischen Budgets.

Sie meinen, Sie können mit Hilfe von Werbung die Gesellschaft verändern?

Schuller: Man kann ihr Bilder mitgeben, in denen sie sich selbst erkennt.

Texte auch?

Van Turnhout: Witzig, daß Sie das fragen. Klar, »Nicht ganz der Elephant« ist vielleicht nur ein flotter Spruch und bestens geeignet, das Publikum von zehn bis siebzehn an ein Schuhhaus zu binden. Aber ein Slogan ist auch ein Gradmesser für Humor, und ich bin froh, daß die Hamburger Jugend ihn weitergetragen hat auf den Schulhof, so wie den neuen Typus von Schuhen, die Hybridschuhe, auch.

Sie haben sich, als Agentur, nach Hamburg benannt. Warum?

Schuller: Das schien uns das geeignete Mittel, um uns auf die Landkarte zu setzen, buchstäblich. Team Hamburg ist als Idee groß genug, steht aber nicht im Verdacht des Größenwahns.

Van Turnhout: Eine gewisse Rolle spielte auch die Freude darüber, daß einem das niemand verbieten kann. Ich erinnere daran, daß »Die Zeit« das Bremer Wappen in der Titelleiste führt, weil Hamburg sich für eine Leihgabe oder Lizenz des eigenen Wappens zu schade war.

Wollen Sie klein bleiben, oder soll es »Teams« rund um den Globus geben?

Schuller: Wir sind schon jetzt nicht mehr wirklich klein. Es kommt darauf an, welche Kräfte uns zuwachsen.

Van Turnhout: Anders als andere Agenturen haben wir es darauf angelegt, sehr schnell wachsen zu können oder auch wieder zu schrumpfen. Ein Hinweis darauf sind unsere Arbeitsplätze, die aus fahrbaren Containern bestehen. Kein Mitarbeiter hat einen festen Platz. Wir sind Arbeitsnomaden. Je weniger festgelegt ist, desto schneller sind wir auch im Geist. Dieser Raum, in dem wir uns besprechen, ist die Ausnahme. Aber auch hier gibt es, wie Sie sehen, keine Hierarchie.

Sie wollen also nicht nur dem Kunden dienen und in die Gesellschaft eingreifen. Sie wollen auch die Werbung selbst verändern.

Van Turnhout: Ja, aber nicht über den Art Directors Club.

Sondern?

Schuller: Über die Werbung, die wir machen. Wir sind in Deutschland noch lange nicht dort, wo die Amerikaner sind. Die bauen Marken auf und pflegen sie. Wir erfinden Markennamen und laufen dann mit diesen dem Zeitgeist hinterher.

Van Turnhout: Deutschland ist immer noch ein Land der Ingenieure, die das Schicksal der Unternehmen bestimmen bis weit hinein in die Aufsichtsräte. Man denkt, wenn das Produkt gut ist, wird es sich schon durchsetzen. Deshalb glauben viele Amerikaner, Heineken wäre ein deutsches Bier. Ein wirklich deutsches Bier kennen sie gar nicht.

Schuller: Sogar ein deutsches Nachrichtenmagazin soll erkannt haben, daß es ohne eine klare Darstellung nach außen seinen Marktanteil nicht halten kann.

Was war das erste, was Sie dem SPIEGEL *geraten haben?*

Schuller: Die Ära der Anonymität ihrer Autoren zu beenden. Dadurch ist der Mythos des SPIEGEL-Stils entstanden, eine Art Branchengeheimnis, der jetzt aber, in Zeiten höherer Individualisierung, dem Magazin mehr schadet als nützt. Jeder Autor ist eine Marke.

Werden demnächst Werber in der Redaktionkonferenz sitzen, um mitzureden, worüber berichtet wird?

Schuller: Sie sollten gar nicht erst glauben, daß Sie entscheiden könnten, worüber berichtet wird. Wenn Sie aber ein Kriterium hören wollen, dann würde ich Ihnen immer raten, jetzt über das zu berichten, was morgen Geschichte ist.

Zum Beispiel Sie.

Schuller: Hoffentlich.

Van Turnhout: Wer jetzt Anfang Sechzig ist, sollte in Frührente gehen. Denn es steht eine große Aufgabe bevor, allen, und zwar die Öffnung Osteuropas.

Die Sie sich wie vorstellen?

Van Turnhout: Als Ende des sowjetischen Imperiums in kommunistischer Gestalt. Das jedenfalls vermuten die Auguren der Efeu-Liga-Universitäten.

Was bedeutet das für Sie als Werber?

Van Turnhout: Eine riesige Herausforderung. Denn wir werden es mit Millionen von Menschen zu tun haben, die mit Waren eine sehr begrenzte und mit Marken fast gar keine Erfahrung haben. Sie sind vollgestopft mit »Antikapitalismus« und »Antifaschismus« – falsche Zwillinge –, und es wird mindestens eine Generation dauern, diese Blase, dieses Vakuum aufzulösen. Sie werden sich auf die Waren stürzen, aber die Marken dafür hassen, daß sie welche sind.

Dann sollte man, der zukünftig neuen Klientel entgegenkommend, die Marken vielleicht eher schwächen als stärken?

Schuller: Marken sorgen für Orientierung, sie sind wie Wegzeichen. Sie erkennen eine Stadt selten an ihrem Bild, viel eher an dem Schild, das am Stadtrand aufgestellt ist. Ich stimme da mit Boris van Turnhout vollkommen überein: Marken werden Teil der politischen Landschaft sein. Wie bedeutsam sie wirklich sind, wird man erst erkennen, wenn der Kalte Krieg endet.

Sie arbeiten am Ende des Kalten Kriegs?

Schuller: Ja. In Düsseldorf haben wir ihn, ohne es recht zu

wissen, durchaus geführt. Wir haben uns eingeigelt in unserer Idee des Westens, die auf – die teils auf – Verdrängung gebaut ist. Darum bin ich nach Deutschland zurückgekehrt, weil ich erkannt habe, daß es Aufgabe der Werbung sein wird, den Kalten Krieg zu beenden. Die Branche würde ihn lieber fortführen, fürchte ich.

Coca-Cola in Moskau?

Van Turnhout: Volkswagen in China.

Rolls-Royce in Ihrer Garage?

Schuller: Unwichtig.

Wir danken Ihnen für das Gespräch.

Flokati

Kein Kind hat eine Vorstellung von seiner eigenen Zukunft, weshalb die Frage »Was willst du denn mal werden?« so lustige Antworten hervorbringt. Kinder sind gebettet in Wünsche, wobei sie nicht unterscheiden zwischen den erfüllbaren und den unerfüllbaren. Eher zwischen geheimen und mitteilbaren. Kein Wort hat Marleen verlieren wollen über ihre Sendung, die darin besteht, die Welt mit einer Schrift zu beglücken, einer Schrift, die nicht stolz aussehen würde oder schwer, nicht zackig und schon gar nicht wie Schreibschrift; einmal aber hat sie sich verraten, als Ingolf in Gruiten war.

Ein Sommerabend, jener warme Hauch von Freundschaft, der bereits Kinder zu Liebenden macht: Ingolf – mit den Fransenshorts und seinem Wattebausch von Haar – vertraute ihr an, herabblickend in den stillgelegten Kalksteinbruch, dass er später einmal auf der Bühne stehen würde, als Sänger, und Marleen glaubte das sofort. Sie antwortete ihm, sie selbst wolle nichts weniger als angesehen werden, angestarrt. Viel lieber würde sie etwas erfinden, das überall in Gebrauch wäre, ohne dass irgendjemand darüber nachdächte.

»Wie der Kühlschrank«, riet Ingolf.

»Nein.«

»Wie das Telefon.«

»Nein.«

»Wie eine Zigarette.«

»Ja, ein bisschen wie eine Zigarette.«

Sie würde, flüsterte sie, und sie glaube, dass ihr das gelingen werde, eine Druckschrift schaffen, die so normal sei, dass sich niemand jemals fragen würde, woher sie stamme. Ganz locker und einfach. Wie Schreibmaschinenschrift vielleicht, aber nicht so persönlich. Ingolf sprang auf das Motiv unsichtbarer Ehre nicht an. Stattdessen fragte er:

»Wäre das dann so, dass auch *du* die lesen kannst?«, und obwohl er gleich danach versuchte, es auszubügeln, war dennoch nichts mehr zu ändern daran, dass er, der nicht einmal ein Instrument spielte, zu ihr gesagt hatte, sie könne nicht lesen. Was nicht ganz falsch war. Er hatte es schließlich als ihr Banknachbar zuerst bemerkt. Dort noch, am Steinbruch, beschloss Marleen, die Sache bis zu ihrer Realisierung für sich zu behalten.

Früh war Marleen sich bewusst, dass ihre Eltern die ganze Republik bespielten. Mama kritzelte Figuren, die dann Prospekte und Bücher bevölkerten, und Papa machte zwar nichts selbst, nicht wirklich, aber er buchte Anzeigen in Illustrierten, und wenn er das nicht täte, sagte er, würden die eingehen wie Primeln. Vielleicht könnte man die Eltern da noch übertreffen.

»Nein, nicht wie eine Zigarette. Eher wie Geld«, hatte sie zu Ingolf gesagt, bevor sie in das Schweigen fiel, das andauerte bis zum Ende der Schulzeit, als die Mutter sie irgendwann nach einem Berufswunsch fragte. So war die Idee, die Schrift für alle und für jeden Zweck zu erfinden, zur fixen Idee geworden, etwas, was sie still mit sich herumtrug, ein Vorrat oder ein Mantra. Noch mit sechzehn hatte sie keine Ahnung davon, dass Schriften zu entwerfen ein Beruf war. Sie dachte, sie würde die Schrift im Geheimen erschaffen, in einer Holzhütte mitten im Wald, zum Beispiel, und wenn es dann so weit wäre, die große Sache zu den Menschen zu bringen, würde sie nicht weiter in Erscheinung treten, noch besser ungenannt bleiben für immer.

In Kassel war sie sogleich Müller-Brockmanns Lehre des typografischen Gitters verfallen, eine Flamme, die Weingart behutsam abregelte. Zwischen Ordnung und Starrsinn bestand definitiv ein Unterschied. Weingart führte sie sanft, aber bestimmt zu den beständigeren Dingen, der Arbeit am Bleisatz, der Darstellung des einzelnen Buchstabens, der Kalligrafie, ahnend, dass sich hinter Marleen Schullers Beharrlichkeit ein dramatisches Temperament verbarg, der Wunsch, den Vorhang wegzureißen, um etwas Ungeahntes zu schauen. Er wollte sie nicht durch eine große Enttäuschung verlieren. Sie sollte langsam begreifen, dass hinter dem Vorhang nichts anderes lag als eine Bühne – aber auch hier wurde gespielt! Wie leicht konnte man im Irrgarten der Schriften den Mut verlieren. Franz hielt das Ganze für einen Bluff, Esme hielt es für biederes Handwerk, Hagen Kluess für den Schlüssel zum Porsche, und Marleen war nicht selten wütend auf Weingart, weil er ihr keine Antwort gab, weil er ihr nicht sagte, warum die Dinge auf der Welt so lagen, wie sie lagen. Weingart war der Torwächter auf der Schwelle von Wunsch und Wirklichkeit.

Marleen war gewiss nicht seine erste begabte Studentin. Immer wieder hatte er beobachtet, wie sich gerade die Begabten an der Hochschule und ihren Ritualen aufrieben und oft, bevor sie in den Beruf eintraten, innerlich schon aufgegeben hatten. Deshalb beschloss er, als Stüssi Nachwuchs suchte, Marleen in eine Typowerkstatt zu schicken, die er, Weingart, für eine der besten in Europa hielt. Furrer, aus der Ferne, ohne sie zu kennen, baute ihr die Brücke zu den Jaccottets. Für Marleen war nun Paris alles und Kassel nichts. Hier hatte Passeraub die *Tempi Novi* auf den Weg gebracht, und sie würde sich davon nicht erdrücken lassen, von der Größe dieses Mannes, sondern ihm zuarbeiten, bis das Projekt vollendet wäre: das der Schrift, die alles konnte, aber letztlich unsichtbar blieb.

Marleen ging auf dem Weg zur Arbeit, im Dezember, kurz zur Apotheke mit dem blinkenden Kreuz, das weckte Vertrauen, da musste man sich keine Sorgen machen. Irgendwie hatte sie erwartet, die Probe zurückzubekommen, vielleicht mit einem farbigen Papierchen darin. Stattdessen bekam sie einen kleinen, braunen Umschlag, den sie auf der Straße aufriss, wo sie unter einem Himmel von Vorahnungen stehenblieb. Es kam ihr vor, als wäre die Nachricht – das Kreuz an der falschen Stelle des Formulars: nicht nicht schwanger, sondern schwanger – riesig auf die nächstliegende Mauer projiziert. Eine bleierne Hand griff nach ihr, packte sie an den Haaren, ein Gör, ein lästiges Mädchen, ein Dreck: Du bist nicht das, was du denkst, das du bist; du bekommst nicht, was du willst; du bekommst, was du nicht willst. Und selber schuld bist du sowieso.

»Ça va?«

Da hatte doch wirklich eine Pariserin im Kostüm angehalten, ihren Regenschirm leicht nach hinten gestellt und Marleen gefragt, ob sie helfen könne. Sich schließlich verwundert abgewandt, als sie keine Antwort bekam. Jemand aus der Klapsmühle, dachte Madame vielleicht, also Vorsicht!

Zum ersten Mal in ihrem Leben hatte Marleen das Gefühl, völlig allein zu sein. Sie wusste einfach nicht, wen sie um Rat fragen konnte. Sie schrieb an den Konvent in Hamburg, das schon, aber es kam keine Antwort, nicht innerhalb einer Woche, und Marleen wusste, dass sie nicht würde warten können. Um, wie sagt man, eine soziale Indikation zu bekommen oder den Balg loszuwerden. Sie ging nicht mehr so flott. Ann sah das, Pierre schaute väterlich drüber hinweg; sein Instrument war das Cembalo. Marleen war in Frankreich nicht krankenversichert. Mama hatte sie gewarnt, in Kassel immatrikuliert zu bleiben. Mein Gott, so ein blutiges Dingens, warum hast du mich verlassen.

An Weihnachten und zwischen den Jahren schloss das Atelier Passeraub, Furrer und Stüssi. Die Jaccottets boten ihr an zu bleiben, baten sie sogar darum, weil man doch gerade in diesen Tagen Kinderbetreuung brauchte (die Konzerte, die Gottesdienste, die Einladungen zum Jahreswechsel). Und in der Pomona war ohnehin nichts mehr wie früher. Trotzdem beschloss Marleen, nach Neuss zu fahren. Mit Cristina über alles sprechen. Vielleicht.

Es hat doch Nachteile, Sichtbeton weiß zu streichen. Es blättert. Die Pomona 133 sieht nicht mehr so aus wie vor zwanzig Jahren. Der Teich ist ausgetrocknet, die Gehwegplatten zeigen eigentümliche Neigungen. Eine Terrassenrolltür lässt sich nur noch unter Gefahr öffnen und schließen. Die Bewohner sind nicht mehr dieselben, drei Zimmer an englisch sprechende Studenten der Verfahrenstechnik vermietet, wobei die beiden Schotten bereits in ihre Heimat gereist sind, als Marleen ankommt. Der häufigste Besucher ist Valli. So nennt Lore den Kaplan Valentin, der allerdings schon lange kein Priester mehr ist, sondern wieder Arzt, und zwar an den Städtischen Kliniken. Linus wirft ab und zu seine blonde Tolle aus dem Gesicht. Der dritte Student stammt aus Südafrika und fliegt für den Jahreswechsel nicht zurück. Er, der hochgeschossene Junge mit Zügen von Tintin, bewohnt das große Zimmer, das sich früher Marleen und Cristina geteilt haben. Mit ihm verbringt Cristina ihre Nächte. Diese Art des Daseins entspannt sie sehr.

Marleen wälzt das Telefonbuch und stellt fest, dass die Beratungsstellen so kurz vor Weihnachten geschlossen sind, mit Ausnahme der »Mütterberatung« in Krefeld. Sie leiht sich den Citroën, über den Rädern rostrote Gerinnsel, und sitzt um 10:32 Uhr, wie die Uhr an der Wand anzeigt, einer Schwester im Ordenskostüm gegenüber. Die heißt leider Johanna. Marleen weiß, dass sie dieses Gespräch hinter sich bringen kann, wie sie möchte: Sie braucht nur am Ende die Bescheinigung, dass es stattgefunden hat.

Schwester Johanna bedauert, dass »ein Kind« der heiligen Kirche verlorengegangen sei. Damit meint sie nicht den Fötus in Marleens Bauch, sondern Marleen selbst.

»Ich würde gern wissen, wer der Vater ist«, sagt die Schwester. Sie hält dabei einen Kugelschreiber in der Hand. Warme Augen hat sie.

»Ich weiß, wer der Vater ist«, sagt Marleen.

Die Schwester zögert. Sie vermeidet alles, was nach Konfrontation klingt.

»Darf ich fragen, ob er Katholik ist?«

»Oh ja, das ist er.«

Marleen ärgert sich über sich selbst. Was geht diese Frau das an?

»Dann kann ich mir nicht vorstellen, dass er sich mit der Idee eines Aborts anfreunden wird.«

Sie sagt Abort statt Abtreibung. Auch wenn die Schwester die zweite Silbe betont, denkt Marleen dabei an ein Klo. Sie ist sich plötzlich nicht mehr sicher, was die Bescheinigung betrifft. Ist es so, dass nur die Beratung bescheinigt wird – man ist beraten worden, und damit ist dieser Schritt abgehakt –, oder ist es so, dass sie auf dem Plan der Abtreibung bestehen muss und dieses auf einem Formular angekreuzt wird? Sie muss, soweit es Gründe braucht, vorbringen, dass sie auf sich gestellt sei und in Paris, zurzeit, mit einem Kind nichts anfangen könne. Sie lässt den Kopf hängen und sagt gar nichts.

»Es wird heute jungen Müttern allerhand Hilfe angeboten«, sagt die Schwester. »Sowohl von staatlicher als auch von kirchlicher Seite.«

»Ich wohne als Deutsche in Paris. Niemals komme ich von dort aus an Kindergeld.«

»Das müsste man klären. Sie sind doch erst in der fünften Woche, wenn ich Sie richtig verstehe. Aber auch in der fünften Woche ist ein Kind im Mutterleib als solches zu erkennen. Und wenn das Kind bei Ihnen aufwächst, bedenken Sie das, wird es nicht danach fragen, ob Sie hier waren oder dort, ob Sie arm waren oder reich. Es wird einfach froh sein, unter Gottes Himmel wandeln zu dürfen.«

10 Uhr 55 auf der Uhr des Citroëns.

Das Auto schlägt auf die Straße, als sie es vom Bordstein rollen lässt. Die Fahrerin hat vergessen, die Hydraulik abzuwarten. Das holt sie jetzt nach, die Karosse zur Straße geneigt, langsam sich hebend. Schief und in der Luft. So ähnlich fühlt sich Marleen.

Sie hatte Johannas Zimmer bekommen, ganz früher Papas Arbeitszimmer, aber so nannte es keiner mehr. Ihr war, als schwebten gleich zwei Schwestern mit im Raum, die Schwester Johanna aus Krefeld und die leibliche Schwester Johanna, die das christliche Weihnachtsfest in Tel Aviv verbrachte, um die Familie ihres Verlobten kennenzulernen, verbunden mit einer Wendung in ihrer Geschichte religiöser Passion. Marleen versuchte zu schlafen. Sie hatte das erste Mal das Gefühl, dass da etwas war. Weil sie dir das einreden, dachte sie. Sie machen den Fötus zum Kind, und das Kind, null Hirnbetrieb, nichts, zum liebreizenden Kleinen, damit du nicht tust, was du tun willst. Na ja, willst. Was du vorhast. Wo es dich hintreibt. Was deine Bestimmung ist. Bestimmung? Bin ich dabei, verrückt zu werden?

Sie hörte Stimmen. Unter sich und nebenan und von weiter weg. Man hört immer die Frauen, dachte Marleen, was ist mit den Frauen, dass sie es alle Welt wissen lassen müssen. Dieses Ah und Oh und Ja und Aua. Die lauteste war die jüngste, die Waldorfschulfreundin von Linus. Dann war da das Rufen von Cristina. Und in der Ferne, was über die Hofbegrenzung vom Atelier zurückkommt: Das ist Mama. Ich komme zu Weihnachten nach Hause, und das Haus ist ein Bordell. Sie hielt sich die Ohren zu, aber dadurch wurden die Schreie lauter. Um Himmels willen, sagen wir. Marleen, du bildest dir das ein.

Beim Frühstück stellte sich heraus, dass die Wohngemeinschaft dem Haus guttat. Linus, der sich einen »aufgeklärten Konservativen« nannte, wurde gefoppt von Cristinas Lover, der ihm sagte, dass er dann der erste wäre. Valli machte sich lustig über die katholische Kirche. Er sagte, sie betrachte ihn für immer als ihr Kind, er aber leugne die Vaterschaft. Dabei schaute er Marleen auf eine bestimmte Weise an. Der Schatten aus der Waldorfschule, Babs, war behende in der Küche und überhörte alles, was bösartig klang. Sie passte nicht zu Linus. Es geht wieder nur ums Poppen, dachte Marleen. Bei Tageslicht besehen, war sie noch nicht einmal dagegen. Zumal sie niemand mehr in die Kirche nötigte. Mama und Valli gingen zu einem protestantischen Gottesdienst, der schon um vier stattfand, weil es nur mit Kindern richtig voll wurde. Cristina nutzte die Gelegenheit, um sich mit ihrem Verehrer einzuschließen. Marleen lag auf dem uralten Flokati – so ein Drecksding! – vor dem Fernseher und wälzte ihr Unglück. Am zweiten Weihnachtsfeiertag nahm sie die S-Bahn nach Köln und von Köln den Zug nach Paris.

Dort wartete, auf der Kommode im Flur bei den Jaccottets, ein Brief von Franz. Marleens Herz raste, während sie zur Kammer hinauflief. Diese gestochene Schrift. Da stand nicht »Marleen …«, da stand »Liebe Marleen« und »Ganz Dein Franz«. Sie raufte sich die Haare. Sie weinte ein bisschen, bevor sie las, zur Vorbeugung.

»Liebe Marleen,

ich habe beschlossen, in den Dienst der Kirche einzutreten, und ein Gelübde der Keuschheit abgegeben. Schon vor Paris. Du, ich glaube es so sagen zu müssen, hast mich verführt. Das kannst Du. Ich habe mich gefragt (während das geschah), wozu es gut sein soll, weil alles, und sei es im letzten Winkel, sein Gutes hat.

Es ist nicht möglich, zu Dir zurückzukehren. Ganz im Gegenteil, ich werde Dich meiden müssen. Das Kind aber ist der Sache Sinn. Ich werde mich den väterlichen Pflichten, was Geld angeht, nicht entziehen. Mir ist völlig klar, was das alles für Dich bedeutet. Und ich würde Dich bitten, Dich nicht an mir zu rächen; in der naheliegenden Weise, meine ich. Es würde mir das Herz brechen. Ganz Dein Franz«

In der Küche traf sie Ann, die allein war. Marleen, verweint, versuchte nichts zu verbergen. Ann, anders als Pierre, berührte sie nicht. Sie saß ihr gegenüber und hörte zu.

»Ich höre dich«, sagte sie mehrmals, als sprächen sie über Funk miteinander.

Zum Silvestergottesdienst der deutschen lutherischen Kirche waren erschienen: die Jaccottets komplett, Passeraub mit den fast erwachsenen Töchtern, Furrer mit seiner äthiopischen Frau, Fränzi Lüthi mit ihrer Schwester. Die Predigt hielt Pastorin Passeraub. All das war neu für Marleen, die, am Ende ihrer Tränen, nahezu willenlos, zwischen David (mit Bärli) und Furrer (»mein Ex übrigens«, flüsterte Ann ihr ins Ohr) in der zweiten Reihe saß. Man dankte Gott und pries ihn für seine weisen Entscheidungen. Einmal drehte sich Passeraub in der ersten Reihe um und sah Marleen lange an. Sie wusste, dass sie nie diesen Glauben teilen würde. Aber es war ein offenes Angebot. Sie würden sie nicht fallenlassen. Nicht mit Kind. Das war die Bedingung. Es war der Vorabend ihres dreiundzwanzigsten Geburtstags.

Tête

Marleen ging nicht mehr zu Fuß zur Arbeit und sie machte sich auch nicht mehr viel aus Schriften an Wänden. Sie kam sich durchsichtig vor, als könnte man in ihrem Leib den fischstummen Embryo mit den riesigen Augen sehen, so wie auf den schwedischen Fotografien. Sie fühlte sich überhaupt angeschaut, von Passanten, Kollegen, Boten, als stünde ihr das Geheimnis, das Geheimnis der Erwachsenen, auf die Stirn geschrieben. Sie selbst beobachtete nun die anderen Frauen mit den gespannten Bäuchen, was ihr bisweilen ein verschworenes Lächeln einbrachte, das sie, so gut es ging, erwiderte. Aber es wurde dadurch nicht besser. Sie vermisste Franz Tag und Nacht.

Sie wurde von grausamen Träumen heimgesucht, als würde sie einer Inquisition unterzogen. »Du bist doch schwanger«, sagten sie.

»Ja«, erwiderte sie, »ich bin schuldig geworden.«

»Du träumst von einer eigenen Schrift, nicht wahr?«

Sie schwieg.

»Sprich!«

»Aber ich will doch nur …« Jemand verpasste ihr eine Ohrfeige.

»Du willst sein wie Passeraub! Du dummes Luder!«

Schweißnasses Erwachen.

Passeraub hatte lateinische Schriften studiert und sie nachahmend in Stein gehauen. Er hatte sie in Holzblöcke geschnitzt und von Hand gestempelt. Er hatte den Bleisatz erlernt und schnell beherrscht – schneller als das Auge, wie Furrer sagte. Und dann war er, seine ganze kleine Schweizer Handwerkswelt hinter sich lassend, nach Paris gegangen, um mit Terreau & Racine Schriften für den Fotosatz zu entwerfen, schon die *Kosmos* ein Universum. Der Fotosatz war damals eine große Erfindung gewesen, eine Maschine, die Buchstaben so schnell auf einen Film blitzte, wie man die Tastatur zu bedienen wusste. Eigentlich nur ein Kasten mit Linsen und Prismen; Mikroskop, Kamera, Dunkelkammer, Telex, alles zugleich, aber nicht zu verstehen, weil lichtdicht verschlossen. Die Schriften mochten darin wohl in Trommeln oder auf Rädchen rotieren, eine Art Jukebox der Lettern. Passeraub hatte die Dimension der Erfindung begriffen: dass man in diesen Apparat alles hineinpacken konnte, was man wollte – Schriften aufgehoben in einer stufenlosen Matrix für alle Zwecke. Der Fotosatz wurde unvermeidlich, eingesetzt in allen Zeitungen, Agenturen, Satzbetrieben und Druckereien, vor allem, weil man den Schriftenfilm mit Fotofilm kombinieren konnte. Terreau & Racine, ehemals eine Schriftgießerei, lieferte nicht mehr Lettern, sondern Bilder von Lettern, Negative, miniaturisierte Archive. Da erschienen die ersten Lochkartenmaschinen wie Saurier im Vergleich. Fast dreißig Jahre lang hatte es so ausgesehen, als wäre der Fotosatz unschlagbar effizient.

Die Insolvenz von Terreau & Racine, wenige Jahre vor Marleens Eintritt ins Atelier, hatten Passeraub, Furrer und Stüssi überlebt. Bald war Passeraub – wie ein Phönix aus der Asche, sagte Furrer – bei den *International Office Machines* unter Vertrag genommen worden. Während Millionen von Sekretärinnen, Setzern, Grafikern und Korrektoren mit den Systemen kämpften, einsam wurden, verlacht, gekündigt, hatte Passeraub sein Handwerk und seine Weisheit hier zusammen- und dort wieder ausgepackt, ein Wanderer, ein Schlitzohr, mit allen Wassern gewaschen.

»Nun starren Sie doch nicht auf das Ding«, hatte er einmal zu Marleen gesagt. Sie hatte ihn nicht einmal fragen müssen, was er meinte, es wäre ohnehin sinnlos gewesen. Er hätte es einfach wiederholt, möglicherweise sogar im Dialekt und mit einem Blitzen in den Augen. Sie hatte ihn beobachtet in den folgenden Tagen, bis sie begriff, dass er nicht wirklich Buchstaben betrachtete, sondern das, was sie umgab, und das, was sie aussparten – so wie die besten Fotografen im Sucher ihrer Kamera das Negativ sehen, im Weißen das Schwarze.

Passeraub, auf seine kauzige Weise, hatte ihr die Tür geöffnet, hinter der sich alles, aber auch wirklich alles, als Gegenteil des Konkreten zeigte, als Spiegelung, Hohlraum, Fläche, Verhältnis von zu; und die Buchstaben waren nicht mehr als Gäste darin, den einen Tag herzlich aufgenommen und den anderen Tag gleichgültig rausgeworfen. Es gab keinen Grund, Buchstaben zu lieben. Es gab auch keine schönen Buchstaben und keine hässlichen, nur eine Folge von richtigen oder eine Folge von falschen, und Passeraub sagte immerzu ja und nein, dazwischen war nichts, einfach gar nichts.

In diese Lage hatte er sich gebracht aus eigener Kraft. Was mit zwei Händen zu machen war, hatte er getan; für den Rest gab es immer kluge Helfer, ständige und flüchtige. Alain nannte ihn scherzhaft »Passé«, weil es Passeraub gleichgültig war, was hinter der Taste F5 oder F8 verborgen war, wie man ein System konfigurierte oder für eine Anwendung zurechtstutzte. Alain war spät eingestellt worden, weil niemand sonst bereit gewesen war, den Arbeitstag vor einem schwarzen Glas zu verbringen mit einem brummenden Kasten neben dem Knie. Er hatte Grafik studiert und sich im Mac eingefuchst, und als sich zeigte, dass die Welt des Mac rasch größer wurde, kam Monique dazu. Sie hatte von der ersten Klasse an Boole'sche Algebra gelernt, »ganz mein Ding«, bekannte sie, die kaum die *Optima* von der *Kosmos* unterscheiden konnte. Passeraub sah darüber hinweg, ein weiser Meister, nicht mehr die Spur von einem Schweizer Bauernbuben, der er einst gewesen war.

Noch war nicht klar, was Marleens Aufgabe sein würde. Der Arbeitsplatz einer Zeichnerin, keine Tür, kurz vor dem Klo. Gehalt eher bescheiden. Wenn man mal ehrlich war. Und der Rat, der kam, war nicht immer der erhoffte. Einmal, im Frühjahr, wurde sie zu Fränzi ans Telefon gerufen. Das war Simone, die fragte, ob am Arbeitsplatz eine Swatch liegengeblieben sei, so eine schwarze, minimalistische.

»Oh ja«, antwortete Marleen, »die liegt bei mir, nur ist die Batterie inzwischen leer.«

Aber das war nicht alles. Simone wollte wissen, wie es aussehe in Paris und bei Passeraub und …

»Sag mal, Marlene …«

»Marleen.«

»Sorry, Marleen. Sag mal, du hast es aber nicht auf dich genommen, die *Tempi Novi* in Ultrafett auszuführen?« Das Du war vielleicht etwas schroff, da man sich nicht kannte, klang aber im alemannischen Tonfall schmeichelnd.

»Doch, das habe ich gemacht«, antwortete Marleen.

»Du meinst, dass er das akzeptiert hat?«

»Dass er was akzeptiert hat?«

»Eine Ultrafett.«

»Er hat sie doch selbst in Auftrag gegeben.«

»Natürlich, aber … Ich habe neulich die *Tempi* verwendet, für ein Buch. Und bei der Gelegenheit habe ich nach der Ultrafett gefragt. Die Antwort war nein, die gäb' es nicht.«

»Ja, das kann sein. Die Markteinführung der Schnitte muss nicht gleichzeitig erfolgen.« Marleen war entschieden, den neutralen Ton durchzuhalten. Egal, was die am anderen Ende von ihr wollte. Sie stand schließlich mitten in der Werkstatt, an Fränzis Arbeitsplatz.

»Du bist ja mutig.«

War sie mutig? Marleen zögerte. Da hakte die andere nach.

»Ja, ich habe mich schon bemüht«, sang Simone in blumigem Hochdeutsch. »Aber die haben mich ins Messer laufen lassen! Passeraub hat die Ultrafett schon haben wollen, das ist richtig, aber der Stüssi hat mich gar nicht unterstützt, im Gegenteil. Ich bin froh, dass ich jetzt Buchumschläge mache – die haben nicht die Möglichkeit, Entwürfe zurückzuweisen, nur weil ihnen das Geld aus den Ohren lampt.«

Marleen dachte an die Entwürfe, die sie aus dem Mülleimer gerettet hatte bis unter ihr Bett. Sollte sie dieser Simone einfach sagen, dass es ihr an Begabung fehlte? Dass Stüssi immer höflich und oft auch ziemlich witzig sei?

»Ich habe mich da durchgebissen«, sagte Marleen. Die andere stutzte. Das konnte ein verdecktes Eingeständnis sein.

»Ich glaube nicht, dass sie Frauen dort wollen!«

Marleen machte mehrmals höflich »Mmh, mmh«, ließ die Anruferin reden und nutzte deren nächste Atempause, um zu sagen, dass sie die Uhr sofort verschicken würde, was Marleen auch tat, mit dem nagelneuen Logo der Boutique RIEN auf einer Postkarte. Die Copyrightzeile las sich, winzig: »Schuller / Atelier PSF«.

Rainer Stüssi erschien im Atelier immer im Anzug, kleinteilige Muster, Budapester Schuhe, Fliege, das einst blonde Haar nur noch als Kranz vorhanden und kurz getrimmt. Obwohl die Teilhaber keine offiziellen Funktionen, keine Titel hatten, war Stüssi der erste Ansprechpartner für die Kunden, im Französischen flüssig, im Englischen vokabelreich. Er merkte sich Namen, Produkte, Umsätze. Er hatte ein feines Sensorium für den Grad der Schwierigkeit. War eine Sache schwer überschaubar, verlangte er schwindelerregende Honorare, war sie eine Angelegenheit von zwei Tagen, preiste er sie demonstrativ auf den geringsten Stundensatz. Er telefonierte viel und zeichnete wenig.

Niklas Furrer hatte mit Stüssi studiert. Furrer war ein glühender Anhänger der grafischen Moderne gewesen, hatte jede Seite nach Raster gebaut, Text im Flattersatz, immer die *Kosmos,* Bilder exakt auf Spalte beschnitten (ein-, zwei-, dreispaltig, nie größer). So war das Optimum der Lesbarkeit zu erreichen, davon war er überzeugt, Lesbarkeit im Redaktionellen, im Behördlichen, in der Werbung, da gab es keinen Unterschied. Der Mensch wurde beschenkt durch Lesbarkeit, denn Lesbarkeit war demokratisch, für alle, für alle aufgeklärten Menschen, die, wenn sie nur radikal genug wären, kollektiv zur Kleinschreibung wechseln würden: kleinschreibung, flattersatz, raster, demokratie. Und so weiter, Furrer hielt noch immer solche Reden, wenn man ihn ließ, Kunstgewerbeschule 1962, diese Lektion würde ihn nie mehr verlassen. Der Abstand zu dem, was er im Atelier wirklich entwarf, war bereits groß und wurde größer, denn Niklas Furrer war ein Spieler, ein Zeichner, ein Mann der täglichen kleinen Freuden, Ausnahmen und Doppeldeutigkeiten, daher diese eulenhaften, warmen Augen. Man verstand seine Scherze kaum, er nuschelte etwas zwischen Hochdeutsch und Dialekt. Alles, was man an ihn herantrug, wurde sogleich Gestalt, in der Mittagspause auf Papierservietten gekritzelt. Er konnte Buchstaben zeichnen, die gähnen, und Buchstaben, die winken. Deshalb liebten ihn prosperierende kleine Firmen, deren Signets er aus dem Ärmel schüttelte, überhaupt nicht mehr Schweizer Schule.

Es häuften sich Anfragen von Boutiquen aus der Rue Mouffetard. Die jüngste hatte sich auf schmal geschnittene, schwarze Kleidung, glänzende Stiefeletten und nietenbesetzte Gürtel kapriziert, halb London, halb Tokio: Tête sollte sie heißen. Furrer ließ das Schreiben der Eigentümer, mit einer Fotokopie des ersten Warenkatalogs und einem Foto des Geschäfts – Fensterfronten links und rechts einer stählernen Tür –, auf Marleens Schreibtisch liegen. Sie dachte eine Weile über das Wort nach und fand heraus, es lief wie »Otto«, vorwärts wie rückwärts, bis sie ihren Lesefehler bemerkte. Es war die Doppelung einer Silbe, mit dem Schönheitsfehler des Dachs über dem ersten »e«. Das Dach war aber gut, verstanden als Giebel. Sie probierte. Bei Furrer hatte sie sich abgeschaut, wie man das machte, Varianten schnell nebeneinandersetzen und nichts korrigieren. Ihr geriet das Dach zu groß, so dass es einen Stützbalken brauchte, das ergab zusammen das T, ein Häuschen. Sie ließ die beiden »e«s drunterschlüpfen wie Tauben. Das ergab zwar nicht das Wort »Tête«, aber ein kompaktes Symbol. Am nächsten Morgen führte sie es im Detail aus und brachte es zu Furrer.

»Ist sehr schön geworden«, sagte der und zeigte es Alain, der raten musste, was es darstellte – »Keine Ahnung!« –, durchgefallen. Marleen musste wieder ran und setzte das Wort TETE als schmales Band darunter. Furrer zeigte es Stüssi.

»Das ist schon gut, aber sie verkaufen weder Dächer noch Zelte. Es sieht zu häuslich aus, und auch ein bisschen witzig. Ich glaube, diese Punker nehmen sich schrecklich ernst. Da ist nichts mit lustig. Vor allem muss es wichtiger aussehen, als es ist. Konzernformat. Wie Fiat oder Sony.« Marleen fragte, ob sie den Entwurf an Furrer zurückgeben könne, und der: »Warum das?« Sie wusste nicht warum und blieb also dran.

Unbeschäftigt zu sein oder auch nur zu wirken kam in diesem Betrieb nicht in Frage. Der pausbäckige André mit seinen Versuchen über Western-, Halbwelt- und Jahrmarktsschriften; Wendelin, wie er belichtete Entwürfe mit einer riesigen Lupe prüfte (»Das nenne ich aber nicht randscharf!«); Fränzi, die, wenn sie nicht telefonierte, mit der Kugelkopfmaschine Rechnungen hämmerte. Marleen wäre in der Tat gern, jedenfalls einmal am Tag, im Atelier herumspaziert, um jedem über die Schulter zu schauen und zu fragen, ob es vorangehe (und vor allem was!). Dafür hätte sie Praktikantin oder Boss sein müssen, Praktikanten aber gab es in dieser Werkstatt nicht.

Marleen war gezwungen, ihren verfrühten Eintritt in die calvinistische Geschäftigkeit als Vorteil zu betrachten; ein Jahr Arbeit, ein Jahr Gehalt, das war die Abmachung. Fränzi gab den Angestellten (nicht den Teilhabern) am letzten Freitag jeden Monats Schecks aus, die Stüssi, und wenn Stüssi auf Reisen war, Passeraub selbst, unterzeichnete. Dessen Signatur war fahriger, als man für möglich hielt.

Die *Tempi Novi* in Ultrafett zu übersetzen, war für Marleen ein kurzes Abenteuer gewesen, ein Stochern in der Grammatik des Buchstabens, das sie komplett in Anspruch nahm, so sehr, dass sie sich selbst vergaß. Leider war die Aufgabe jetzt erledigt, und Passeraub zeigte keine Neigung, sie weiterhin mit ungeliebtem Kniffligen zu beschäftigen. Einmal hatte sie eine Eingebung und dachte, sie müsste einfach eine halbe Stunde früher kommen, ihren Schreibtisch in Passeraubs Arbeitszimmer verfrachten und dann sich weigern, wieder abzuziehen. Johanna hätte das so gemacht.

So kam es, dass die corporate identity für Kleinstunternehmer in ihre Nische spülte, zwei Aufträge pro Woche und mehr. Buchstaben in Logos zu zwingen kam ihr vor wie Kindergarten für Hochbegabte. Erwünscht war eine bestimmte Mischung von Artigkeit und Rabaukentum, Analphabetismus und Bilderrausch. Man konnte sich darin nicht versenken wie in die echte Typografie, die Konstruktion von Alphabeten. Denn Logos und Signets brauchten Ideen, der Spleen war gefragt, die Montage nur noch Technik. Es war Niklas Furrer gewesen, der bemerkt hatte, dass Marleen, bei aller Strenge, ein Händchen für so etwas hatte.

Einen Nachmittag nahm sie sich frei, um das Ladengeschäft von Tête zu besichtigen. Die Gründer waren kaum älter als sie selbst. Einer hatte sich eine Silbernadel durch einen Nasenflügel gesteckt. Die Couturière trug einen ledernen Minirock, am unteren Ende gesäumt mit Ösen rundherum. Das

Ladenlokal war fast fertig, die Oberflächen wurden geschliffen. Erst jetzt begriff Marleen – hatte sie den Auftrag nicht Satz für Satz gelesen? –, dass es nicht nur um Geschäftspapier und Einkaufstüten ging, sondern auch um das Schild über dem Eingang, das sich die Clique, euphorisch, als emaillierten Klotz vorstellte, der zur Straße querstehen würde. Aber was hieß schon Schild:

»Das muss stehen wie ein Messer!«

»Wie eine Kamera, die die ganze Straße erfasst.«

»Das Ding muss so sexy sein, dass die Leute phantasieren, sie würden bei Nacht wiederkommen und es abmontieren.«

Das waren die Vorstellungen der Belegschaft, die ausschließlich aus Chefs bestand, alle in schwarzer Kleidung, schmal geschnitten, mit Nieten und Ösen.

Marleen fragte: »Seid ihr so was wie Punks?«

Grinsen: »Wieso, kotzen wir auf die Straße?« (Der junge Mann flüsterte fast!)

»Nous sommes New Wave«, sagte die Lady, wobei die englischen Worte klangen, als kämen sie durch eine Düse.

Marleen übernahm die Kinder gegen sieben und hatte sie gegen halb acht im Bett, dann Janosch, dann ihr Atmen, halb weggeschluckt vom Rauschen der Straße da unten, und das Tick-Tick war die untaugliche Leerrille einer Platte, die die Jaccottets vor dem Weggehen gehört hatten.

Sie setzte sich an den Küchentisch, nahm Notizblock und Kuli und zeichnete ihren Entwurf nach, das Dach über den beiden »e«s links und rechts. Weg damit. Variante: nur ein ê, das Dach riesig. Dach ist Kopf, Kopf ist Dach! Ihrer Mutter würde das gefallen. Weingart würde sagen, das ist gut gefühlt. Glaubte Marleen. Im nächsten Moment kam es ihr kindisch vor.

Sie sah sich die Küche an, die saubere Kollektion der Messer, das geprägte Firmenlogo auf der Kühlschranktür, die altertümliche Riffelung des Transistorradios. Sie machte die Runde zu den Betten der Kinder: Katie schlummerte unter den Blüten ihres Bettzeugs; David schnaufte in inniger Umarmung mit dem Bärli.

Als sie in die Küche zurückkam, sah sie das gerahmte Bild. Nie zuvor hatte sie es beachtet. Es war eine Schwarz-Weiß-Aufnahme als Poster, der Name des Fotografen darunter feierlich ausbuchstabiert. Es zeigte einen Jungen, der fröhlich, von zwei gleichaltrigen Mädchen beobachtet, eine Kopfsteinpflastergasse hinuntersprang, unter dem Arm ein Baguette. Sie trat näher heran. An der Hausecke war sogar das Straßenschild zu erkennen: Rue Mouffetard. Plötzlich war sie hellwach.

Auf dem Kühlschrank lag ein Baguette im Halbschatten, das in der typischen Weise schnabelte. Marleen setzte sich an den Tisch und zeichnete den Bogen nach. Das gefiel ihr, wie das abhob. Sie ergänzte das schwebende Dach mit einem vertikalen Balken zum »T«. Darunter schob sie wieder die beiden »e«s. Jetzt war es kein Haus mehr und kein Kopf – die Figur eines Athleten, vielleicht. Schön, aber noch nicht zu entziffern. Sie stellte das »eTe« auf ein Rechteck, ein Band, in das sie den vollen Namen in breitgezogenen Lettern setzte, im Negativ. Das tiefschwarze Band verwandelte sich in eine Straße, auf der ein Athlet sich näherte. Sie musste an die Zeichnung einer schwarzen Katze denken, die sich mit hochgestelltem Schwanz vom Betrachter entfernt, auf der Jagd. War das nicht auch ein Motiv aus Paris? Marleen erlaubte sich ein Glas vom Roten. Sie aß vom Baguette. Als die Jaccottets zurückkamen, war sie über ihren Entwürfen eingeschlafen.

»Ein wenig rätselhaft darf es sein«, sagte Furrer. »Die bildliche Kraft ist entscheidend.«

»Vor allem ist es irgendwie frisch«, gab Stüssi zu. »Halb Körper, halb Maschine. Sie müssen die ›e‹s noch schmaler führen, eckiger, fieser. Und gehen Sie nicht selbst hin, um es zu zeigen, schicken Sie einen Boten mit dem Entwurf auf Folie, nicht zu klein, tiefschwarz, scharf wie eine Klinge.«

Zwei Wochen später war der junge Journalist wieder da. Er beglotzte Marleen durch seine riesige Brille. Sie saß in ihrer Nische, über einen handgeschriebenen Schriftzug gebeugt. »Nur eine kleine Überarbeitung«, sagte sie. Er notierte es. Mit dem Weitwinkel machte er ein Foto von ihr, auf sie hinunterblickend.

Es war Mitte April, als die Zeitschrift kam. Sie zeigte drei schwarz-weiße Signets, RIEN, Tête, agnès b., und ein Bild von Marleen in ihrer Nische, die aussah wie ein Gewölbe. Das alles auf einer unteren halben Seite. Durch das Weitwinkel erschien ihr schmales Gesicht noch schmaler, während der Bauch in der Bildmitte saß wie ein Ball. Der Text, in unterschiedlichen Schriftstärken, war um die Bilder gemauert, auf Englisch, Französisch und Deutsch:

»Wer die rasante Stadterneuerung östlich des Boul' Mich' beobachtet, kennt die frischen, lichten, lauten Boutiquen wie Tête, Le Peuple Vert, RIEN und Bad Taste Lounge – ein Hauch von London hält Einzug in Paris. Die besten Signets kommen von einer jungen Deutschen, deren messerscharfe Skizzen den Imprint von Passeraub, Stüssi und Furrer tragen. Ausgebildet bei Tomas Weingart, verknüpft sie den Beat des New Wave mit der schmiedeeisernen Solidität des Art déco. Paris war schon immer reich an kommerziellen Zeichen von hoher Definition, aber das Logo von Tête ist nicht weniger als das Schmuckstück der Rue Mouffetard geworden, halb schwarzer Block im Aufmarsch, halb Superman landend, ein Typo-Werkstück, das in jeder Größe seine Kraft entfaltet, bis in die Miniatur eines Preisschilds. Marleen Schuller, 23, blickt mit feurigen Augen in die Zukunft, oder jedenfalls in die Ferne, während die Rundung in ihrem nicht so kleinen Schwarzen (by agnès b., deren Logo für den japanischen Markt sie gerade überarbeitet hat) von einer näher gelegenen Mission kündet. Chapeau!«

Auf ihrem Schreibtisch fand sie einen Grand Cru. Der konnte nur von Stüssi sein. Stüssi war es, der die Laune hochhielt, Lobenswertes lobte, Entwürfe aushängte, Geburtstage nicht vergaß; ein Kurzportrait in der Fachpresse, in diesem Fall. Aber Marleen wusste, dass solche Aufmerksamkeiten nicht selbstlos gemeint waren. Stüssi war der Manager der Werkstatt, er konnte Arbeitsplätze schaffen oder streichen. Er schnitt die Abteilungen zu auf ihre Aufgaben. Er besuchte sie an ihrem Arbeitsplatz, den guten Moment auskostend, und ließ sie wissen:

»Wenn Sie wirklich so versessen sind auf typografische Basisfragen, dann müssen Sie nur da rüberschauen.« Er wies mit seinen Augen durch die Glaswand auf die Citronique, an der zwei Gestalten klebten. »Unsere Branche ist ziemlich nachlässig gewesen, was Speichermedien betrifft. Aber die Gutenberggalaxis ist nicht unendlich. Alles, was wir können – was Sie können, Marleen –, muss am Ende niedergelegt sein in Programmen. Was unser Gewerbe brauchen wird, sind Leute, die tief ins Elektronische schauen, die die Möglichkeiten dessen kennen und trotzdem das Handwerk noch beherrschen. Denken Sie mal drüber nach.«

Man war durchaus fair gewesen, sie für ein Jahr zu bestellen. Nur, dass der Zeitpunkt der Entbindung mit einem der letzten Arbeitstage zusammenfallen würde. Sie musste an Nördlingen denken, wo man irgendwann aufgehört hatte, ihre zukünftige Abwesenheit zu erwähnen. Vielleicht hätte sie die milde Form des Unglücks wählen sollen, Uli Steidle heiraten, *Sie welle zoohle?* Damals hatte sie nein gesagt. Aber hatte sie jetzt ja gesagt? Wie war es dem Schicksal gelungen, Macht zu bekommen über ihre Bestimmung? Sie hatte es geschafft, ihre Schwangerschaft zu ignorieren (Vitamine rauf und Rotwein runter, das schon), aber vor allem hatte sie sich eingelebt, konnte inzwischen auf Französisch antworten und verstand sogar das Schweizerdeutsch. Sie war dem Typopfad gefolgt bis dorthin, wo er eng wurde, wo man wusste, dass man nichts wusste, und jenseits dessen hatte sich eine Stadt aus Buchstaben aufgetan. Merkwürdig, wie hart man erst gegen sich selbst werden musste, um nicht mehr zu vergessen als man lernte. Kaum zu fassen, dass sie beim Lesen im Französischen weniger stolperte als im Deutschen: Haben die einfach die besseren Schriften? Quatsch, das muss etwas mit dem Spracherwerb zu tun haben. Allein der ganze Fernsehmüll, den wir uns als Kinder reingetan haben, dass das erlaubt war, und wahrscheinlich habe ich schon mit acht geahnt, dass Papa stiften geht, und habe deshalb schief durch meine Brille geguckt. Plötzlich fiel ihr Ingolf ein, der Junge mit dem Afro und den Fransenshorts. Ihr wurde warm im Bauch.

Antoine wurde am 8. August 1988 im Diakonissenkrankenhaus geboren, Paris, 12. Bezirk. Man hatte Marleen nicht lange zureden müssen, damit sie die neue Betäubung über das Rückenmark akzeptierte. Das Krankenzimmer war nicht klimatisiert, aber Antoine schien die Sommerhitze nichts auszumachen. Und Marleen gehörte jetzt zu jenen Menschen, die wenig Gelegenheit haben zu fragen, wie es ihnen selber geht.

In der Woche drauf war sie schon wieder im Atelier, Antoine schlafend in einer Schlinge vor dem Bauch tragend. Sie wurde empfangen wie höherer Besuch, die Arbeit blieb liegen, die Telefone wurden nicht mehr abgenommen. Furrer überreichte ihr den Gehaltsscheck für den abgelaufenen Monat. Passeraub kam aus seiner Glaskabine, berufsuntypisch strahlend, während Antoine den Meister oder ein Licht in seinem Rücken extraterrestrisch beglotzte.

Marleen ließ sich das alles gefallen. Auf ihrem Schreibtisch fand sie die Anfrage an PSF für die Gestaltung eines Straßenmagazins: Die Boutiquen stellen sich vor. Ein Logo war gefragt, das nicht nach altem Paris aussah und keinen Kiezmuff verströmte. Ob sich nicht Mademoiselle Marlène damit befassen könnte, falls sie nicht schon ihr Kind bekommen habe, wozu man dann gratuliere. Marleen ließ sich in den fünfbeinigen italienischen Drehstuhl zurücksinken, dessen wie ein Frack verlängerte Rückseite sie federnd auffing.

Sie gab Antoine die Brust, der mit der Berührung die Augen schloss. Sie betrachtete die Vorstufen vergangener Entwürfe an der Wand ihrer Nische, die Rue Mouffetard in allen möglichen Varianten, und immer noch die alten Ausdrucke von Hamburgerfonts in der *Tempi*. Etwas später spürte Marleen einen Schatten vom Gang her. Sie drehte den Stuhl, bis sie erkennen konnte, dass es Monique war. Die stand da, stumm, und sah der Mutter zu, wie das Kind an ihr saugte. Marleen mit ihrer Lesebrille wirkte, als wäre sie ihrem Arbeitsplatz nur für Minuten ferngeblieben.

»Alles gutgegangen?«, fragte Monique.

»Ich glaube schon«, sagte Marleen.

Antoine hatte sich zurückgelehnt und die Augen geöffnet. Monique nahm seine linke Hand und prüfte die winzigen Finger.

»Das sind die Ziffern.«

»Ja richtig«, sagte Marleen, »eins bis zehn.«

Monique lächelte nachsichtig. Marleen machte keine Anstalten, ihre feuchte Brust zu verbergen.

»Im Prinzip schon«, hauchte Monique. »Null bis neun.«

Ein Umweg

Wie warm es war im September, wie heiß unter der Mittagssonne zwischen den Blechkisten, die eine Modellschau all dessen abgaben, was in Detroit vom Band gelaufen war zwischen 1963 und 1981; das jüngste Auto war acht Jahre alt. Kjell fragte den Verkäufer zweimal, ob er glaube, dass »der Blaue« eine Fahrt von drei Tagen überstehen würde, aber schon die Probefahrt war überwältigend gewesen. Der Delta 88 war eines jener großen Autoschiffe, schwer, schwankend, stark, das Lenkrad mit einem Finger zu bewegen, die Bremsen prompt, die Schaltung automatisch. Das Heulen in fünf oder sechs Tonlagen beim Anfahren ging über in ein fast unhörbares, aber spürbares Pochen, das Herz eines Riesen. In den großen Scheiben zog die Stadt Austin vorbei, ein Bilderbogen.

»Wow, die Siebziger«, sagte Hans, als der Wagen vorfuhr.

Seine Sachen waren unvollständig gepackt. Kjell versenkte die Koffer im Kofferraum, die darin verschwanden wie Handtaschen, und trug den Rest einzeln raus, das Auto rückwärts geparkt vor dem fensterlosen Seiteneingang eines zweistöckigen Hauses jenseits der Gleisanlagen. Sie verließen die Wohnung wie Amerikaner, mit schmutzigen Tellern auf dem Tisch, Erdnussbutter im Schrank und zwei Wochen Mietschulden.

Die Dobro, silbrig glänzend, lag auf dem Rücksitz. Hans dirigierte Kjell in die vierte Straße, bat ihn, neben dem Musikhaus zu parken, und hieß ihn, die Gitarre zu nehmen und tausend Dollar zu verlangen.

»Das musst du machen. Ich versteh' nichts davon«, sagte Kjell.

»Ist besser so, bestimmt. Guck mich an. Ich bin nichts

mehr wert.« Da war etwas dran. Hans sah aus, dass man sich fragte, wozu er tausend Dollar brauche. Für einen Sarg?

People's Music führte oben die Instrumente und das Equipment, im Souterrain die Musik. Kjell verkaufte erst die Gitarre und besorgte dann einige 8-tracks, Tonbänder in Plastikgehäusen von der Größe eines Buchs, sieben Stück in einer schwarzen Plastiktüte, die er im Handschuhfach versenkte. Dann ging es los.

Noch in Texas wurde es dunkel, die Billboards schienen größer in der anbrechenden Nacht. Kjell fragte Hans, was er glaube, wie man so eine Landschaft nenne, Steppe oder Tundra. Hans sagte, er wisse das nicht. Aber er habe einmal ein Buch besessen, noch als Kind, in dem ein Junge in eine Stadt hätte ziehen müssen, mit den Eltern, und was er dort vermisst hätte, sei die Prärie gewesen. Deshalb habe er sich, als sein Geburtstag kam, »ein Stück Prärie« gewünscht und die Enttäuschung sei groß gewesen, als er es nicht bekam. »Deshalb habe ich das auch nie vergessen. Weil man als Leser doch hätte wissen müssen, dass man eine Landschaft nicht versetzen kann; aber trotzdem, weil der Junge es sich so sehr wünscht, hält man es selbst für möglich.«

»Eine Fata Morgana«, sagte Kjell, aber er kam nicht dazu, den Einfall zu erläutern, denn er hatte den idealen Diner am Rand der großen Straße gefunden, mit Sitzgruppen, die hintereinander aufgereiht waren wie in einem Eisenbahnabteil. Sie waren mittlerweile im südlichen Oklahoma, und aus der Jukebox dröhnte ein stählerner Countryhit. Die Bedienung riet ihnen freundlich ab, zwei kleine Portionen vom Kohlsalat zu bestellen, was begreiflich wurde, als die eine kam, ungefähr ein Kilo in der Schale. Kjell aß mit großer Lust einen gewaltigen Burger, Hans fast nichts. Erst als Kjell beim Zahlen ein Bündel Hundertdollarscheine auffaltete, fragte ihn Hans, wie viel er für die Dobro eigentlich bekommen habe.

»Elfhundertfünfzig«, sagte Kjell.

»Donnerwetter, wie hast du das gemacht?«

»Fünfzehnhundert verlangt.«

»Du bist echt der Sohn eines Geschäftsmanns.«

»Unbestritten«, sagte Kjell. »Können wir von dem Geld tanken?«

»Ja, natürlich. Es wäre aber gut, wenn genug übrig bleibt für das Ticket nach Schweden.«

Kjell sah Hans an, im harten Licht, das vom Diner auf den Parkplatz fiel. »Kannst du fahren?«

»Denk' schon«, sagte Hans. Dann bollerten sie weiter. Kjell neigte seinen Sitz zurück, der eigentlich ein Sessel war, blaues Kunstleder, justierte den Gurt nach, so gut es liegend möglich war, und fiel in den Landstraßenschlaf, dessen Rhythmus der der Lichter ist, die das Auge, das geschlossene, erreichen. Irgendwann, mitten in der Nacht, gab es einen dumpfen Schlag, ein Rumpeln unter den Rädern, dann stand der Wagen; fahle, gerupfte Büsche im Scheinwerferlicht. Kjell schrie, Hans war stumm, den Fuß auf der Bremse, die Gangschaltung noch in Drive. Kjell legte sie um auf P, öffnete den Verschluss des Gurts, drückte die mächtige Beifahrertür auf und schrie noch einmal, denn in der Dunkelheit, jenseits des roten Schotters, von dem er nur eine Handspanne sah, tat sich ein Abgrund auf, aus dem ein kalter Wind blies. Er warf sich über Hans' Beine, um die unter dem Lenkrad versteckte Handbremse zu ziehen, drehte den Schlüssel um, dann wieder halb zurück wegen des Lichts, fand die Warnblinkanlage nicht, hieß Hans aussteigen – aber nicht zum Straßenrand gehen –, stieg über die Schaltung weg auf den Fahrersitz, umarmte draußen Hans, der schlotterte, und besah sich dann das Auto von vorn. Im rechten Kotflügel war eine fausttiefe Delle und ein langer Kratzer dahinter. Das rechte Vorderrad stand auf dem äußersten Rand der befestigten Straße. Das

Auto schwankte, als ein Mack-Lastwagen vorbeizog wie ein Haus auf Rädern.

Das war kurz vor Tulsa gewesen. Unbedingt hatte Hans über Tulsa fahren wollen, wegen irgendeines Musikers, der von dort stammte. Den Rest von Oklahoma und den ganzen Weg durch Arkansas lag er auf dem Rücksitz des Wagens, gegen den hellen Himmel des Automobils starrend, der wie ein Schirm die Lichter der folgenden, der entgegenkommenden und quer zur Fahrtrichtung stehenden Autos auffing und mischte wie die Palette des Malers, der sein Leben dem weißen Bild verschrieben hat. Im Neonnebel eines Truckstops sah Kjell ihn an, wie er da lag, die Wangen schon eingefallen und mit einem Hauch von Grau, die Lippen schmal und farblos, die Stirn wie ihre eigene Nachformung aus Gips. Was war er doch für ein prächtiger Junge gewesen, stark, schnell, ein Tänzer; damals noch mit langen Haaren, ein Klempnersohn aus Knäred, angelandet in Lund, unzufrieden oder noch nicht am Ziel.

Kjell hatte seinen Eltern eines Tages mitgeteilt, er habe das Souterrainzimmer einem Kommilitonen gegeben, Student der Psychologie, und da hatte es begonnen, das andere, das schnellere Leben. Ob Kjell nun Jungen liebte oder Mädchen, Hans war allemal das größere Wagnis, dem musste man erst einmal die Dorfangst löschen und das Tapetenmuster aus dem Kopf pausen. Was hatte der für einen wundersamen Trieb, der, als er es raushatte, sichtbar wurde im Gang, in der Drehung des Kopfes, in der Haltung der Hände. Welche Überraschung, dass er passiv war, dass er genommen werden wollte, geschaukelt wie ein Kind; der feminine Teil noch nicht eindeutig, nicht vor New York. Erst waren sie nach Stockholm geflüchtet, die ersten dunklen Bars, anfangs fremd die Riten unter Fremden. Bald hatte Hans rebelliert. »Du denkst, du hast mich gemacht, aber das ist Quatsch«, hatte er gesagt, böse, funkelnd. Aber es stimmte. Es war natürlich das Geld aus

Lund gewesen, Kjells guter Wille und seine Neugier auch: So war es möglich, die braven Pfade der Universitätsstadt zu verlassen, abzutauchen in der Unter-, Neben- oder Gegenwelt der Hauptstadt, bevölkert von Strichern, Theaterleuten, Studenten der Kunstakademie, Politikern bis in den dritten oder auch den zweiten Rang. Hans musste einmal durch die Hölle, die für ihn keine war.

Bei Little Rock hatte Kjell eine Wachmachertablette geschluckt, die ihn weiterzog bis in den Morgen. Erst als es dämmerte, wagte er, eine Musikkassette einzulegen. Sie waren unterwegs im Grenzgebiet dreier Bundesstaaten und zweier großer Flüsse und deren Nebenarme, ein Sumpfgebiet, das von Straßen und Brücken zusammengehalten wurde, ein Spinnennetz. Hans, jetzt auf dem Beifahrersitz, die ersten Strahlen der Morgensonne in seinem Gesicht, kalter Schweiß, ein bitteres Lächeln,

»Du weißt, dass das Plastikmusik ist?«

Kjell grinste. Er mochte nun einmal Lieder, die über Orchestermusik gesungen waren.

Dass Hans ein Ohr hatte, war zuerst einem Stockholmer Komponisten aufgefallen, dessen Musik klang wie Möwenkreischen über Gotland, unterlegt mit dem Wummern der Werkshallen von Trollhättan. Er mochte den Jungen, nahm ihn in seine Altstadtwohnung mit, füllte ihn mit Champagner ab, bevor er ihn vernaschte, und am Morgen wurde Hans verzärtelt und bewirtet wie ein junger Gott. Der Komponist verriet ihm, er suche – zwar nur ein kommerzieller Auftrag und ihm eigentlich lästig – die Titelmelodie für eine Fernsehserie, die von einem charmanten Gelegenheitsdieb handeln solle, und Hans sah in den Spiegel, in dem ihm ein ungewaschenes, spitzbübisches Gesicht erschien, und pfiff dem Komponisten eine Melodie, ein finnisches Kinderlied, das er von seiner Mutter kannte, dem er einige frivole Schlenker hinzufügte.

Der Komponist hieß ihn schweigen, machte eine Notennotiz mit Filzstift auf dem Küchentisch und dankte ihm zwei Monate später mit einem Replay jener Nacht und einem Scheck über fünfzigtausend Kronen.

Für Hans, dessen musikalische Früherziehung im Empfang gelegentlicher Backpfeifen bestanden hatte, war all das eine Entdeckung, eine einzige, so wie manch andere Schnaps und Liebe gleichzeitig entdecken und dann nicht mehr voneinander unterscheiden können oder wollen. Er verbrachte die nächsten Monate als Mädchen für alles in einem Studio bei Stockholm, in den Männerbars der Altstadt, in deren Hinterzimmern, mit Kjell bei Konzerten im Kulturhaus und in der Oper. Hans wusste nur so viel, dass er kein Musiker werden würde, denn er sang nicht besser als richtig, und für den Rest war es zu spät.

Kjell, nun schon mit glasigen Augen, war von der Autobahn nach Nashville eingebogen, war über den Fluss gerollt, er dachte für einen Moment, man könne das Blubbern dieses riesigen Motors als Vibration in den Scheiben der Geschäftshäuser sehen, auf die sie sich zubewegten. Sie richteten sich im Holiday Inn ein, das wie eine Burganlage am Westrand der Innenstadt klebte, schliefen bis in den frühen Abend und machten sich dann auf ins Ryman Auditorium, wo ein behuteter Countrysänger aufspielte, meistens up-tempo, mit einer Bassbegleitung als Herzmassage. Kjell hatte dessen Namen noch nie gehört, und er hätte auch nicht schwören mögen, dass ihm das gefiel, die kupferne Stimme, das Knödeln, die punktgenau auf Steigerung gebauten Harmonien. Aber Hans war in seinen Sitz gesackt, die Nerven angeschlossen an die Pedal-Steel-Gitarre, die ihre quecksilbrigen Ströme durch seinen Körper jagte. Kjell konnte nicht anders, als bei der Zeile »If my time on earth were through« Hans anzusehen, der seinen Blick auffing, ohne zu verstehen.

Damals, als sie gerade in Manhattan angekommen waren, hatten sie viel über Musik geredet, die erste Station eine Bruchbude in der 98. Straße West und dann ein Loft an der Ecke West Broadway und Broome Street, an dem sie, obwohl es inzwischen mehr als das Doppelte kostete, festhielten bis zu diesem Tag. Es war die Zeit der Ledermänner gewesen, und die Ledermänner liebten Klaus Nomi, entflammt, als er lebte, und abgöttisch, als er tot war. Kjell schrieb sich an der NYU ein, Hans wurde Mikrophonspezialist in einem unbedeutenden, aber ausgebuchten Studio in Brooklyn. Kjell hatte Hans und Hans hatte die Piers. Manchmal kam Kjell mit, als Freund oder Voyeur, das unglaubliche entfesselte Schauspiel von Männern im Halbdunkel mit Masken und Lederhosen mit seltsamen Aussparungen, nichts daran Zufall, sogar SS-Runen auf der Haut, ein Rausch von Symbolen, die Schmerzgrenze nach oben offen; fremd war nicht fremd, sondern neu; wo einer schlappmachte, richtete sich der Nächste auf, ein Phalluskarussell. In den Nächten, in denen Hans allein nach Haus kam, verlor er kein Wort, die Augen feucht vor Schmerz oder vor Glück; mit Daiquiri in die Badewanne. Spät am Abend spielte er dann *Stand by Your Man* aus der Boombox, dreimal, viermal, laut.

»Was hast du Schwuchtel bloß mit den Jodlern der Rednecks?«

»Du verstehst wirklich nichts, Kjell, gar nichts.«

»Dann müsstest du auch Abba toll finden.«

»Tu ich auch. Lachsrogen aus der Tube, klasse!«

Hans hatte also Kontakte gemacht und war dann, mit zweiundzwanzig Jahren, nach Nashville gegangen, wo er als Koproduzent eines Hoffnungsträgers – der richtige Mann unter dem falschen Hut oder der falsche Mann unter dem richtigen Hut – sein kleines Vermögen einbüßte, von alten Männern mit weißen Mähnen Dinge im Studio lernte, von denen man in Brooklyn noch nie gehört hatte. Dennoch entging ihm nicht, dass er gemieden wurde, bespöttelt, Knäred light. Da alle Musiker mit dem Auto nach Nashville kamen, war ihm klar, dass er nur aufspringen musste, um Amerikaner zu werden, verlorenzugehen in Boulder, Omaha, Santa Fe, aber dann war es ein Produzent aus Texas, der ihn aufgabelte: »Nashville ist natürlich super profimäßig, aber der Spirit ist trotzdem nicht mehr ganz der alte. Die wirklich beste Stadt für Musik ist jetzt Austin, und übrigens, da schauen sie auch nicht herab auf Jungs wie uns. Wir schreiben da unsere eigenen Lieder.« Sogleich waren die Koffer gepackt. Es sollte sich bald zeigen, dass Hans ein enormes Gedächtnis besaß für Songs und Musiker, und die Verknüpfung von artist und repertoire war hier, wo täglich eingespielt wurde, ein Beruf. Hans Solvin, A & R, 414 S. First Street, Suite 615, stand auf seiner Karte. Für seine Begriffe war er weit gekommen. Kjell vermisste ihn sehr in New York, verbrachte seine Tage in der Bibliothek der Universität und ging nie mehr auf die Piers. Stattdessen zu Beerdigungen, eine im Monat mindestens, eine jede wie die Verstoßung des Verstorbenen: weil es in Manhattan keine Friedhofsplätze mehr gab.

Es war grau und windig auf der Tagesfahrt durch den Osten Tennessees, der nach Virginia weist wie eine ausgestreckte Hand. In der Nacht, sie fuhren über die Appalachen, war es abwechselnd klar und neblig. Das Auto fraß eine Menge Benzin. Hans sah die großen, leuchtenden Signale der Tankstellen und Motels wegkippen in einen schwarzen Himmel, eine nicht enden wollende Parade des Abschieds, die hinter den Lidern nachflackerte, er eingerollt in einen brüchigen Quilt, Lavendel und Rosen.

Zwischen Gewerbehallen, Schildern, Masten erschien im ersten Morgenlicht Manhattan. In diese Stadt waren sie gezogen, als noch alles möglich schien. Jetzt kehrten sie, und das war klar, ein letztes Mal gemeinsam dorthin zurück. Kjell hielt an, der Motor grollend in der Parkposition; Hans kroch nun wieder nach vorn. Sie staunten eine Weile, während das Glitzern der Skyline zunahm. Und Hans sagte:

»Ich wäre im Traum nicht drauf gekommen, dass ich das erleben darf.«

Im Broome-Street-Loft hatte sich viel getan, seit Hans damals weitergezogen war nach Nashville. Mit Holzeinbauten waren Kammern geschaffen worden. Für die Garderobe gab es jetzt fahrbare Ständer. In der Küche, die zum Hinterhof hin komplett verglast und der einzige Raum war, in dem man den gewaltigen Autoverkehr nicht hörte, stand ein riesiger Tisch, ein Shakermöbel. Jemand war auf die Idee gekommen, die Farne, die im Hof wucherten, zu beleuchten. Tom Bryan war eingezogen und mit ihm der Singsang aus Louisiana. Kam er allein zurück ins Loft, rief er »Faggots of America!«, zur allgemeinen Begrüßung; hörte man nur das Klappern des zweifachen Schlosses und danach zaghafte Schritte, war er in Begleitung. Aber nichts hielt lange. Vielleicht irritierte es die jungen Frauen, wie ein Mitbewohner namens David – jovial, strahlend – Tom Bryan in die Arme nahm, einfach so, und ihn auf die Lippen küsste. David war uptown aufgewachsen, der südliche Central Park sein Kinderspielplatz. Nun kam Hans als Vierter hinzu, ein rund um die Uhr betreuter Patient. Tom Bryan brachte niemanden mehr mit und widmete sich stattdessen dem Haushalt, der einem Hospital immer ähnlicher wurde. Hans verfiel schnell. Erst suchte er nach englischen Worten; nach sechs Wochen sprach er nur noch Schwedisch. Da fand Kjell, es sei an der Zeit, ihn in die Heimat zurückzubringen.

An einem grauen Morgen in Roissy war er mit Hans unterwegs von einem Terminal zum anderen. Hans war sehr dünn und hatte dunkle Stellen am Hals. Er klammerte sich an Kjell, sie gingen langsam und wirkten aus der Ferne wie ein verwundetes Tier. In einem Selbstbedienungsrestaurant setzte Kjell den Freund auf eine Lederbank und stellte sich am Tresen an. Vor ihm war eine junge Frau an der Reihe, die, während sie bestellte, in die Ferne sah. Sie schien abwesend und entschlossen. So hatte Kjell Zeit, sie zu betrachten. Er gestand sich ein, dass er sie ungewöhnlich fand, und sprach sie an. Sich das Haar aus der Stirn streichend, versuchte er es holprig auf Französisch, dann, als er merkte, dass sie keine Französin war, wechselte er ins Englische. Es gelang ihm, sie aufzuhalten, während er sein Tablett füllte, für Hans und sich. Sie folgte ihm an den Tisch, das Handgepäck schon dabei. Sie sah Hans – und erschrak nicht. Ihr Fernblick schaltete auf Nahblick. Sie gab Hans die Hand und fragte ihn, wie es ihm gehe. Er antwortete in einer wohlklingenden Sprache, die sie nicht verstand. Kjell übersetzte:

»Er sagt, sehr gut. Er freut sich auf seine Heimat.«

Kjell bemerkte eine Feuchtigkeit in den Augen der jungen Frau, deren Namen er noch nicht kannte.

Eine Art Laienkunst

Alle neuen Terminals waren mit der *Kosmos*, nein, mit der *Passeraub* beschildert. Marleen saß an einer Cafébar, in der schwarz-weißen Handtasche, diese ein Geschenk von RIEN, ein Businessclassticket nach New York. Sie fröstelte bei dem Gedanken, Antoine in Europa zurückzulassen. Sie war als Kind einmal in Amerika gewesen; nun war sie erwachsen und allein.

Nicht, dass sie Grund zur Klage gehabt hätte. Die Jaccottets waren zwei Jahre zuvor in die Cité Bauer gezogen, eine einseitig bebaute Gasse mit Stadthäusern, von denen sie eins allein bewohnten, mit Garten. Marleen und das Kind hatten sie einfach mitgenommen. Sie brauchte nicht einmal mehr die Metro, brachte Katie zur Schule, David und Antoine zum Hort und ging zu Fuß zum Atelier. Wie geschäftig Montparnasse war, gerade geschnitten, hell, ohne urbanen Moder. Keine Rorschachtests auf dem Trottoir. Ann Jaccottet war als Bratschistin des Jahres zur Deutschen Grammophon gewechselt; das Quintett probte jetzt im Haus.

Als sie Paris verließ, wurde Marleen von Bildern geradezu bedrängt. Bilder, die Fragen waren. Wie sie überhaupt dahin gekommen war. Sie stellte sich vor, dass sich eine Pforte auftat und hinter ihr schloss. Sie würde Platz nehmen, der Platz setzte sich in Bewegung, alles war mächtig und laut, danach stiller und geordnet, bis sie schließlich das Layout von oben sah. Dies alles gibt es also. So ist alles gemacht. Oder geworden. Die großen Plätze und die kleinen Gassen. Die grellen Lichter und die matten Funzeln. Die steingrauen Behörden und die graugrünen Parks. Die Cité Bauer und der Jardin du Luxembourg, Marais und Montparnasse, Brotschrift und Plakatschrift, kursiv und fett. Franz und Antoine, die Nähe und die Ferne. Und der Barmann am Flughafen wunderte sich, was ein einfacher Kaffee auf die junge Frau für eine Wirkung hatte.

Sie konnte sich nur noch vage erinnern an ein mönchisches Vorhaben, allein in einer Kammer grübelnd über die letzte aller Schriften, etwas, das in die Welt geraten wäre als *Zero* oder *Modernica*. Eine Radikalität, die man nur herausbilden kann in der Abgeschiedenheit: So wie mancher Philosoph nicht mit dem König spricht, sondern nur mit anderen Philosophen und mit diesen auch nur über deren Bücher, aber am Ende ist der König enthauptet und die Geschichte wird zurückgestellt auf null.

Es war so etwas wie ein Riesenrad, das sie aufnahm, aus der Menge löste, und sie langsam weiterdrehte; nun war sie oben und sah den Sinn der Sache ein. Sie war angekommen am Gipfel der Welt, die Übersicht als Selbstzweck. Dass du das siehst, Marleen: dass nichts unbeschrieben ist. Dass es nichts Weißes gibt. Ihr Sitz schwankte. Der Barmann holte sie wieder auf den Boden. Es war Schichtwechsel, und er wollte kassieren. Erst jetzt, beim dritten Mal, erreichte sie die Ansage, dass der Air-France-Flug nach New York um mindestens eine Stunde verschoben sei. Sie zahlte, nahm ihr Gepäck und zog um ins Selbstbedienungsrestaurant. Dort, am Tresen, sprach sie jemand an. Der war das Leben. Er hatte einen Freund dabei, den Tod.

Titus Passeraub, drei Tage zuvor angekommen, hatte sich im Waldorf Astoria einquartiert und jagte zweimal am Tag mit dem Taxi zum Headquarter von IOM, einem bronzen schimmernden Hochhausstab im Quartier der Vereinten Nationen. Im Hotel hatte er das neunte Stockwerk für sich ausgeguckt und für Marleen auch, während sein Büro bei IOM im vierzehnten lag, »so dass man in den Stollen aufsteigt«, wie er Marleen das erklärte, die annahm, er meine damit die Arbeit. Es war nicht sein eigenes Büro, sondern ein gewaltiger Konferenzraum, mit Tischen, Stühlen, Leuchtkästen, Tageslicht, Computerbildschirmen und Rechenstationen, vor sich hinblinkend in Wandschränken. Man konnte den Raum verdunkeln und den Computerbildschirm auf eine weiße Leinwand projizieren. Die Belegschaft war streng konfektioniert, fast wie eine Armee. Männer wie Frauen bei IOM neigten zu Dunkelblau, zu Mittellaut, zu kurzen Frisuren, zu College- plus Eheringen, Alumni-Ansteckern; Kaffeebecher mit Deckel in der rechten Hand und eine große Mappe unter dem linken Arm. Sie marschierten ein, warteten geduldig im Hintergrund, traten in festgelegter Reihenfolge, die Mappe geöffnet, zu Passeraub, der die Ausdrucke langsam durchblätterte, mit Stiften Anmerkungen machte, Kreise, Pfeile, Schraffuren, die er erläuterte. An sein schwerfälliges Englisch hatte man sich scheinbar gewöhnt. Erst, wenn die Mappe geschlossen war, sah er Miss Gowin, Dr. Catherine Van Der Rin, Jack O'Hare oder Gene Sloane in die Augen, was seine Korrektur besiegelte und etwas Ungesagtes hinzufügte: Dies war nicht die Zeit, um eigenen Gedanken nachzugehen.

Dr. Van Der Rin: »Marleene, what did he exactly mean when he said …?« Peinlich, peinlich.

Zu den Verpflichtungen der Besucher aus Paris gehörten hektische Business-Lunches, bei denen die Angestellten schnatterten wie auf dem Schulhof, laute Betriebsscherze und feinziselierte Anekdötchen aus dem Hinterland Amerikas, was jedermanns Kindheit war. Marleen aß so wenig wie möglich, weil Passeraub sie am Abend ohnehin ins Restaurant einlud, und sie ließ sich nicht deshalb einladen, weil das Besteck aus Silber war und das Steak so überzeugend »rare«, sondern weil sie versuchte zu begreifen, wie ein Konzern funktionierte. Passeraub, das war unübersehbar, hatte IOM gut im Griff.

International Office Machines hatte mit Lochkartenspeichern begonnen, dann Fotosatzmaschinen, Fotokopierer, Taschenrechner und elektrische Schreibmaschinen gebaut. Die Strategie des Konzerns fasste Passeraub so zusammen: »In der ganzen Welt ist so getan worden, als müsste die technische Intelligenz einen Homunculus hervorbringen, einen elektronisch gesteuerten Arbeiter. IOM sind den anderen Weg gegangen. Es gibt nur eine Box, eine Schachtel, und da ist alles drin.«

»Nur Gehirn«, sagte Marleen.

»Rein operativ. Ausführend bleibt der Mensch. Der wird entlastet.«

»Man muss nicht mehr kopfrechnen.«

»Ach, das sowieso nicht. Aber es braucht auch keine Buchhalter mehr, jedenfalls keine, die Zahlenkolonnen erstellen. Der Konzern hat eine ganz neue Form des technischen Büros erfunden – und durchgesetzt. Das Einzige, was geblieben ist, ist die Sekretärin. Man sieht es ja bei IOM selbst. Aber auch das wird irgendwann vorbei sein.«

»Schreibmaschine, Telefon, Notizblock. Das wird alles abgeschafft?«

»Nicht das Telefon.«

Pause. Sie aßen und sahen zu den Kronleuchtern. Passeraub war pausbackig, knopfäugig, fast weißhaarig, die Ruhe selbst. Marleen fühlte sich schwerer in seiner Gegenwart, der Erde nah.

»Man kann unmöglich wissen, was passieren wird, weil es dafür kein Gesetz gibt. Es wird irgendwo von irgendwelchen Leuten entschieden, oder vielleicht noch nicht entschieden. Aber vorangebracht. Die große Bedrohung für IOM ist der Personalcomputer, der aus Kalifornien kommt.«

»Ich dachte, IOM stellt selbst welche her.«

»Das schon. Und sie haben im Moment auch noch einen

gewissen Vorteil, allein durch den Namen und den Vertrieb. Dennoch, der Name steht für Maschinen.«

»Der Computer ist auch eine Maschine.«

»Das können Sie laut sagen.«

Sie grübelte eine Weile, was das bedeuten konnte. Passeraub sah ihr dabei zu.

»Fräulein Marleen, das ist genau, worum es letztlich geht. Es ist die Soft-Ware.« (Er sprach es deutsch aus.)

»Das Betriebssystem.«

»Das war mal das Betriebssystem. Inzwischen sind Schichten um Schichten von Anwendungen hinzugekommen. Schriften, zum Beispiel. Schach.«

Marleen zuckte zusammen. Hatte sie etwas nicht bemerkt?

»Ach so, im Computer meinen Sie?«

»Schach. Rechtschreibkontrolle. Bilddatenbank. Adressbuch. Das heißt, wenn die Geräte kleiner werden, bei zunehmend kompakter Soft-Ware – sehen Sie, das sind ja nur gelötete Plättchen –, dann kann eine einzelne Maschine alles. Und der sie bedient ebenfalls. Der ist dann der Direktor, der Vertriebschef, sein eigener Sekretär. Nebenbei gibt er eine eigene Zeitung heraus, die er selbst schreibt und am Bildschirm montiert.«

»So sieht sie dann auch aus.«

»Im Moment sieht das tatsächlich alles schlimm aus. Und sagen Sie mir mal, Fräulein Marleen, wie man das ändert.«

Marleen: »*Passeraub*?«

Passeraub lachte. Insofern Schweizer lachen.

»Nein, wirklich«, sagte er. »Wie kann man das ändern?«

»Sprechen Sie von … so einer Art Laienkunst?«

»Ja, schon, Gestaltung für jedermann. Der Betriebswirt in Wisconsin, der Hautcremes vertreibt.«

»Ja?«

»Er bestellt zum Beispiel kein Briefpapier mehr. Der Briefkopf kommt mit jedem einzelnen Brief aus dem Drucker, den der Computer als Nebengerät führt. Er entwirft seine Anzeigen selbst. Er beschriftet selbst das Geschäft. Alles aus der gleichen … ja, nennen Sie das noch eine Maschine?«

»Aber das ist doch tragisch. Man sollte dem Mann dringend empfehlen, sich an das Handwerk zu halten. Ich meine, er baut sein Auto ja auch nicht selbst.«

»Sehr gut, Fräulein Marleen. Damit nehmen Sie die Position eines Teils des Vorstands ein.«

»Bei der Hautcreme.«

»Nein, bei IOM. Sie sehen die nicht, die Exekutivdirektoren. Die rauschen mit ihren Limousinen durch den Lincoln Tunnel« (er betonte die letzte Silbe), parken in der Tiefgarage und nehmen den Schnellaufzug in den dreißigsten Stock. Diese Leute bestimmen die Zukunft von IOM. Die eine Hälfte sagt, wir bleiben beim Office. Wir ergänzen das System. Wir bauen die besseren Maschinen. Auch für den Satz.«

»Das wäre jetzt meine Partei.«

»Genau. Die anderen sagen, es ist Unsinn, schöne Büromaschinen zu produzieren, die selbst immer weniger leisten, und für elektronische Schriftsysteme Lizenzen zu kaufen. Sie müssen uns gehören. Wir müssen bei der Soft-Ware aufholen, sie ist Teil der Maschine.«

»Die dann doch immer komplizierter wird. Komplette Schriftsysteme, in der Druckerei, logisch, aber doch nicht im Büro! Wie soll der Laie das bedienen?«

»Noch nicht! Das ist ja der Punkt. Da sind die Kalifornier ganz vorn dabei: Jedes Handwerk, das mit Typografie, Schriftverkehr und Gestaltung irgendetwas zu tun hat, wird Stück für Stück abgeschaut und in das Regelwerk der Soft-Ware übertragen. Und zwar so, dass der Laie es vor sich sieht. Das heißt, man muss nicht länger wissen, was eine Bembo ist. Man bekommt vom System eine Briefvorlage angeboten, die dann aussieht wie aus London geliefert, und zwar mit Titel, Text, Einzug, Zentrierung, Viertel, Achtel, Schmuckelementen … verstehen Sie? Und ein Kind wird es bedienen können.«

»Und warum macht IOM das nicht einfach auch?«

»Es gibt dazu Ansätze, aber halbherzige. Der Vorstand ist eben gespalten. Eines Tages werden Köpfe rollen. Die einen oder die anderen. Und zwar dann, wenn es nichts mehr nützt.«

Nicht weit vom Hotel, an der Ecke zur Avenue waren Baumaterialien gestapelt, da setzte Marleen sich drauf. Sie hatte nicht den Eindruck, dass es dunkel wurde, sondern dass ganz im Gegenteil alles, was stand und sich bewegte, aus eigener Kraft zu leuchten begann. Versunken in ihrer gefütterten Jacke saß sie niedrig, in Nachbarschaft des Feuerhydranten, ohne zu frieren. Jedes fünfte Auto war ein gelbes Taxi, fast jedes besetzt, die Scheiben meistens ein Stück heruntergelassen, so dass man von den Fahrgästen mindestens die Frisuren sah. Aber es waren nicht die Leute, die Marleen interessierten, sondern was auf die Beifahrertüren geschrieben war, der Fahrpreis für die erste Neuntelmeile und wie viel danach. Was für merkwürdige Ziffern, in ihren Rundungen wuchernd, aber an ihren schmalen Stellen nicht verbunden. Eine Schlange, die sich über einem Ast erhob, war eine »2«. Machte das jemand von Hand nach einer Vorlage? Oder gar freihändig, die Kalligrafie der Autolackierer? Sie versuchte, das Schriftmuster des einen Taxis zu speichern, um es mit dem nächsten abzugleichen, aber das Schwarz und das Gelb fingen an, vor ihren Augen zu flimmern, vielleicht, weil ein schwerer Benzingeruch in der Luft lag. Die Passanten vom Zebrastreifen kürzten den Weg ab und gingen, offenbar ohne sie zu sehen, sehr dicht an Marleen vorbei, die sich nicht rührte, über dem Kopf die Kapuze. Vor ihren Augen erschienen riesige, glatte Einkaufstüten mit den schwarzen und goldenen, sumpfgrünen und kupferfarbenen Signets benachbarter Luxusläden.

Plötzlich stoppte vor ihr ein schwarzer Schriftzug, der in delikaten Versalien CHANEL buchstabierte, drehte sich so, dass die Buchstaben zusammenrückten wie Schornsteine in Fernsicht, und eine Hand, eine lange, feine, manikürte Hand näherte sich der Marleens, öffnete sie vorsichtig, hinterließ etwas, und für einen Moment erschien noch einmal frontal der Schriftzug, erleuchtet vom Rot der Ampel, bevor er aus ihrem Blickfeld verschwand. Marleen prüfte, was es war. Es waren zehn Dollar mit dem stolzen Portrait eines Gründervaters.

Am Samstag frühstückte Marleen mit Passeraub.

»Und welcher Hälfte neigen Sie zu?«

Er verstand, dass sie nicht das kleine weiße Brötchen meinte.

»Ich fürchte, dass den Kaliforniern die Zukunft gehört. Deshalb versuche ich immer und jeden Tag und auf jeder Ebene zu demonstrieren, was für ein Präzisionsmedium die Schrift ist und bleibt. Man muss sich die Anwendung denken wie … ein Messer, das stumpf wird. Sicher, die Schriftgießereien im alten Stil sind am Ende. Die großen Satzbetriebe stehen vor gewaltigen, eigentlich gar nicht mehr zu leistenden Investitionen. Dennoch, ganz gleich, welchen technologischen Weg Schriften nehmen, sie müssen entworfen, systematisiert, gesteuert werden, oder nicht?«

»Wissen Sie, wie hier die Taxis beschriftet werden?«

Passeraub war perplex. Dann fing er sich.

»Natürlich, mit Schablonen.«

»Ach!«

So wie es in irgendeinem Partysong hieß, »Rikki don't lose that number«, hatte sich Marleen seit Roissy einen Zettel aufbewahrt, der sie nun, in der kleinen Extratasche ihrer Hose, wie ein Magnet nach Downtown zog. Man musste durch einen kommerziellen Schlund hindurch, Schmuddel und Glitzer, um am anderen Ende eine vertrautere Stadt zu finden, ein anderes London, eines nach Rasterplan, mit braunen und schwarzen Häusern, Feuerleitern zick-zack von ganz oben bis an die Oberkante des Erdgeschosses; mehrfach überlackierte Hydranten; mit floralen Motiven dekorierte, eiserne Säulen, die Schaufenster unterteilten; Stufen, die höher gelegene Treppenhäuser mit der Straße verknüpften. Auf einer saßen drei kakaobraune Mädchen und sangen vom kommenden Himmelreich.

Das Telefonhäuschen bestand aus einer Plexiglashaube, von einem Pfeiler gehalten, dem Autoverkehr abgewandt. Es dröhnte derart, dass Marleen versucht war, den Anruf aufzuschieben und weiterzugehen. Hinter ihr gestikulierte jemand, sie ließ den vor, einen Strohblonden mit fast erstorbenen Augen, der eine lange Kombination wählte, sich mit dem Hörer das Ohr platt presste und in die Muschel schrie.

»Von nix 'ne Ahnung«, bellte er, als er aufgehängt hatte, und stierte Marleen an, bevor er davonstürmte.

Sie warf eine Münze ein und wählte die Nummer, die Kjell ihr gegeben hatte. Falls sie jemanden brauche, in New York. Auf der anderen Seite nahm jemand ab, war aber nicht zu verstehen und sagte dann gar nichts mehr.

Im Broome-Street-Loft legte ein gewisser David den Hörer neben das Telefon und lief vor bis zum großen Fenster. Er sah eine junge Frau mit mausbraunen, halblangen Haaren in schwarzen Jeans mit einer schwarzen aufgeplusterten Jacke, die auf der anderen Seite der Kreuzung, vor dem leeren Grundstück, in einen Telefonhörer schrie.

»Kjell hat sich ein Mädchen geangelt«, rief er. »Wie kann das sein?«

»Zeiten ändern sich«, antwortete Tom Bryan vom Hochbett, wo er las.

David: »Hol'n wir sie?«

»Das mache ich grade«, und schon war Tom Bryan mit einem Sprung auf den Holzdielen.

»Dieses Blümlein will ich brechen!«, brachte David näselnd hervor.

»Sag ihr, dass wir kommen!«, rief Tom Bryan, schon halb in Stiefeln. David lief zurück zum Telefon.

Kaum hatte Marleen aufgelegt, klingelte es. Sie nahm den Hörer ab. Eine automatische Stimme von AT & T sagte ihr, sie solle fünfundzwanzig Cent nachzahlen. Sie fühlte sich nicht gemeint und legte wieder auf. Das Telefon klingelte von Neuem. Sie hob nicht ab. Zwei Figuren kamen auf sie zu, zwischen ihnen ein Abstand, als wollten sie jemanden in die Mitte nehmen. Der eine hatte einen wohligen Eierkopf, kurz geschoren, ein gewisses Leuchten im Blick. Der andere war schmal, wie mit dem Bleistift gezeichnet, kraftvolle Haare bis fast auf die Schulter. Dieser nahm den Hörer ab, ließ ihn an der Strippe fallen, griff in die rechte Hosentasche und hatte dann drei Münzen in der Hand und eine Packung Kondome. Mit der linken nahm er den Quarter, schob ihn in den metallenen Telefonkasten, griff nach dem baumelnden Hörer, legte ihn auf und verstaute den Rest wieder in der Hosentasche. »Hello«, sagte er, was klang wie gesungen. »Ich bin Tom Bryan. Und was auch immer *der* dir gesagt hat, er heißt David.« Dann nahmen sie Marleen tatsächlich in die Mitte, kreuzten mit ihr die Broome Street, blieben stehen, schritten, als das Signal erschien, über den West Broadway und nahmen sie mit bis zum ersten Eingang im folgenden Block der Broome Street, eine metall- und blechbeschlagene Tür ohne Klingelanlage, mit zwei Schlössern, wovon Tom Bryan das eine, David das andere öffnete, als wären sie aneinandergekettet. Oben wiederholte sich das.

Wie auch immer David und Tom Bryan ihre Sonntagnachmittage verbrachten, war nicht auszumachen. Sie hatten wohl auf Marleen gewartet, oder auf eine wie sie, die nun in der Küche mit den wilden Farnen auf einem Stuhl saß und sich mit chinesischem Tee vollgießen ließ, während die jungen Männer in rhapsodischen Berichten und Beschreibungen vor ihrem inneren Auge die Karte Amerikas begannen auszupinseln: die fünf Boroughs; die Adirondacks; Cape Cod; Three Mile Island; die Mason-Dixon-Linie; das Mississippidelta. David sprach schnell, Tom Bryan langsam. David faltete Sätze auf wie Leporellos, Tom Bryan ließ sie plätschern wie Quellen. Für David waren die Dinge gemacht, für Tom Bryan gegeben. David hatte etwas zu verlieren, Tom Bryan hatte es schon verloren. Sie stellten ihr zahlreiche Fragen, natürlich, und freuten sich maßlos, als sie offenbarte, dass sie in einer Siedlung namens Pomona groß geworden war.

»Nimm keinen Apfel von diesem Mädchen!«, rief David.

»Bedecke deine Scham«, maulte Tom Bryan. Noch größeres Interesse fand die merkwürdige Geschichte ihres Vaters – wie kam denn das, dass Marleen davon sprach? –, der als Kind in die Nazischule gezwungen worden war, als junger Mann eine Blitzkarriere hingelegt hatte und in der Mitte seines Lebens alles, auch sie selbst, Marleen, zurückgelassen hatte, um später als Werbeguru wieder in Erscheinung zu treten. Schlimmer noch, sie kannte den Rückkehrer nur aus der Zeitung. Die beiden jungen Männer waren ganz still geworden, hatten den Kopf in einen Arm gestützt, und zwar symmetrisch, indirekt erleuchtet durch die angestrahlten Farne vom Hof her, David hell und gegenwärtig, Holland, und Tom Bryan aus einer anderen Ära, Karthago. Übrigens, natürlich könne sie bleiben, sie müsse noch nicht einmal das Hochbett in der Nische nehmen, denn Kjells Bett sei schließlich frei, bis er, irgendwann, zurückkommen werde aus Schweden. Fast hätte Marleen gesagt, nein danke, ich wohne im Waldorf Astoria.

Am Montag sah sie IOM mit anderen Augen: die genormten Scheitel der Männer, die ausstaffierten Schultern der Frauen, die Acetatbrillen, die glänzenden Fingernägel. Sie alle dienten in der Büromaschinenarmee, Rang festgelegt, Aufstiegsmöglichkeit gegeben, und das Glashaus gegenüber den Vereinten Nationen war die Bühne, in der täglich dieselben Kämpfe aufgeführt wurden: die Spieler gegen die Verwalter, die Konservativen gegen die Erneuerer, die Finanzleute gegen die Entwickler. Marleen spürte jetzt die Risse, die durch das Unternehmen liefen. Dr. Van Der Rin trieb alles voran, was den Anwender im Büro entlastete. Sie glaubte an den allwissenden Apparat. IOM musste ihn nur weiterentwickeln, eine neue Generation zweijährlich, das war die Zukunft. Gene Sloane fürchtete, dass IOM schon mittelfristig mit eigener Intelligenz unterliegen würde am Markt. Er wollte superschnelle Büromaschinen, die jedes System in sich aufnehmen konnten. Jack O'Hare trieben größere Zweifel um: Sollte man nicht die allwissende Maschine ganz aufgeben und stattdessen ein Netzwerk von Komponenten entwerfen – der eine Teil roh, weil ohnehin verborgen, der andere Teil High Finish. Vergesst die Schreibmaschine! Die Menschen werden keine Aktentaschen mehr tragen, sondern IOMs. Jeder wird seine eigene Druckerei sein.

»Wir ergreifen nicht Partei, das habe ich verstanden«, sagte sie beim Abendessen zu Passeraub, der sich schon auf die Ehrendoktorwürde freute, die die Universität Yale ihm im nächsten Monat verleihen würde. Er hatte einen weichen Chablis bringen lassen, und er sah, wie der Marleen in die Wangen schoss, als sie davon kostete, und er sagte:

»Aber, egal, welche Option wir beraten, und wir …«

»Beraten jede.«

»… beraten jede, wir kontrollieren nur die absolut richtige Anwendung unverfälschter Fonts …«

»… und implementieren neue …«

»… im elektronischen System.«

»Dennoch, arbeiten wir nicht an der Abschaffung unseres Berufs?«

Passeraub warf ihr einen wilden Blick zu. Dann widmete er sich dem Geschehen auf seinem Teller. Er kaute, über sie wegblickend zur prächtigen Decke des Speisesaals.

»Also«, antwortete er schließlich, »der Traktor hat den Ochsen ersetzt und die Mähmaschine den Knecht. Die Systeme werden größer. Was gestern noch einen Meister brauchte, braucht heute keinen mehr. Was möchten Sie tun, Marleen, sich eine der verbliebenen Bleisatzpressen kaufen und Briefpapier für Nostalgiker drucken?«

Sie sah ihn verwirrt an.

»Oder was möchten Sie, Marleen?«

Sie sah auf die Uhr. »Ich muss heute Abend mit meinem Sohn telefonieren.«

»Gewiss. Aber das meine ich nicht.«

»Ich hätte gern einen unbefristeten Arbeitsvertrag, der mir ein solides Gehalt garantiert.«

»Den bekommen Sie. Sie hätten ruhig schon früher fragen können. Das ist überhaupt kein Problem.«

Sie verschluckte sich fast an ihrem Wein. Die Wangen leuchtend rot, die Augen schwimmend.

Sie wartete darauf, dass Passeraub noch einmal fragte: Was möchten Sie, Marleen?

Aber er schnaubte nur, fraß, warf ihr kurze, funkelnde Blicke zu. Sie dachte, was für ein Kauz. Der Kellner brachte Zigarren.

Zwei Wochen sollten sie bleiben, und dies war der Dienstagabend der zweiten Woche. Als sie am Mittwoch, es war schon dunkel, zurückkehrten ins Hotel, lag in Marleens Fach ein Fax aus Paris. Das war der Arbeitsvertrag wie verlangt. Am selben Abend packte sie ihre Sachen, versicherte Passeraub, dass sie pünktlich um neun bei der Arbeit erscheinen werde, und stieg in ein Taxi.

David holte sie wieder von der Telefonzelle ab. Tom Bryan kochte Nierensuppe, und David wendete Maiskolben auf einem elektrischen Grill. Sie waren sehr still.

»Hans ist gestorben«, sagte David, irgendwann, abgewandt.

»Oh«, sagte Marleen.

David drehte sich um, Tränen in den Augen.

»Oh«, sagte er und versuchte ein Lächeln.

Dingbats

Antoine stand mitten im Loft auf dem hölzernen Boden und war verstummt. Zuerst hatte er es in gebrochenem Schweizerdeutsch probiert. Weil doch der eine Mann auch David hieß. Dann hatte er es mit Französisch versucht, ohne viel Erfolg. Mama sprach mit den Leuten, bei denen sie offenbar wohnen würden, in einer Sprache, die er nicht kannte. Das kam ihm, mit zweieinhalb Jahren, vor wie Betrug. Auch wunderte er sich über die Aufmerksamkeit, die Mama zukam. Bisher schien es eigentlich abgemacht, dass er die Hauptperson war, oder eigentlich Katie, dann er, dann der kleine David, er konnte sich so genau nicht mehr erinnern; das war ja schon mehr als zwei Tage her.

Und doch, die Neue Welt nahm Antoine mit Freuden auf. Man bewunderte seine großen, klaren Augen, seine aufrechte Haltung, sein selbstbewusstes Stapfen, seine marineblaue Strickjacke mit den weißen Sternchen. Da er nicht sagte, was er essen wollte, riet man es, morgens, mittags und abends. Er musste kein Müsli mehr essen, und Pizza war etwas ganz Normales. David konnte sie sogar selber backen. Nicht David, der Bruder von Katie, sondern dieser David. Der vielleicht der Bruder von Tombreien war. Oder von Kjell. Oder von beiden. Er fragte nicht.

Den dritten Tag verbrachte er in der Küche, wegen des Besuchs. Ganz viele Männer brachten ganz viele Balken. Wenn das nicht Baumstämme waren. Daraus bauten sie ein Haus. Sie bauten es an die Rückwand des Lofts. Es sah sehr schön aus, weil die Balken sich an den Ecken überkreuzten. Zwei Fenster bekam es und eine Tür sowie ein Giebeldach aus heller, gespannter Leinwand. Als er sich schließlich aus der Küche traute, am Abend, fand er in der Blockhütte ein Bett, eine Kommode, einen kleinen Tisch, eine Lampe, einen Stuhl und ein Bild an der Wand, das er gut kannte. Es zeigte, locker gezeichnet, zwei Kerle, die sich fast glichen, wobei der eine mehr grinste als der andere. Das waren auf jeden Fall Brüder.

Antoine konnte es kaum fassen, dass dies nun seins war. Einerseits.

»On va rester ici longtemps?«, flüsterte er.

»Eine Weile, mein Schatz.«

»Il y a des crèches ici?«

»Krippen gibt es überall. Hab Geduld.«

Am Abend drängten sich in der Hüttentür drei Figuren, vollkommen still, die Köpfe kaum zu sehen. Marleen, die vom Klo zurückgekommen war, wartete. Die drei Männer sprachen nicht; sie hielten sich an Schultern und Hüften. Antoines Schlaflicht, von innen, zeichnete die Kontur der Gruppe. Dann lösten sie sich, bemerkten Marleen, kamen zu dritt auf sie zu und schlossen sie in ihre Arme. Marleen fing an zu weinen. David trocknete ihre Tränen mit der Manschette seines Hundertdollarhemds.

Er war es auch, der Antoine im Kindergarten auf der Upper West Side unterbrachte, in den er selbst mehr als zwanzig Jahre zuvor gegangen war. Sie saßen vor dem Schreibtisch der Leiterin, dieselbe wie damals, der große David und der kleine Antoine, dieser stumm. David deutete an, dass das Kind einen Kulturschock erlitten habe, entwurzelt sei, vaterlos, aber zweisprachig, keinesfalls lernbehindert, als Antoine, fixiert auf einen Brownie auf dem Schreibtisch, danach langte, den Kopf zu David drehte und fast akzentfrei fragte:

»Can I have that?«

Marleen begann etwas zu spüren, wofür sie keinen Namen hatte, etwas, das die Schädeldecke von innen anzuheben schien und die Schritte leicht machte. Es war ihr durchaus recht, um Mitternacht ein Hochbett zu besteigen, um halb neun morgens mit Antoine das Haus zu verlassen, um sieben mit Einkaufstüten zurückzukehren bei Dunkelheit. Es stimmte, dass in New York die Lebensuhr grausam tickte und das Geld leichter ausgegeben als verdient war und dass das Quietschen der Untergrundbahnen in den Nervenkanal trieb. Dass die Leute mit Pappbechern um sich warfen und mit Ideen und beides wunderlicherweise verschwand. Denn wir wissen, wie einsam sie gewesen ist, Marleen.

Wie ein Hirtenhund entwickelte sie eine Vorliebe für Vollständigkeit. Ja, es tat ihr im Herzen weh, als Tom Bryan ein Flugzeug nach New Orleans nahm, um im ererbten Haus einer Tante mit Nichten und Neffen die Weihnachtstage zu verbringen.

»Daran musst du dich gewöhnen«, versuchte David ihr das zu erklären, während Antoine die vom Regen glänzenden Felsen des Central Park bewunderte. »Er ist da unten eher ärmlich aufgewachsen, eines von vielen weißen Kindern, ich würde sagen, geradezu unbemerkt. Hat es mit der Militärakademie probiert, um seine Männlichkeit aufzuputzen. Ist bald abgehauen nach upstate New York, hat sich ein grandioses Hippiemädchen geangelt, eine alternative Farm gegründet. Anfang zwanzig und total glücklich. So muss man sich das wohl vorstellen. Ich war ja nicht dabei. Nach zwei oder drei Jahren hat sie ihn verlassen für einen, der experimentelles Cello spielte, und ihn als Bauerntölpel verhöhnt. Das hat ihn gebrochen, da war nichts mehr. Er hat in üblen Höhlen gewohnt, in der Bronx, in Queens, Loisaida, bevor wir ihn aufgegabelt haben. Du hast ja mitgekriegt, wie die Cateringfirma ihn für Hochzeiten holt oder wenn was schiefläuft. Ansonsten ist Nichtarbeiten für ihn Programm, das heißt, er fährt von Juli bis September mit seinem Icecream-

Lieferwagen durch die Suburbia von Lafayette und New Orleans, und dann kommt er zurück, die Taschen voller Geld. Er macht da unten auf großer Bruder, Familie, das ist der Schmelz des Südens, aber … Das Haus der Tante ist ein Schuppen schräg unterhalb der Autobahn. Und er weiß ganz genau, wo seine Familie zu finden ist. Hast du ja selbst schon gemerkt.«

An einem Samstagnachmittag, Tom Bryan war schon fort und David mit Antoine zu Bloomingdale's Weihnachtsauslagen gucken, fand Kjell Marleen in der Badewanne liegend. Sie sagte ihm, bevor er umdrehen konnte, er solle ihr Gesellschaft leisten. Was er tat. Auf einem weißen Plastikhocker sitzend, erzählte er ihr von Hans' letzten Tagen, seiner Düsternis, seiner Euphorie, dem Defilee der Freunde am Krankenhausbett, dem Mattwerden seiner Augen wenige Stunden vor dem Tod. Er schien durch Marleen hindurchzublicken, ihr Körper im Schleier des Wassers, in dem sich vage die Zeichnung einer Glühbirne kringelte. Als er aufhörte zu sprechen, stieg sie aus der Badewanne, drückte ihn, der aufstehen wollte, auf seinen Hocker zurück und trocknete sich ab. Es war wie ein Tanz in Zeitlupe, unterlegt von der gurgelnden Musik des ablaufenden Wassers. Dann nahm sie seine Hand und führte ihn, da er zumindest nicht widerstand, mitten ins Loft, wo sie im Halbdunkel stehenblieben. Sie strich ihm seine Strähne aus der Stirn und hob die Augenbrauen.

Marleen kannte sie gut, die männliche Schüchternheit. Draufgänger fanden sich in ihren Betten nicht. Es schien ihr Schicksal zu sein, Männer zu entblättern, bis sie überhaupt merkten, dass sie Männer waren. Das in etwa dachte sie über Kjell. Da hätte nicht viel gefehlt, und sie wäre wieder schwanger geworden, und doch fiel dieses Paar, sobald es vorbei war, entzwei, so wie die Schönheit im Spiegel, die sich selbst nicht wirklich küssen kann. Keiner von beiden nahm es schwer; sie begriffen dies als Ritus des Übergangs. Der nächste Akt fand in der Küche statt, vor der Kulisse kühn sprießender Farne. Marleen, die nie in ihrem Leben geraucht hatte, tat sich schwer mit der Marihuanatüte, aber einmal inhalieren reichte, um sie in jene andere Welt zu befördern. Sie deutete in den Hinterhof und jauchzte: »Guck mal, Gras!«

Kjell sang ihr Songs aus seinen Lieblingsmusicals vor, *Oh, What a Beautiful Morning*, *I Loves You, Porgy* und *Don't Cry for Me, Argentina*, und als David und Antoine an der Tür zu hören waren, grölten sie gerade »Hit me with your rhythm stick, hit me slow and hit me quick«, was sie sofort unterdrückten. Die Arme wie Windmühlen und die Augen wie Brunnen, das gefiel Antoine gar nicht, und anstatt von Rentieren und Schneelandschaften zu berichten, zog er sich in seine Hütte zurück und schmollte. Als das Telefon klingelte, kroch er hervor und erklärte dem Anrufer, gegen jede Evidenz, dass Mama nicht zu Hause sei und auch sonst niemand, bis Marleen ihm den Hörer entwand.

Sie saß unter ihrem Hochbett, fröstelnd, und lauschte Cristinas Stimme. Die Weihnachtsvorbereitungen, ihre südafrikanische Hochzeit im Frühjahr, Großmutter Fleck im Krankenhaus. Marleen wusste, dass es nicht das war, weshalb sie anrief.

»Ach ja, und dein Franz hat angerufen. Valentin war dran und hat wohl länger mit ihm gesprochen.«

»Aber die kennen sich doch gar nicht.«

»Ich weiß. Er war einfach am Telefon. Zufall oder so. Marleen, das ist nun mal so, Valli wohnt jetzt hier.«

»Der Seelsorger im Haus.«

»Marleen, er ist nun wirklich ein Mann, der zuhören kann. Jedenfalls sind die ins Gespräch gekommen, und Franz hat so etwas gesagt wie, dass sein Versuch, sich einer ›gänzlich nach innen gewandten Gemeinschaft anzuschließen‹ – so hat Valli das wiedergegeben –, letztlich nicht geglückt ist. Franz hat sein Studium abgeschlossen, aber er vermisst …«

»Crissy, das hat er doch nicht vor allen ausgebreitet, der Kaplan?«

»Valentin ist doch jetzt wieder Arzt, Mann. Oberarzt, wenn du's genau wissen willst. Nein, das hat er nicht vor allen ausgebreitet. Er hat mich, wie sagt man, ins Vertrauen gezogen.«

»Und?«

»Nun. Franz wollte gern wissen, wo du bist, und Antoine, er hätte seit Monaten nichts mehr gehört.«

»Okay, aber was geht mich das an?«

Ein transatlantisches Fauchen in der Leitung. Cristina schien gerade eine Pause einzulegen. Marleen fühlte sich steinern, nachdem die Cannabiswirkung verflogen war.

»Crissy?«

»Ja?«

»Was soll ich denn machen?«

»Das weiß ich auch nicht, Marleen. Warum bist du denn so auf Abwehr? Valentin hat gesagt, dass ich dir das sagen muss. Und ich finde, da hat er recht.«

Es war dieser Samstagabend, als Marleen sich einen gelben linierten Notizblock nahm und in der Küche, während Antoine das Schmollen aufgegeben hatte und nun von Schaufenstern berichtete, die er glaubte gesehen zu haben, von einer vollautomatischen, hydraulischen, blinkenden Weihnachtswelt, das Ganze in 3-D, was aber mit Antoines Sprachgemisch zu tun haben mochte, Kjell ein Zuhörer mit Engelsgeduld, Marleen mit dem gelben Block auf den Knien … – dass Marleen sich besann auf etwas, was eine Muddy ihr am Wochenende zuvor eingeflüstert hatte.

Muddy, die eigentlich Maria hieß, sprach ein hartes Englisch. Marleen hatte den Namen zunächst missverstanden, und als es rauskam, fand Maria oder Mary, sie solle dabei bleiben. Muddy wohnte in der Etage über ihnen, zusammen mit Gabor, ihrer Jugendliebe aus Ungarn. Er war zuerst emigriert und hatte sie später nachgeholt. In Ungarn war er Setdesigner beim Film gewesen, hier betrieb er eine Firma für Film-Accessoires, was man dem Loft ansah, eine Wunderkammer der Unwahrscheinlichkeiten. Muddy hatte akademisch Zeichnen gelernt. Jetzt lebte sie von scherenschnittartigen, nahezu abstrakten Cartoons, die im *New Yorker* als Seitenfüller dienten. Gleichzeitig belieferte sie wöchentlich die *Village News* mit einem Comicstrip über ein Emigrantenpaar, das in einem Loft lebte, in dem die unwahrscheinlichsten Dinge zum Weiterverkauf angesammelt waren, ein komplettes Inventar des häuslichen Nordamerika der vergangenen hundert Jahre, das Muddy akribisch darstellte, am liebsten bei Nacht mit gruseligen Schatten. Irgendwie wollte es nicht recht vorwärtsgehen mit dem Leben der beiden. Sie waren nicht unglücklich, oder falls sie es waren, konnten sie es nicht zum Ausdruck bringen. Jede Folge handelte von einer Falle im Alltag, in die das Paar tappte, ungeschickt und tüchtig, fühllos und hilflos zugleich. Die Serie über die verschworenen Unglücksraben hatte Maria eine kleine Fangemeinde beschert. Soeben war ihr Vertrag mit der *Village News* um ein Jahr verlängert worden, und Muddy brauchte das Geld.

Allerdings, das hatte sie Marleen anvertraut, sei der Anekdotenstoff letztlich begrenzt, um nicht zu sagen aufgebraucht, so dass der Comic nur durch formale Erfindungen am Leben gehalten werden könne. Sie plante deshalb, die Helden demnächst, zumindest gelegentlich, in einer Hieroglyphensprache sprechen zu lassen, die aber nicht die üblichen Symbole verwenden sollte – Hammer oder Totenkopf –, sondern weit weniger drastische Zeichen, die in Wirklichkeit Buchstaben darstellten, eine Geheimschrift, die die eingeweihten Leser auch entschlüsseln würden können. Marleen hatte ihr zu der Idee gratuliert. Die andere sah sie erstaunt an: »Ich dachte, Typo ist *dein* Beruf?«

Marleen, während Antoine noch immer plapperte, machte eine Liste: Kreis, Pluszeichen, Tropfen, Jesuskreuz, Frostsymbol und einige andere Formen, die sie meinte an schmiedeeisernen Pforten in Paris gesehen zu haben.

»Und der Davidstern?«, fragte David.

»Die Zeichen für männlich und weiblich«, schlug Kjell vor.

»Das Stoppschild!«, forderte David.

»Schnee«, flüsterte Antoine.

Kjell und David waren außer sich. Eine Geheimschrift zu erfinden war so viel erquicklicher, als sie entschlüsseln zu müssen.

Am Montag folgte wieder die Routine, Marleen mit Antoine per U-Bahn zum Kindergarten auf der Westseite, dann sie mit dem Taxi südlich um den Central Park zur Ostseite. Bei IOM lag in ihrem Fach ein Fax von Furrer, das besagte, sie möge im Januar nach Paris zurückkehren. »Sie werden dann Passeraub bis zum April auf drei oder vier seiner Reisen begleiten können, bis die *Tempi Novi* und alle anderen Schriften, die wir entworfen haben, bei IOM in jeder möglichen Anwendung freigegeben werden können.«

In der Nacht zum Dienstag erschienen ihr Cristinas Augen, fragend, mutierend zu den bittenden Augen Franzens, dann ging der Traum über in Grau, terrain vague, und kehrte am frühen Morgen zurück. Jetzt waren es die Augen Tom Bryans, so nah, dass sie ineinanderflossen wie auf einem kubistischen Gemälde. Er war warm und roch nach Borke. Als sie erwachte, standen ihre Brüste wie Zitronen. Sie warf sich einen Pullover über, floh zu den anderen in die Küche und ergänzte den fehlenden Buchstaben, das »e«. Es war ein Auge.

»Wie nennen wir das?«

»Wie nennen wir was?«

»Den Font.«

»Marleen.«

»Blauer Engel.«

»Glyph.«

»Stealth Font.«

»Broome Script.«

»Broome Street Glyphs.«

Marleen: »Genug! Wie nennt man Dinge, von denen man nicht genau weiß, was sie sind?«

David: »Aliens.«

Kjell: »Bullshit.«

David: »Niemals nennt man das Bullshit.«

Kjell: »Disambiguities.«

David: »Dingbats.«

Marleen: »Wie heißt das?«

David: »Das, wo einem der Name nicht einfällt? Dingbat.«

In dieser Woche vor dem vierten Advent entwarf Marleen ihre Geheimschrift, gab am Donnerstag eine Fassung bei Muddy ab, wusch sich am Freitagmorgen gründlich die Haare und betrat um elf Uhr dreißig das Zimmer von Gene Sloane. Der war bei IOM zum Leiter des Büros für Schriftentwicklung befördert worden, ein Mann wie aus einem Nachkriegsfilm, die kupferblonden Haare artig gekämmt, Brille in Gold, gestreifter Schlips, von undurchdringlicher Freundlichkeit.

»Ich bin Marleen Schuller.«

Sloane musste lachen. »Erzählen Sie mir lieber etwas Neues.«

»Ich würde gern bei IOM arbeiten.«

»Wer würde das nicht? Haben Sie eine Greencard?«

»Noch nicht.«

»Was wollen Sie tun?«

»Was ich ganz gut kann, ist, Systeme zu überwachen, Fonts installieren.«

»Gewiss. Aber sehen Sie, für diese Aufgabe werden Sie von Paris aus bezahlt. Wir sind für die Flüge aufgekommen, bisher. Es ist für uns wenig attraktiv, Posten zu übernehmen, wenn wir nicht unbedingt müssen.«

Marleen war für einen Moment unschlüssig. In ihrer Jackentasche hatte sie ein Bündel gelber Zettel aus der Küche der Broome Street. Sie zog sie heraus und versuchte, sie zu glätten. Mit ihren aufgerissenen Perforationen sahen sie ziemlich schäbig aus auf Sloanes perfektem Schreibtisch.

»Ein funny Font«, sagte er.

»Was ist ein funny Font?«, fragte sie.

»So nennen wir auffällige Schriften, solche zum Beispiel, die asiatisch anmuten, obwohl sie lateinisch sind. Das hier ist offenbar ein Hieroglyphenalphabet für Kinder.«

»Dingbat«, sagte Marleen stolz. »Für Erwachsene. Das Auge ist ein ›e‹ , der Davidstern ein ›i‹ , der Mond ein Ypsilon.«

Sloane lehnte sich in seinem Drehstuhl, der ihn überragte, zurück und fixierte sie, rätselhaft grinsend.

»Dingbat … Dingbats! Und woher weiß der Anwender, welches Symbol welchen Buchstaben meint?«

»Per Software.«

»Das heißt …?«

»Wenn einer auf Dingbats schreibt, drückt er die Taste »e«, und es erscheint das Auge. Und andersherum auch.«

»So simpel! Das ist gut. Haben Sie das schon lizenziert?«

Marleen nahm die U-Bahn downtown. Die Ansprachen der Bettler klangen wie die Tiraden von Bußpredigern. Sie sah in ihre Gesichter, die stumpfen und die glänzenden. Gegenüber saß ein Herr im Wintertweed mit passender Mütze, die *New York Times* gefaltet auf das halbe Format. Sie las die Überschrift: »New Parliament Meets in Reichstag«.

Als sie nach Hause kam, war niemand da. Sie prüfte die Uhrzeit. Es war halb zwei nachts in Deutschland. Sie nahm das Telefon, hämmerte die Nummer in die Tastatur, die dabei Töne von sich gab, und lauschte der Leitung unter dem Ozean, wie sie sich knisternd vergabelte bis in die Pomona 133. Noch in der Mitte des ersten Rufzeichens legte sie auf.

Sie ging durch die Schatten des Lofts bis zum Fenster am West Broadway. Langsam bewegten sich die Autos durch den Schnee. Das Brummen der Stadt war noch da, aber gedämpft. Sie schob das Fenster hoch, ein Fenster wie eine Guillotine. Sie sah hinunter auf den Fußweg, erhellt von den Strahlern der Bar, die Fußgänger Punkte mit Beinen.

Sie machte sich kein Licht. In der Dunkelheit erinnerte das Loft an Gabors Wunderkammer in einer von Muddys Zeichnungen, unbegreiflich und uralt. Im Vorbeigehen ertastete Marleen Tom Bryans Garderobe. Sie schlich vor bis in die Küche, die Farne in Zeitlupe schwarz winkend wie Fabelwesen. Sie kehrte um und lugte in Antoines Hütte. Das Schlaflämpchen war hell genug, um die Gegenstände unterscheiden zu können. Von der Wand grinste der Bursche mit den zwei Gesichtern. Sie beschloss, Franz zu vergessen, wenn möglich.

Auf dem Rückweg zum Fenster, das noch offen stand, schienen ihr die Hochbetten wie Häuser, das Loft wie eine Stadt im Kleinen. Wie Kjell sie ins Leben gezogen hatte. Wie amüsant David war. Wie ihr Herz schlug beim Gedanken an die Rückkehr von Tom Bryan. Sie lehnte sich wieder aus dem Fenster. Es waren keine Autos mehr zu sehen, aber deren Spuren hatten sich in die verschneite Straße gezeichnet wie Notenlinien, Linien ohne Noten. Sie meinte den Song bereits zu hören, wenn ihr auch nicht einfiel, wie er hieß. Sie würde schon noch drauf kommen.

Inhalt